고래의 맛

고래의 맛

박영희 소설집

bookin

안녕, 세상을 향해 날아갈 풍선 같은 작품들

첫 소설집이다.

처음이라는 말이 주는 싱그러움 속에는 두려움과 일말의 불안도 숨어 있을 것이다. 지금의 내 심정이 그렇다.

어릴 적 고향을 떠나 도시에 왔을 때 제일 놀라웠던 것은 높다란 빌딩과 설탕범벅의 도너츠가 아니었다. 옆집의 내 또래 여자아이가 이름을 물어온 것과 동시에 입에서 터져나오던 커다란 풍선이었다. 내 마음을 그렇게 단번에 뛰게 하고 주춤거리며 한 발 물러나게 한 것은 오로지 그 아이가 나를 향해 불던 풍선껌이었다. 나도 그 아이처럼 되고 싶어 주머니의 동전을 탈탈 털어 풍선껌을 샀다. 턱이 아프고 입이 벌어지지 않을 때까지 열심히 분다면 언젠가는 깜찍한 도시아이가 되어 내가 분 풍선을 타고 저 산 너머를 사뿐히 날아갈 것 같았다.

이렇게 첫 소설집을 내게 되자 그 동안 나는 풍선껌 같은 글을 썼다는 생각이 든다. 잘못 불어 내 얼굴을 뒤덮었던 작품도 있었고 어찌어찌 동그랗게 불어져 나를 겨우 매달 만큼의 힘이 되어준 작품도 있었다. 두 볼이 붓도록 불면서 투정과 원망도 했건만 그래도 돌아서지 않고 세상을 향해 날아갈 풍선이 되어준 나의 글들에게 오늘만은 인사하고 싶다.

　첫 작품을 이렇게 불어 띄운다.

　푸훗,

　날아보는 것이다. 한 번은 이렇게 날아보는 것이다.

　다행히 순풍이다. 지나간 인연과 지금의 인연, 그리고 다가올 인연들이 불어주는 따뜻한 입김에 자그마한 동산 하나는 무사히 넘어갈 것 같다. 진정으로 감사하다.

　나를 여기까지 오게 한 힘은 오로지 가족의 힘이다. 든든한 지원군인 우 씨 아저씨와 삶의 원동력이 되어준 두 아이 석과 경에게 사랑을 전한다. 생각하면 늘 가슴 아린 형제자매들과 투덜댈 때마다 한아름 격려를 안겨준 선배들과 벗들에게도 고마움을 띄운다. 그러함에도 불구하고 언제나 내 편이 되어주고 용기를 준 친구 '프란체스카'에게 특별히 감사를 보낸다.

　가을비가 내리는 지금 아껴두었던 커피를 진하게 한 잔 내려 마시고 싶다.

016년 늦가을

마산에서 박영희

Contents

고요한 밤 거룩한 밤

아침 출근을 서두르며 엄마는 나에게 또 한 번 다짐을 받아냈다.

"다리 건너 교회 앞에 있는 약국이다. 시장 입구 약국집이 아니고, 알 아들었나?"

알아들었다. 그것도 두 귀를 소라귀처럼 활짝 열고서.

바보천치가 아닌 다음에야 그 약국집을 모를까. 한 달 전부터 누가 먹을 약인지 자꾸 귀찮게 캐묻는 부부약국 말고 검은 뿔테 안경을 낀 노처녀가 하는 약국이잖아, 요렇게 딱 말대꾸를 하고 싶을 지경이었다.

이제 완전히 알아들었으니 엄마는 자꾸 엉뚱한 소리 하지 말고 심부름값이나 빨리 주었으면 좋겠다. 크리스마스가 낼모레인데 돈 들어갈 곳이 어디 한두 군데인가. 돈만 밝히는 숭악한 년이라고 욕을 해도 어쩔 수 없다. 나에게도 그럴 만한 사정이 다 있는 것이다.

『베르사이유의 장미』6편이 들어온다는 그 기막힌 소식은 친구 점옥이 집에서 친구들과 함께 보내는 크리스마스 이브를 기대해도 좋다는 뜻이다. 그 날을 위해 만화책도 빌려야 하고 과자도 사야 되는데 안타깝게도 내 주머니엔 바스락거리는 소리 하나 들리지 않는다. 순정만화라고 해서 내가 뭐, 유치하게 주인공 마리 앙투와네트 왕비의 화려한 드레스를 그리려는 것도 아니다. 나는 오로지 이야기, 다음에 이어지는 그 뒷이야기가 궁금할 뿐이다. 내 이야기에 홀려 코도 후비지 않고 눈동자도 굴리지 않고 얼을 빼고 듣는 친구들의 침 넘기는 소리가 시침 소리처럼 들려와 내 초조한 마음에 더욱 부채질을 한다.

서로의 비밀을 지켜주는 모녀 사이를 계속 유지하고 싶다면 엄마는 퍼뜩, 진짜, 빨리 지갑이나 열었으면 좋겠다. 그리고 지금까지 밀린 심부름값까지 깔끔하게 계산해주면 여태 엄마가 내게 퍼부었던 숱한 욕, 그냥 비타민 한 알 삼킨 걸로 통 크게 생각해줄 것인데 이런 화끈한 내 기대에 조금도 관심없다는 듯이 화장대 앞에서 꾸물거리는 엄마는 내 엄마이지만 진짜로 정이 안 간다.

두루뭉술한 몸매와 화장발로 다진 얼굴을 거울 앞에서 이리저리 비쳐보는 엄마가 드디어 가방을 연다. 두 눈을 부릅뜨고 엄마의 행동을 주시하는 나에게 엄마는 있는 대로 눈을 흘긴다. 그러든가 말든가 나는 한 발자국도 물러서지 않고 엄마의 더듬거리는 손과 지갑을 놓치지 않으려고 차례대로 꼬나봤다. 엄마의 까만 똑딱이지갑이 소심하게 열리는 순간, 내 몫의 심부름값을 잽싸게 집어들었다.

덤으로 밀린 외상값까지.

도둑년이라고 욕 듣기 전 재빨리 내 입장을 말한다면, 그건 돈을 세며 미적거릴 엄마를 잠시 도와주었을 뿐이고, 줄 건 줘야지요, 안 그런가요? 하는 표정을 지은 것은 인물이 안 되면 눈치라도 있어야 된다는 엄마의 말씀을 성실히 실천한 것뿐이다.

덧붙여 계산은 칼같이! 이별은 깔끔하게!

다라모시 낙찰계 계주인 엄마의 장부에 적힌 한 구절을 들려주는 것으로 나의 계산을 확실하게 정산했다. 그래도 '돈 계산 더러운 년은 인생도 더럽게 풀린다' 이 구절은 차마 읊지 못했다. 그건 바로 나를 낳아준 엄마를 향한 욕이었기 때문이다.

썩을년이라고, 욕을 하든 말든 그건 엄마 사정이고, 내 몫의 심부름값을 챙겼으니 잊어버리지 않고 확실하게 심부름을 할 것이다. 내가 이런 심부름을 어디 한두 번 해보나, 누구처럼 더듬거리며 얼굴만 빨개지는 초짜는 맹세코 아니라는 말씀이다.

아무 것도 모른다는 듯이 약사의 눈을 빤히 바라본 뒤 내 영혼을 잠시 이탈시켜 약장에 진열되어 있는 원기소와 영양제 헤모그라빈 같은 어려운 이름을 찾는 척하고 있으면 어느새 끝날 일이다. 그걸 가지고 왜 저렇게 말이 많은지 돈벌이만 아니면 냅다 던져버리고 쌩하니 대문 밖으로 도망쳐버렸을 것이다.

교문을 들어서면서 보니 오늘도 산 밑 화장터 큰 굴뚝에선 검은 연기가 긴 꼬리를 물고 피어오르고 있다. 쿨럭거리며 토해내는, 검은 연기는 끝을 알 수 없는 검회색 빛깔의 연기로 변해가며 서쪽 하늘로 고요히 흘러간다. 아, 정말 기분 확 잡쳤다. 아침부터 화장터 연기를 봤으니 뭔가 좋지 않은 일이 일어날 것만 같은 예감이 들었다.

왜, 굴뚝부터 봤을까? 게양대에 휘날리고 있는 태극기를 먼저 봤어야 되는데.

왜? 왜?

이건 우리끼리 믿는 어떤 믿음 같은, 뭐 그런 이유 때문이다. 괜히 짜증이 나서 운동장에서 고무줄놀이를 하고 있는 우리 반 수남이 패거리들에게 뛰어들어 훼방을 놓아버렸다.

쪼옴~~.

고작 한다는 소리가 쪼옴, 이다.

나보고 어쩌라고, 생겨먹은 게 그런 걸 다 알면서 뭘 쫌이야? 나 끼워서 다시 하잔 말이야, 라는 말을 굳이 안 해도 마음 착한 수남이는 흐트러진 고무줄을 바로잡고 나를 끼워 다시 편을 짠다.

내가 시작조다. 고무줄놀이는 다시 조금씩 노랫소리가 높아짐에 따라 리듬을 타기 시작한다. 고무줄 높이가 허리 높이까지 올라갔다. 나는 뛰어오르고 싶다. 2층 교사 너머 검은 연기만 보이는 굴뚝을 향해 나는 힘껏 도약한다.

저 굴뚝 너머, 저 검은 연기 너머, 구름 위까지 올라가고 싶다. 하지만 짧은 다리는 고무줄에 엉켜버린다. 늘 그 높이에서다. 아쉽다. 조금만 더 높이 뛸 수만 있다면 나는 저 화장터 굴뚝 너머를 볼 수 있을 것인데, 그 너머에 도대체 뭐가 있는지 말이다.

그래도 화장터 굴뚝의 높이만큼 뛰어볼 수는 없어도 나에게 화장터 굴뚝을 바라볼 기회를 안겨준 사람은 엄마의 사촌언니인 연쇄점 이모이다. 우리가 이사 올 무렵 연쇄점 이모는 이웃 동네에서 제법 큰 연쇄점을 하고 있었다. 그 연쇄점 이모를 엄마의 표현대로라면 공부를 시켰으면 뭐가 되어도 될 언니였다고 귀에 딱지가 앉을 정도로 자랑을 했다. 내 귀에는 피는 콜라보다 진하다는 말처럼 들렸지만 그래도 살림 늘리는 솜씨는 타고났다기에, 소풍날 보물찾기 하듯 어디에 숨어 있는지 모를 그 재능을 찾느라 넙데데한 이모의 얼굴을 한참이나 뜯어봤다. 아무리 우리 이모지만 이모의 얼굴은 여러 화장품의 도움이 없으면 참 거울보기 싫겠다, 싶은 내 안타까움만 더 찾아냈을 뿐이다.

우리집 이사는 연쇄점 이모의 권유도 있었지만 아들을 잃고 나서 남아 있는 자식들만이라도 잘 키워보겠다는 부모님의 결심도 한몫 했었다. 그런 각오가 있었기에 부모님은 조상대대로 내려오는 산골의 전답을 화장터 굴뚝이 바라다보이는 도시의 변두리 낡은 슬레이트 집 한 채와 미련 없이 맞바꿀 수 있었다. 그 집은 양계장과 밭이 펼쳐진 변두리의 고만고만한 집들 옆에 딱 붙어 있었다. 좀 높은 밭둑가에서 내려다보면 땅바닥에 착 달라붙은 종이딱지 같아 손가락으로 힘 있게 튕기면 탁, 하고 뒤집어질 것 같은 집이었다.

그래도 엄마는 산 수돗물이 나오는 이런 집을 얻은 것도, 도시에 사는 것도 다 누구 때문이냐고, 입 다물고 공부나 열심히 하라고 눈을 부라리며 말했었다.

쳇, 이것도 집구석이라고, 딱 요렇게 대꾸하고 싶었지만 누구보다 엄마의 성질을 잘 알기에 혀를 잘근잘근 씹으며 참았다. 생각 없이 나불거렸다가는 머리카락은 머리카락대로 뽑히고 욕은 욕대로 더럽게 얻어먹기 때문이다.

이사 오고 얼마 지나지 않아 엄마는 연쇄점 이모의 소개로 수출자유지역 내 신발공장에서 신발밑창 붙이는 일을 시작했다. 땀내와 흙내 대신 퇴근해온 엄마의 옷과 몸에서는 늘 본드 냄새가 시큼하게 풍겼다. 아무리 힘들어도 촌구석보다는 낫다고 엄마는 골드크림을 듬뿍 발라 번들번들거리는 얼굴로 말하곤 했다.

농사꾼 아버지는 목수인 연쇄점 이모부를 도와 건축현장의 잡역부로 따라다녔다. 하지만 우리 세 자매와 엄마가 도시 생활에 빠르게 적응해가는 속도만큼 아버지는 알코올의 힘에 젖어들었다. 늦은 밤, 술이 거나하게 취해 돌아오면 아들도 없는 집구석에 가시나들 공부시켜 뭔 호사를 누리겠느냐며 마루 끝에 놓아둔 걸레통을 사정없이 차버렸다. 그러거나 말거나 엄마는 잔업 때문에 저녁밥 지을 때를 늘 놓쳤고 설거지통에 담긴 그릇은 모두 내 차지가 되었다. 엄마의 귀가가 늦을수록 아버지의 주정은 더욱 심해졌다. 서방 알기로 개똥으로 아는 것은 그 언니에 그 동생 년이라며 노란 주전자에 담긴 막걸리를 주전자째 들이키며 욕을 했다. 엄마의 잔소리가 늘어나고 아버지의 밥상이 마당으로 날아가고 때로는 엄마의 얼굴에 주먹을 날려 너구리 눈을 만드는 날들이 연탄재처럼 쌓여갔다.

시퍼런 멍이 든 눈을 해가지고서도 엄마는 다리가 네 개 달린 대한전선 흑백 텔레비전을 안방에 들여다놓았고 그 다음 달엔 쌀통을 마루에 턱하니 놓았다. 다니는 공장에서 현장아줌마들을 상대로 계주까지 하느라 엄마의 하루는 늘 바빴다. 다달이 뭔가가 들어오는 집안은 폼이 나기 시작했고 나는 가정환경조사서에 텔레비전과 쌀통에 동그라미를 칠 수 있었다.

엄마의 소원인 마루에 놓을 자개 찬장이 들어오는 날이었다. 그날도 만화방에 들렀다가 오니 엄마가 마루 끝에 앉아 날계란으로 눈가에 난 시퍼런 멍을 삭히고 있었다. 또 한바탕 난리가 난 모양이다. 엄마의 눈가를 보니 이번에는 멍의 크기가 장난 아니게 커보였다.

"저 더러운 인간말종 하고는 도저히 못 살겠다."

더러운 인간말종이 새로 나온 욕인가 싶어지다가도 그 말종이 누구인지는 묻지 않았다. 엄마의 살 수가 없다는 말이 더 무겁게 내 가슴을 뛰게 했기 때문이다.

"엄마, 도망 갈 거야?"

얼른 마루에 걸터앉으며 엄마 턱 앞에 얼굴을 들이밀자 엄마는 계란을 돌리던 동작을 딱 멈추었다.

"와, 도망가면 안 되나?"

"엄마, 도망가지 마!"

나는 다급해졌다. 친구 성아처럼 되고 싶지 않았기 때문이다. 엄마 없는 아이는 진짜로 되고 싶지 않았고 그건 상상도 하기 싫은 일이었다. 요즘 들어 엄마는 자주 못 살겠다고 말하는 게 늘 불안했는데 그 불안이 이렇게 내 눈앞에서 이루어지려고 하니 눈물까지 핑 돌았다.

"가시나가 와 울고 지랄이고?"

"무슨 일이든지 엄마가 시키는 대로 다 할게. 도망만 가지 마."

엄마는 잠시 내 얼굴을 가만히 들여다보더니 은근하게 말했다.

"민하야, 그라모 네가 나를 좀 도와줘야겠다. 우리 식구가 살려면 그 방법밖에 없다."

"뭔데? 뭐든지 다 할게."

나는 망설임 없이 말했다. 그건 진심이었다. 동생들과 작은 방에서 부부싸움이 끝날 때까지 마음 졸이며 있고 싶지도 않았고 싸움소리가 온 동네에 다 들린 다음 날 친구들 보기에 창피한 것도, 멍을 숨긴다고 허옇게 칠한 엄마의 부은 얼굴도 더 이상 보고 싶지 않았다. 난 그렇게 큰 집도 부자아빠도 원하지 않는다. 그저 저녁을 먹고 밤에 숙제하고 아무 걱정과 불안한 마음 없이 잠들고 싶을 뿐이다. 그 평화를 위해서 라면 어떤 일도 할 수 있었다. 그건 예수님과 부처님 앞에서 내 예쁜 두 눈을 걸고서라도 맹세할 수 있을 만큼 절박했다.

수업이 끝나고 고무줄놀이도 하지 않고 나는 곧장 교문을 향했다. 머리카락에 부까시를 잔뜩 넣어 사자머리같이 부풀린 부인을 옆에 앉혀 놓은 시장 입구 쪽 약국이 아닌 얼굴색이 어두운 여자 약사가 있는 약국 쪽으로 방향을 틀었다. 두 달 전부터 부부약국에서 약을 구입할 때마다 사자머리 부인은 너무 자주 약을 사간다고 꼬치꼬치 캐물었다.

누가 시킨 것이냐, 또 누가 먹을 약이냐는 등.

쳇! 자기가 약사도 아니면서 왜 자꾸 묻고 지랄이야, 속으로 욕했지만 어린 내 눈에도 어쩔 수 없는 것은 어쩔 수 없는 것이었다. 엄마는 내 얘기를 듣고 나서 약국을 바꾸기로 했다. 그게 오늘 내가 가야 하는 노처녀가 하는 약국이다.

멀리 약국 간판이 보이자 내 가슴이 콩닥콩닥 뛰었다. 그래서 숨을 길게 들이마시고 마리 앙뜨네와트와 오스칼의 미소를 잠깐 떠올린 다음 약국으로 향했다. 그들의 응원에 힘입어 약국 문을 힘차게 열었다. 약국에는 손님이라고는 할머니 딱 한 분뿐이었다. 약사는 할머니에게 머리 아픈 약을 주면서 너무 자주 드시면 안 된다고 주의를 주고 있었다. 엄마도 가끔씩 먹는 두통약 뇌신을 두고 하는 말이었다. 드디어 할머니가 나가시고 내 차례가 되었다.

"술 끊는 약 좀 주세요."

나는 약사의 눈을 똑바로 쳐다보며 말한 뒤 시선을 진열장에 진열되어 있는 약통의 꼬부랑 글씨로 여유롭게 옮겼다.

"너, 저번에도 약 사러 온 애 아니니?"

"아뇨. 처음인데요."

약사는 내 눈을 가만히 들여다봤다. 나도 피하지 않고 약사의 눈을 바라봤다. 보시려면 보소서, 난 오늘 진짜 처음이니까 하는 당당한 태도를 취했다. 안경 너머 약사의 눈은 피곤해 보였다. 쌍꺼풀도 없는 기다란 눈이 점옥이네 늙은 개 순돌이처럼 늘어져 있었다.

"이런 약은 어른들이 사러와야 하는 약이야. 너무 자주 드시게 하면 위험한 약이거든."

나는 목소리에 힘을 빼고 느릿하게 대답했다.

"엄마가 공장에 다니시는데 매일 잔업을 하기 때문에 제가 대신 온 거예요."

약사는 다시 나를 빤히 쳐다보았다. 내 몰골을 훑는 그 눈빛 속에는 우리 집의 가족 관계와 경제적 사정과 부모님의 관계를 찾아내는 것 같았다. 나는 이해한다는 듯이 가만히 기다렸다. 조금 더 불쌍해 보이려고 어깨에 힘을 빼고 눈을 조금 내리뜨는 것으로 약사의 생각에 힘을 실어주었다. 약사는 약을 먹을 아버지에 대해 묻지 않았다. 물어본들 무슨 좋은 이야기를 해줄까.

질통을 메고 몇 층씩 계단을 오르내리느라 얻은 어깨와 허리 통증을 잊으려 마시는 술 때문에, 매일 매일 반복하는 싸움과 난장판을 일일이 얘기하지 않아도 내 얼굴에 다 나타나 보이지 않는가. 이런 나의 수고에도 여전히 머뭇거리고 있는 눈치도 센스도 없어 보이는 약사 때문에 슬슬 기분이 나빠지려고 했다.

이제 그만 약사님은 우리 집의 피곤한 가계도와 나의 신원조회를 마치신 것 같으니 약이나 빨리 주시지 뭘 그리 망설이시나, 입 속에서 말들이 아우성을 쳤다. 마음속으로 헤아렸다. 셋을 셀 동안 약을 꺼내놓지 않으면 고자에게나 시집 가라고 주문을 걸 참이었다. 초경을 치르지 않은 소녀는 믿음을 이루게 하는 심령술사와 같은 초인적인 힘이 있다고 최근에 읽은 어떤 만화에서 본 적이 있었기 때문이다.

"자주 드시게 하면 안 된다고 엄마께 말씀드려. 잘못하면 풍으로 쓰러질 수도 있거든."

약사는 혼자 살면 살지 절대로 고자에게 시집은 안 갈 것 같다. 그건 내 주문의 효력이 시작도 하기 전에 약을 내놓았기 때문이다. 그에 대한 답으로 나도 얼른 주머니에서 돈을 꺼내 카운터 유리 진열장 위에 놓았다.

"네, 약사님."

나는 엄청 상냥하게 대답하고 약사가 전해주는 약봉지를 받아 가방에 넣었다. 태연하게 약국 문을 열고 나왔지만 조금 걷다보니 왠지 내가 발가벗겨진 듯 갑자기 기분이 꿀꿀해졌다. 안다. 약사가 이렇게 친절하게 말해주지 않아도 아버지가 그 약을 드시고 얼마나 고통스러워하는지 너무 잘 안다. 그래서 기분이 안 좋다는 것이다. 엄마의 말을 따르면 고통에 힘들어 하는 아버지의 퉁퉁 부은 얼굴이 떠오르고 약사의 말을 듣고 약을 구해가지 않으면 술주정으로 온 밤 내 아버지에게 시달리는 엄마의 지치고 멍든 얼굴이 떠오른다. 아버지가 이런 내 마음을 안다면 제발 그 술을 작작 좀 마셨으면 좋겠다. 그게 내 소원이다.

이런 복잡한 내 마음을 달래줄 곳은 오로지 만화뿐이다. 만화가 보고 싶어서 하는 변명이 절대로 아니다. 이건 진짜다. 그래서 곧바로 빛나만화방으로 가는 골목길로 발걸음을 빠르게 옮겼다. 자꾸 이러다가 나도 아버지처럼 만화중독이 될까? 잠시 고민은 했지만, 약국에 들러 약을 사고 나면 꼭 만화방에 들르고 싶다. 그래야 내 마음이 편해진다. 엄마에게 들킨다면 그날로 머리끄뎅이가 다 뽑히겠지만 그래도 어쩔 수가 없다.

아버지와 관련된 정당하지 못한 일을 해서 그런지 약사가 말해준 위험하고 쓰러질 수도 있다는 충고 때문인지 마음이 연탄불 꺼진 방바닥처럼 서늘해져 온다. 저만치 만화방 간판이 보이자 심장의 맥박이 빠르게 뛴다. 누가 뭐래도 지금 이 순간만은 만화책 속으로 퐁당, 뛰어들어가 순정만화의 주인공이 되어서 나의 응원가를 마음껏 불러보고 싶을 뿐이다.

웃어라~ 캔디야!

울면 바보야, 캔디, 캔디야!

그러면 이런 썩을 고민은 하지 않을 것이다. 엄마의 욕지거리가 내 머릿속에서 빙글빙글 돌아다닌다. 어쩌면 나는 엄마 말대로 진짜로 못돼 처먹은 아이인지도 모르겠다. 결국 발걸음이 멈춘 곳은 내 영혼의 쉼터 만화방 앞이다. 머리를 세차게 흔들어 정말 못돼 처먹은 나를 날름, 지워버렸다.

호기심 가득한 눈으로 만화방 입구에 서서 어떤 게 새로 들어왔나 살펴보니 어제랑 똑같은 포스터다. 물어보나 마나지만 그래도 아줌마를 불러보았다. 고개를 젓는 걸 보니 오늘도 아니다. 그러면 밤에 올 것인가. 저 진열장에는 더 이상 볼 게 없다. 그래도 마음이 안 놓여 내가 제일 먼저 본다는 조건으로 돈을 건네고 그냥 가려니 허전해서 가게 앞에 놓여 있는 설탕범벅인 도너츠를 하나 집어들었다. 도너츠를 두 개나 먹었는데도 여전히 속이 헛헛했다. 그냥 기분이 그랬다. 돈만 홀랑 뺏긴 기분이었다.

골목으로 접어들어 집으로 곧장 들어가려다가 보니 점옥이네 마당에 서성거리는 아이들이 몇 명 보였다. 머뭇거리는 발걸음이 절로 그쪽으로 향했다. 꿀꿀한 내 기분이 시키는 것 같았다. 우리 동네는 양옥집도 기와집도 없다. 있는 것은 슬레이트 지붕이 이어진 회색집들뿐이다. 술집, 반찬가게, 연쇄점, 수선집 모두가 지붕 낮은 나래비 집들이다.

우리 동네에서 제일 잘 산다는 친구 점옥이 집도 슬레이트집이다. 동네 사람들은 점옥이 집을 양계장 집으로 불렀다. 몇 해 전 더운 여름에 닭들이 전염병이 돌아 모두 폐사하자 빈 창고로 놀리던 것을 나래비 집으로 만들어버린 것이다. 어떻게 그런 놀라운 일이 생길 수 있었냐면 돈 계산이 연쇄점 이모만큼 밝은 점옥이 아버지 덕분이었다.

도시에 수출자유지역이 들어서자 밀려드는 사람들로 살 집들이 모자랐다. 넓은 두 동의 양계장을 일꾼들을 사서 한 달 동안 시끄럽게 뚝딱거리고서는 베니아판으로 된 문을 열면 바로 부엌을 거쳐 방이 나오는 구조로 열 칸이 넘는 방을 만들었다. 양계장이 두 동이니 도합 20가구를 만든 것이다. 두 동 사이에 화단을 만들고 텃밭도 만들고 공동 수도가 있고 화장실이 두 칸이나 되었다. 그 옆에 점옥이네 양계장 집이 닭들이 아닌 여공들의 자취방을 지키고 있었다. 어쩌다 방이 빠져나가면 고만고만한 또래의 푸른 작업복을 입은 여공들이 다시 채워지곤 했다.

양계장 집은 아침이나 저녁이면 늘 수돗가가 북적거렸다. 그래서 점옥이 아버지는 큰 시멘트 물탱크를 마당에 만들어놓았다. 산 수돗물은 3일에 한 번 나오기에 그때 물을 넉넉하게 받아놓아야 그 많은 식구들이 씻고 먹고 한다. 그 수돗물이 새벽에 나올 때도 있고 저녁이나 때로는 점심 때 나올 때도 있다. 방학이 되어도 점옥이는 산 수돗물을 받는다고 우리와 자주 나와서 놀지도 못한다. 대신 우리가 자주 점옥이네 마루에서 놀았다. 우리 집 축담 끝에 서서 돌담 너머로 내려다보면 화장실은 늘 아침과 저녁에 줄을 길게 서 있었고 수돗가는 시장처럼 북적거렸다. 점옥이는 가끔씩 우리 집 화장실에서 급한 볼일을 보기 위해 부끄러움도 없이 뛰어들어왔다.

둘러보니 오늘도 그 패거리들이 다 모였다. 양계장 집 아이로 불리는 점옥이와 계 오야를 해서인지 오야집 딸네미로 불리는 나, 아버지가 돌을 캐는 석수장이 아들인 경수와 또 공장에 다니는 엄마랑 누나와 양계장 집에 세 들어 사는 철우까지. 가끔씩 우리 집 옆집에 사는 양복쟁이의 딸 성아도 같이 놀았는데 오늘은 성아가 안 보인다. 축담에 올라서서 보니 엿장수가 다녀갔는지 마루에는 커다란 바가지에 옥수수 튀밥이 한 바가지나 퍼 담겨져 있었다. 바가지를 끌어당겨 입안이 까끌해지는 튀밥을 먹으며 몇 호방 언니가 제일 예쁘고 누군 어떻고 하면서 햇볕에 데워진 마루에 배를 대고 누워 그림도 그리고 만화책도 봤다. 그래도 집으로 돌아가기엔 내 기분이 아직은 아니었다.

"우리 심심한데 내기 한 번 하자?"

마루에 엎드려 구슬의 숫자를 세던 경수가 먼저 제안했다. 그리고 보니 경수는 오늘도 학교에 오지 않았다. 우리 반에서 결석을 제일 많이 하는 아이가 경수였다.

"경수야, 왜 오늘 학교에 안 왔는데? 선생님이 자꾸 물어보더라?"

"그래서 뭐라고 했는데?"

"모른다고 했다. 와, 집에 무슨 일 있었나?"

"말도 마라, 우리 집에 어젯밤에 전쟁이 안 났나? 아버지한테 쫓겨나가지고 잠 한숨 못 잤다. 그래서 학교에 못 갔다."

어젯밤에 시끄럽더니 경수 아버지가 한바탕 했는가 보다. 이놈의 동네는 하루도 싸움 없이 지나가는 날이 없다. 어디까지나 내 생각이지만 경수도 나처럼 약국에 가야만이 편안한 밤을 보낼 것이다.

"선생님이 내일은 방학하니깐 꼭 나오라고 하더라."

"오늘 저녁에 울 아버지 술 안 마시고 와야 학교를 가지."

불퉁하게 대답하는 경수는 구슬도 싫증이 났는지 자꾸 내기를 하자고 재촉한다.

"무슨 내기를?"

그때 점옥이와 나는 공책 뒷장에 그려져 있는 유리의 성 인형그림 옷 입히기 놀이를 끝내고 막 일어나려는 참이었다.

"저어기 보이는 화장터에 가서 시체 태우는 것을 보고 오는 사람이 이 구슬 다 가지기로 하자?"

난데없는 내기였지만 경수 앞에 놓인 구슬이 어림잡아도 백 개 정도는 될 것 같다. 돈으로 바꾸면 백 원이 넘을 것이다. 누군가의 목에서 침 넘어가는 소리가 꼴깍, 하고 들린다. 반짝거리는 유리구슬이 탐이 나는 것은 사실이지만 그런 모험을 감행할 용기 따위는 없다. 시시한 홀짝내기도 아니고 짤짤이도 아니다. 누가 가르쳐주지 않아도 그곳에 간다는 것은 어딘지 꺼림칙한 일이었고 또 우리들의 간담을 서늘하게 하는 〈전설의 고향〉의 여운이 아직도 우리의 뇌리에 남아 있기 때문이다. 그 무섭고 위험한 놀이를 왜 하려고 하는지 모르겠지만 아무래도 경수는 뭔가가 필요한 것 같았다. 혼을 뺄 만큼 신나는 어떤 놀이가 필요한 것이고 오늘 밤 다가올 위태로운 저녁의 두려움을 잊고 싶은 모양이었다.

"난 예전에 살던 동네에서 시체 태우는 곳에 가 봤다."

"거짓말 아니가? 애들은 못 가는 곳이라 하던데."

"웃기고 있네. 사람이 죽어가지고 이렇게 시체를 돌돌 말아 관에 넣어오면 관에 들어 있는 반지랑 돈은 시체 태우는 사람이 홀라당 가지고 가고 시체는 가마솥 같은 넓은 곳에 넣어 장작불로 활활 태운다. 그래서 화장터에 나무차가 매일 들어간다 아니가?"

"거짓말도 잘한다. 우리 아버지가 그러는데 석유기름으로 확 태운다 하더라."

경수의 말에 점옥이가 딱 잘라 말했다.

"내기 할까?"

경수의 굵게 쌍까풀 진 눈이 구슬같이 동그래진다. 경수는 진짜 내기를 좋아한다. 무조건 내기부터 하자고 덤빈다. 우리 선생님 말에 의하면 내기를 좋아하면 커서 노름꾼이 된다고 하던데 경수가 노름꾼이 되면 우리 엄마보다 더 자주 눈이 멍드는 경수 엄마가 불쌍해서 걱정이 되지만 마음 상할까 봐서 아무 말도 안 했다.

"그래, 하자."

"좋다. 이 구슬 자루 다 건다. 너희들은 증인이니깐 다 같이 가는 거다."

지금 당장이라도 나갈 태세다. 욱, 하는 성질이 있는 경수였다. 확, 하고 불타오르는 점옥이 성질도 한몫 했다. 둘이 끝내주게 붙은 것이다. 나는 망설여졌다. 곧 저녁인데 동생들도 챙겨야 하고 설거지도 해놓아야 한다. 그리고 무엇보다 만사가 귀찮았다.

"나는 안 갈래."

"너 겁나서 그래?"

"아니야."

"그러면 됐어. 같이 가. 넌 증인이니깐."

점옥이는 내 손을 딱 잡았다. 이 손을 뿌리치면 나에게 어떤 불이익이 생길까? 순간 내 머리가 말했다. 아주 많이, 라고 수신호를 보냈다. 마음은 싫었지만 내 의도와는 다르게 내 몸이 따라나섰다. 솔직하게 말한다면 나도 경수처럼 이런 모험으로 마음을 짓누르고 있던 무게감을 잠시 잊고 싶었다. 약을 사온 날은 내가 생각해도 좀 엉뚱한 일을 저지르고 싶은 충동이 있었다. 오늘이 그런 날이었다. 나 스스로는 못해도 누군가 등 떠밀면 풍덩, 하고 빠질 자세를 마음속으로 하고 있었던 것이다. 모두들 무슨 모험이라도 떠난다고 운동화 끈을 다시 고쳐 신고는 심각한 표정으로 화장터를 향했다.

화장터로 가는 길은 멀다. 우리 집은 과수원과 양계장이 있는 산 쪽에서 보면 동네의 시작이었고 도심에서 보면 동네의 끝인 곳이다. 화장터로 가려면 끝에서 끝으로 가야 된다는 뜻이다. 우리는 빠르게 걸었다. 일제 때부터 생긴 명문 중학교와 고등학교 뒷담을 지나서 산비탈을 타고 손바닥만한 밭들이 이어져 있다. 그 밭둑을 지나가면 아름드리 소나무가 빽빽하게 들어선 숲이 나온다. 소나무 숲 속에는 비석이 세워져 있는 작은 서원과 잔디가 깔린 어떤 성씨의 문중 묘가 넓게 펼쳐져 있었다.

소나무 숲은 봄이나 가을에 심심찮게 어머니들이 모여 계를 모으기도 했고 우리들의 소풍 장소로도 이용되던 곳이다. 소나무 숲 속을 빠져나오면 돌로 쌓은 나지막한 돌담이 이어져 있었다. 그 돌담 안에는 작은 법당과 요사채와 대문 위에 큰 북이 매달려 있는 절이 있다. 그 절은 대웅전 바로 뒤와 옆으로 공동묘지가 자리잡고 있어 기이하고도 특이하게 보이는 절이었다. 절이 묘지를 외투처럼 빙 두르고 있는 듯 보이지만 내 눈에는 묘지가 절을 포위하고 있는 모습 같았다. 오래 되고 퇴락해가는 듯이 보이는 절이 먼저 자리를 잡은 것인지, 무덤이 먼저였는지 아리송했지만 우리들은 절의 역사가 더 오래되었을 거라고 믿었다. 대웅전 서까래 위에 무더기로 피어나는 강아지풀과 그 옆으로 비가 스며들까봐서 덮어놓은 검은 비닐 갑바, 한 번도 제대로 문을 걸어 잠근 적 없을 것 같은 기우뚱한 나무로 된 일주문이 우리의 주장에 힘을 실어주고 있었다.

그 절에는 얼굴이 흰 젊은 비구승이 늘 저녁 다섯 시에 타종을 치는 종루가 있었고 종루 밑에는 돌로 만든 작은 샘이 자리잡고 있었다. 우린 그 샘을 해골 썩은 약수라고도 불렀고 산삼이 녹은 산삼탕이라고 불렀다. 우리는 얌전히 약수를 한 모금씩 마시고 또 길을 따라 걸었다. 절을 지나면 봄이면 똥을 퍼다붓는 밭이 펼쳐지고 찔레꽃이 무더기로 피어나는 길을 조금만 더 걸어가면 산이랄 것도 없는 나지막한 동산에 아카시 나무가 빽빽이 서 있었다. 다시 솔숲을 지나고 과수원 둘레에 대나무가 무성하게 자라고 있는 대나무 숲 근처까지 갔다. 가까이에 가자 친구 영미가 들려준 얘기가 느닷없이 떠올랐다. 자기 할머니가 어시장에서 떡장사를 하는데 어느 비 오는 날 늦도록 떡을 팔고 지름길로 가기 위해 대나무 숲길로 접어들자 어떤 여자가 자꾸 뒤 따라오더라는 것이다. 그래서 빨리 걸음을 옮기자 그 여자도 따라서 속도를 내더라는 것이다. 너무 뒤가 섬뜩해서 걸음아, 나 살려라 하고 왔는데 아무래도 귀신을 본 것 같다고 했다. 동네 아줌마들이 하는 소리로는 그 숲에는 어떤 처녀가 애인한테 버림받고 죽어 비 오는 날이면 애인을 찾아 쏘다닌다고 했다.

눈을 꼭 감고 점옥이 팔을 붙잡고 대나무 숲길을 지났다. 어떤 얼굴이기에 애인에게 버림받았을까 하는 궁금증에 나도 모르게 뒤를 돌아볼 것 같았기 때문이다. 우린 묵언 수행하는 스님처럼 묵묵히 굴뚝을 향해 걸어갔다. 마침내 언덕에 올라서니 저만치 화장터의 붉은 색 철문이 보였다. 아침엔 피어오르던 연기가 지금은 피어오르지 않았다. 다만 구린 냄새만 희미하게 공기 중에 떠돌고 있었다. 그런데 막상 도착해서보니 우리가 상상했던 것만큼의 무섬증은 일지 않았다. 대문 앞에는 소문으로만 떠돌던 무서운 저승개도 없었고, 화장터는 적막했고 평화롭기만 했다. 우리들은 오기는 왔지만 누구 하나 대문 안으로는 들어서지 못하고 서로의 눈치만 볼 뿐이었다. 말하지 않아도 금지구역이라는 것을 알기 때문에 아무도 발을 들여놓을 수가 없었다.

경수는 자신이 뱉은 말을 책임이라도 져야 되는데 어찌된 것인지 본인이 더 얼굴이 창백해 가지고선 가만히 바위 뒤에 쭈그려 앉아 있었다. 사실 그것만으로 된 것이었다. 걸어오면서 다를 마음속에 얼마 정도의 고통과 무섬증을 느꼈기에 누군가 그만 돌아가자고 말하기만 하면 화장터 순례는 끝난 것이다.

그런데 무슨 일일까? 출발할 때부터 아랫배가 묵직한 기미를 느꼈지만 큰 모험을 앞에 두고 소변을 보는 것을 깜박 잊은 것이다. 이젠 숫제 터질 듯 내 방광은 쿡쿡 쑤셔와서 폭발직전이었다. 더 이상 참았다가는 감각이 없어져 오줌을 줄줄 지릴 수밖에 없을 지경이었다. 긴장을 하면 늘 이런 증세가 왔다. 그래서 엄마는 외갓집에서 가져온 옥수수수염을 삶아 먹였고 전나무 잎을 삶아 내게 주기적으로 먹였다.

만약에 내가 저 아이들 앞에서 오줌을 지리면 그 다음은 어떤 일이 벌어질까. 그건 불 보듯 뻔한 일이었고 내 자존심이 절대로 허락하지 않는 문제였다. 화장터의 무서움보다 내 방광의 무게가 더 컸다. 나는 뛰었다. 화장터의 철대문 안으로 무작정 뛰어들었다.

건물의 외벽 처마 밑 장작더미 옆에서 급하게 바지를 내렸다. 너무 참은 탓인지 소변은 시원스레 나오지 않았다. 저릿하게 아랫배의 통증 끝에 질금거리며 나오는 소변은 오래 걸렸다. 흙을 적시며 내려가는 긴 오줌줄기를 초조하게 바라보다 속옷도 제대로 올리지 못하고 대문 앞을 잽싸게 뛰어나갔다. 내가 후다닥, 튀어나오자 그것이 신호라도 된다는 듯이 아이들은 동시에 고함을 지르고 소나무 숲을 향했다.

우리는 무작정 뛰었다. 소나무 숲을 지나고 밭둑을 가로지르고 여름에 자주 오는 산딸기밭을 지나 무서운 대나무 숲을 지나 미루나무 한 그루가 있는 점옥이 할아버지 묘 가까이 와서야 발길을 멈출 수 있었다. 다들 숨만 쉬었다. 내가 오줌찔찔병으로 터져나오는 오줌 때문에 들어간 것도 모르고 아이들은 나의 행동에 어안이 벙벙한 얼굴이었다. 굳이 말이 필요 없는 순간이었다.

경수는 집으로 오자마자 내게 구슬자루를 넘겼다. 비 오는 날의 화장터 방문은 나의 지나친 상상력 덕분에 풍성한 한 편의 이야기가 되었다. 관이 여러 개 놓여 있었고 시체 태우는 사람은 모두들 검은 옷을 입고 있었고 얼굴도 검었다고 했다. 내 상상속의 성곽은 더욱 견고해졌고 검은 굴뚝은 내 마음속으로 들어와 시시때때로 혀의 간지러움이 되어 마음의 검은 연기가 거짓말처럼 흘러나왔다. 내 어깨를 짓누르고 있던 무게는 어디로 사라졌는지 나는 룰루랄라 노래를 부르며 집으로 향했다.

모험은 두려움과 슬픔을 이기는 특효약 같다. 그건 나도 알고 경수도 알고 산동네 아이들 모두가 알고 있다. 늘 주눅들어 있는 자신이 살아 있다는 것을 확인할 수 있는 유일한 짓거리이기도 했다. 우리는 참고 또 참아낼 것이다. 아버지의 술주정과 엄마의 거친 욕설도 우리를 한없이 낮게 만드는 가난까지도. 우리에게는 그 고통을 잊을 만큼 짜릿하고 때론 버겁지만 그래도 조금씩 키를 자라게 하는 삶의 모험들이 차례대로 기다리고 있을 테니까.

이 구슬을 누구에게 팔까? 이런 새콤달콤한 고민까지 하다니. 이번 크리스마스 이브의 밤은 어떤 때보다 풍성한 이야기들이 넘치는 짜릿한 밤이 될 것 같다. 정말 기대된다.

엄마는 연말이 다가오고부터 밀린 수출 물량 때문에 잔업을 한다고 매일 늦는다. 다리에 깁스를 하고 아버지가 며칠 전 병원에서 돌아오셨다. 공사장에서 질통을 메고 오르다 일층으로 떨어져 허리와 다리를 다쳐 이 주일 동안 병원 신세를 지고 오신 것이다. 집에 온 이후로 아버지는 동네 술집에 더 자주 더 오래 나가 계신다. 술에 취해 들어오면 엄마에게 시비를 걸고 참다 못한 엄마가 댓거리라도 하면 곧바로 엄마의 얼굴에 시퍼런 멍을 만들어버린다. 아무리 생각해도 아버지가 문제였다. 내일은 크리스마스 이브인데 그렇게 기다리고 기다리던 날인데 이야기할 거리도 넉넉하고 보나마나 엄마도 외박을 허락도 해주실 건데 아버지가 내 계획을 망칠 게 뻔했다. 저녁시간이 지나도 아버지는 동네 술집에서 돌아올 기미가 보이지 않는다. 조바심이 나서 막내를 시켜 아버지를 모셔오라고 몇 번이나 술집으로 보냈는지 모른다.

밤이 이슥해서야 아버지가 골목에 접어들었다. 아버지의 노랫소리가 들린다. 뒤이어 재채기 소리와 코 푸는 소리가 후렴처럼 들려온다. 쿵쿵, 내 심장 박동소리가 울린다. 아버지가 온다. 거대한 마왕처럼 아버지가 오신다. 점점 더 가까이 다가온다. 숨을 고르고 나는 마술을 건다.

나는 두렵지 않네. 내겐 요술처럼 변하는 푸른 가루약이 있으니.

드디어 아버지가 오셨다. 힘없는 나무 대문이 죽는 소리를 낸다. 아버지는 힘없는 소리를 내며 닫히는 초라한 대문에 또 한방을 날리신다. 입구에 쌓여 있는 연탄재도 욕설과 함께 차버린다. 그건 엄마의 눈에 주먹을 날리고 싶다는 표현이다. 허연 먼지가 마당에 한 가득 피어오른다. 곧 전쟁이 시작된다는 예고편을 보는 듯하다. 우르르, 방안에서 텔레비전을 보던 동생들이 튀어나와 마루에 일렬로 서서 배꼽인사를 한다.

"아버지, 다녀오셨습니까?"

"아이고, 이기 누고? 우리 공주님들 아입니꺼."

말도 꼬이고 몸도 꼬이는 아버지의 첫 인사는 이렇게 요란하다. 아픈 다리를 마루에 올려 안방으로 들어오기까지가 문제다. 그 다음은 급변하는 장마철 날씨처럼 변한다.

"이 씨부랄 것, 너거 엄마는 아직도 안 왔나? 이놈의 여편네가 서방 알기를 개똥으로 알고 말이지. 돈 좀 번다고 어디서 유세를 하고 지랄이야."

더 이상 아버지의 생각이 엄마에서 머물지 않도록, 생각할 틈을 주지 않아야 된다. 나는 얼른 막내동생 민경이를 아버지 앞으로 밀쳐낸다. 울상을 하고 나를 보는 동생에게 도끼눈을 하고 눈으로 지시한다. 민경이는 주춤거리며 아버지 앞으로 다가선다.

"아이고, 우리 막내공주 아니가?"

아버지는 엄마에게 퍼붓는 욕설을 잠시 잊고 막내를 안고 뽀뽀를 하고 야단을 떤다. 덩달아 나랑 둘째 민주도 아버지 어깨를 주무른다. 그때를 맞춰 나는 아버지를 달랜다.

"아버지 방으로 들어가셔서 식사하세요. 아버지 좋아하는 시락국 끓여놓았어요."

아버지는 딸들의 애정공세에 허물허물 아이스크림처럼 녹는다. 아들도 없는 집구석, 가시나들만 우글거리는 조개탕 같은 집구석이라는 소리가 나오기 전에 얼른 아버지를 방으로 밀어넣어야 한다. 아버지가 방에 들어가면 곧장 부엌으로 달려간다. 곱게 갈아놓은 가루약을 숨겨 놓은 찬장 밥사발 속에서 꺼낸다. 원래는 알약이지만 아버지가 눈치채지 못하게 숟가락으로 곱게 짓이겨 놓아두고 조금씩 아껴 쓴다.

아버지의 밥 그릇 제일 위쪽의 밥알을 슬쩍 걷어내고 솔솔 가루약을 뿌린다. 따뜻한 밥의 온기가 하얀 가루를 품어서는 서서히 물든다. 주걱으로 빠르게 밥을 섞는다. 연두색으로 변하기 시작하는 쌀알은 다시 더운 김 속에 노오란 색깔로 몸을 바꾼다. 여름날 길섶에 숨어 있는 애기똥풀꽃처럼 밥알은 하나씩 피어난다. 주걱으로 밥알을 뒤섞자 밥그릇 속에 담긴 밥은 연노랗게 피어나는 달맞이꽃으로 어우러졌다.

아버지를 잠속으로 이끌 달맞이꽃이었고 밥의 꽃이었다. 홀리듯 가만히 바라보고 있노라면 찬 공기에 밥이 식는지 꽃들은 서서히 시들어가며 스르르, 하얀 밥알 속으로 정체를 숨긴다. 얼른 밥을 퍼서 꽃잎 위에 덮는다.

괜찮다고, 그냥 가만히 네 할 일만 하면 된다고, 나는 주걱으로 토닥토닥 밥을 다독인다.

나는 떨리는 손에게 주문을 건다.

괜찮아, 떨지 마. 아버지는 주무셔야 해. 그래서 이 약이 필요해. 죽은 동생에 대한 기억도 아픈 다리의 통증도 모두 잊고 깊고 푸른 잠속으로 들어가시게 해야 돼. 달맞이꽃에게 아버지를 보내드려야 해.

시락국이 놓인 밥상을 들어 아버지 앞에 가져다놓는다. 숟가락을 잡는 아버지를 두 눈을 크게 뜨고 바라본다. 내 심장은 어지럽게 뛴다. 뛰는 심장을 다독이며 아버지의 풀린 눈동자에게 애원한다.

드세요, 아버지. 아버지는 그 밥을 드시고 그냥 주무시면 돼요. 엄마가 다 알아서 하신대요. 엄마가 만약 뒷집 성아 엄마처럼 도망가면 어떡해요? 나는 동생들과 아버지랑 살 자신이 없어요. 그러니 아버지 남기지 마시고 그 밥을 모두 드세요. 나도 내년이면 중학교에 가야 해요. 지금 아버지는 일을 하지 못하시잖아요. 내 교복과 등록금 엄마가 준비한대요. 돈 안 벌어주셔도 돼요. 그냥 가만히 있어 주세요. 밤 늦게 술에 취해 누군가에게 욕을 하며 비틀거리는 모습으로 돌아오지 마세요. 동네 친구들 보기 창피하고 아버지가 싫어져요. 그러니, 제발 아버지!!

아버지는 초라한 밥상을 들여다보신다. 숟가락을 쥔 손이 떨린다. 눈도 헤실헤실 풀어지셨다. 밥숟가락 가득히 밥을 퍼서는 시락국에 만다. 내 심장도 푸르게 물들어 가는지 아프듯이 쪼여온다. 아버지는 천천히 시락국에 말은 밥을 입으로 가져가신다. 왼손을 들어 가슴에 얹는다. 침착하자고, 괜찮다고 뛰는 심장을 다독인다.

알코올의 힘에 혀의 느낌은 마비가 되었으니 맛도 모르실 거다. 아버지는 모른다. 진짜 모르실 거다. 밥술을 뜨다 아버지는 몇 차례 사레가 들어 재치기를 한 것 외엔 아무런 의심 없이 밥상을 물렸다. 숭늉까지 드시고 양말을 벗고 뜨끈한 장판에 허리를 대자마자 아버지는 코를 고신다. 드디어 달맞이꽃 길을 따라 푸르고 깊은 잠속으로 들어가셨다. 아버지의 얼굴이 이 순간만은 편안하게 보인다.

다시 평화가 찾아왔다.

동생들은 다시 텔레비전을 켜고, 나는 빌려온 만화책을 늦도록 볼 수 있고 엄마는 늦은 야간작업을 마치고 와서 씻고 잠들 수 있다. 그러면 된다. 아버지가 드신 밥상을 부엌으로 가져와 설거지를 한다. 내일 아침이면 아버지는 복통과 두통에 시달릴 것이다. 그리고 복어 배만큼 통통 부운 얼굴을 하고 숨쉬기도 힘들다고 하소연할 것이다. 그러면 엄마는 자업자득이라면서도 콩나물국과 꿀물을 타놓고는 다시 출근을 할 것이다. 한 달 정도 아버지는 사거리에 있는 뽀글파마 사천댁이 하는 막걸리집에 가지 못할 것이다. 설거지를 하면서 나는 노래를 불렀다. 달맞이꽃 마중을 가는 아버지를 향한 자장가였다.

아빠 하고 나 하고 만든 꽃밭에~~
채송화도 봉숭아도 피었습니다.
아빠는 과꽃을 좋아했지요. ~~
꽃이 피면 꽃처럼 살자 했지요.

긴장이 풀렸는지 잠이 쏟아진다. 엄마가 오실 때까지 오늘은 끝까지 잠들지 않을 것이다. 내일이 기대된다. 점옥이가 이야기 해준 6호방 언니의 방에서 이상야릇하게 들리는 소리와 애인과 하는 짓거리를 정말 볼 수 있을까? 갑자기 그릇 깨지는 소리가 들린다. 꿈결에서도 우리 집인가, 싶어 놀라서 일어났다. 잠시 동안 내 귀는 소라귀가 되어 한 발이나 늘어진다. 다행히 우리 집이 아니고 우리 집 뒷담에 나란히 붙은 성아네 집에서 나는 소리다. 오늘은 성아네 아버지 차례인가? 어제는 경수 아버지가 난리를 치더니. 이 가난한 달동네는 하루도 그냥 넘어가는 날이 없다.

산복도로 밑 주택지에 있는 반듯한 양옥집에는 싸움을 하는 어른들은 절대 없을 것이다. 나처럼 아무도 아버지에게 먹일 술 끊는 약을 사러 약국에 가지 않을 것이다. 떨리는 손으로 아버지에게 푸른 약을 밥에 섞지도 않을 것이다. 그건 달동네에 사는 아이들만 할 수 있는 짓거리니깐.

욕설이 들리고 잠잠해지자 성아가 운다. 키도 작고 마음도 착한 성아의 울음소리는 들을 때마다 왜 그런지 그냥 슬프다. 잠시 후 우리 집 대문 두드리는 소리가 들린다. 분명 성아 일 것이다. 성아는 아버지가 술에 취해 주정을 할 때마다 도망쳐 우리 집으로 온다. 슬리퍼를 끌고나가 대문을 열자 성아의 몸이 내 앞으로 쏟아진다. 성아의 예쁜 눈이 발갛게 부어 있다. 추위에 떨었는지 입술에 하얀 각질까지 돋아나 있었다. 얼른 내 방으로 들어와 따뜻한 내 자리를 내어준다. 성아는 이불을 푹 뒤집어쓰고는 베개에 얼굴을 묻는다. 숨소리만 고요히 들린다.

"밥은 먹었어?"

성아는 아무 말도 않는다. 나는 옥수수튀밥 그릇을 성아 앞으로 내민다.

"오빠가 왔으면 좋겠어."

성아는 외로울 때 엄마보다 오빠를 먼저 찾는다. 도망간 엄마의 얼굴도 이제 생각나지 않는다는 성아였다. 성아의 오빠는 중학교를 졸업하고 서울에 취직하러 갔다. 자리를 잡으면 성아를 데리고 가겠다고 편지를 보내왔다고 하는데 2년이 지난 지금까지도 아무런 소식이 없다.

성아 아버지는 술만 마시면 성아 오빠를 두고 애비 두고 도망간 개호로 자식이라고, 동네가 떠나갈듯이 욕을 해댔다. 나는 호로 자식이 바다에서 나는 오징어 새끼 호래기 인 줄 알았다. 얼음같이 차가운 성아의 기분을 녹여주고 싶다.

"이번 크리스마스 이브에 점옥이 집에서 놀기로 한 것 성아, 너도 알지? 우리 같이 가서 신나게 놀자."

"난 못 가. 아버지가 아시면 맞아 죽을 거야. 엄마처럼 화냥기 있다고 집밖을 못 나가게 하잖아."

"지금은 안 찾아?"

"응. 주무셔. 저녁도 안 드시고."

성아가 다시 훌쩍거린다.

"넌 아버지가 밉지 않니? 싫지 않아? 오빠처럼 도망치고 싶지 않느냐고?"

"응. 미워. 싫어. 죽도록 미워."

"그러면 너도 오빠한테로 가."

"그러면 아버지 곁엔 아무도 없잖아."

성아는 이런 아이다. 아무리 생각해도 마음이 너무 여리다. 나 같으면 냅다 도망을 가도 열두 번은 더 갔을 것이다. 그래도 나에겐 아직 엄마가 있다. 엄마가 있어 얼마나 다행인지 모르겠다. 엄마가 없다면 나도 성아처럼 아버지가 술에 취해 돌아오면 집에서 쫓겨나와 친구 집을 기웃거리게 될 것이다. 생각만으로도 몸이 부르르 떨렸다.

"근데, 정말 내일 모여서 논다고 했어?"

이불 속에서 성아가 고개를 돌려 내 쪽을 보며 말했다.

"당연하지. 난 내일을 위해 엄마에게 오늘 허락을 받을 거야. 성적표도 자신 있고 심부름도 잘했거든."

"나도 가고 싶어."

"그래. 우리 같이 가서 놀아. 점옥이 집에 사는 아이들하고 진수도 온대."

"진수도?"

"그래. 너 좋아하는 진수 말이야."

"가고 싶지만 아버지가……. 분명히 내일도 술에 취해 들어오실 걸?"

"내가 도와줄까?"

"어떻게?"

나는 가만히 성아의 눈을 들여다보았다. 맑고 깊은 고요한 호수 같았다. 누구에게도 한 번도 힘주어 본 적 없고, 잔잔한 물결 한 번 일으켜 보지 못한 순하디 순한 눈이었다. 그 정직한 눈에 대고 나는 두 눈을 서너 번 깜박였다. 내가 일으키는 바람의 힘으로 성아가 한 번이라도 일렁이기를 바라는 마음에서였다.

"죽을 때까지 입 다물고 있을 수 있어? 비밀 지킬 수 있냐고?"

"그게 뭔데? 알아야 비밀을 지키지."

"아버지에 대한 비밀 얘기야."

"우리 아버지?"

"그래, 너희 아버지!"

성아의 얼굴이 나를 향해 바짝 다가왔다. 그리고 크고 검은 눈동자가 나를 향해 커다랗게 반원을 그리며 조금씩 빛나고 있었다. 따뜻한 방에서 발갛게 달아오른 뺨과 작고 가느린 몸과 한 번도 웃어보지 못한 그 입가가 조금씩 꿈틀거리기 시작했다. 생기가 도는 게 살아 있다는 생각을 성아에게서 처음으로 느꼈다.

"이건 진짜 중요한 비밀이야. 우리 아버지 자주 술 드시고 오는 것 알지? 요즘 다리가 많이 아픈 뒤로 매일 마시고 오잖아. 하지만 곧 잠에 취해 주무시거든. 그러니 엄마랑 싸울 일 없어."

마침 안방에서 아버지가 커다랗게 코 고는 소리가 들려온다. 엄마는 아마도 열 시가 넘도록 잔업을 할 것이다. 곧 다가올 연휴 때문에 수출 물량 맞춘다고 엄마는 정신없이 바쁘다. 엄마가 사놓으라는 콩나물과 어묵은 부엌 시렁 위 고무다라이에 담겨 있다. 내일 아침 엄마는 새벽바람에 일어나 콩나물국을 끓이고 양파를 듬뿍 넣은 어묵볶음을 해놓고 출근을 할 것이다. 내일이면 우리도 방학이다. 그러면 늦게 일어나도 되니 그나마 엄마의 아침 시간이 느긋할 것이다. 평범한 일상을 편안하게 맞이할 수 있다는 게 얼마나 행복한 일인지 그런 행복을 엄마에게 선물해주고 싶은 것이다. 성아에게도 그런 일상을 맞이하게 해주고 싶다.

"그니깐, 그게 뭐냐고?"

"먼저 약속해. 죽을 때까지 비밀로 하겠다고."

"그래. 약속할게."

성아가 고개를 끄덕이며 새끼손가락을 걸고 나서 내 눈을 들여다봤다.

"약이야."

"약?"

"그것도 술 끊는 약."

"술 끊는 약이라고? 정말 그런 게 있어?"

"응. 있어. 우리 엄마 회사에 다니는 아줌마가 그 약을 술 취해서 행패부리는 남편에게 먹였대. 그랬더니 정말 술을 딱 끊더래. 그래서 엄마도 아버지가 자꾸 술 취해 와서 이상하게 될까봐 몰래 드시게 해."

성아의 눈이 동그랗게 커지는 것이 놀란 게 분명하다.

"그거 먹으면 진짜로 술 안 마셔?"

"그렇다니까. 우리 집 봐. 우리 아버지 조용하시잖아."

인정이라는 듯이 성아의 고개는 끄덕거린다.

"그거 되게 비싸지? 나 돈 없는데."

"그런 걱정은 붙들어 매서. 우리 집에 있어. 내가 줄게."

"알약이야? 그걸 어떻게 아버지에게 드시게 해. 우리 아버지는 대번에 알 거야. 그러면 난 정말 맞아죽을 거야. 무서워서 난 못해."

벌써부터 성아는 덩치 큰 아버지의 책가방만한 손이 자신의 몸에 와 닿기라도 한 듯 몸을 오그리고 부르르 떨었다.

"바보같이. 누가 알게 한대. 알약을 가루로 만들어서 드시게 해야지.

술 취해서 오면 밥 드시잖아. 그때 밥에 몰래 섞어 내는 거야. 술에 취하면 감각이 없어서 맛을 모르거든. 우리 아버지는 한 번도 의심하지 않더라."

"그럼 넌 아버지 밥그릇에 약을 진짜 섞니?"

"그럼 진짜로 했지? 가짜로 했겠냐? 난 이런 평화가 좋아. 이렇게 조용히 아무런 일도 일어나지 않는 밤이 오면 얼마나 행복한지 넌 모를 거야. 아버지가 술에 취해온 날이면 모든 게 엉망이 되거든. 욕설도 지겹고 싸움 말리는 것도 이제 싫어. 동생들이 우는 것도 싫고. 더 싫고 두려운 건 엄마가 우릴 두고 도망칠까 봐 그게 제일 무서워."

"그래. 너에겐 엄마가 있었지."

"아빠가 저렇게 자꾸 괴롭히면 엄마는 언젠가는 우리를 두고 도망치고 말꺼야. 나라도 그러고 싶은데 엄마는 오죽하겠어? 막내 남동생이 죽고 난 뒤 더해. 엄마가 남동생이라도 낳으면 아버지의 술주정이 나을 거라고 하지만."

갑자기 성아가 훌쩍인다. 엄마 얘기를 괜히 한 것 같다. 친구라면 그런 것까지 신경을 써야 되는데 솔직하게 말하다가 보니깐 나온 말이지. 뭐, 성아를 울게 하려고 한 것은 아니다. 그건 성아도 알 것이다.

"성아야, 미안! 엄마 얘기 꺼내서."

"아니야. 그냥 눈물이 나와서 그래."

성아가 우니깐 나도 좀 그렇다. 마루에 걸려 있는 쾌종시계가 열 번을 울린다. 엄마는 이제야 공장 문을 나오겠다. 통근버스를 타고 집에 오면 열 시 반이다. 엄마를 기다리는 시간이 더디다. 아무리 잠이 와도 오늘은 엄마 얼굴을 봐야겠다. 그래야 내 마음이 편안해질 것 같다.

"내일 저녁에 내가 너희 집에 가져다줄게. 아버지 식사하기 전에 내가 반찬 가져다주는 척하면서 내가 할게. 걱정일랑 붙들어 두라고."

"응, 알았어. 난 이제 갈게."

"그냥 여기서 자고 가. 내일 아침 일찍 가면 되잖아. 우리 집에서 자고 온다는 걸 아버지도 잘 아시잖아."

"아니야, 가야지. 내일 학교 갈 때 같이 가."

가야지 하면서도 성아는 여전히 따뜻한 이불속을 못 빠져나온다. 골목에서 어떤 아이가 아버지 술심부름을 가는지 쇠주전자가 골목 담벼락에 부딪치는 소리에 맞추어 노래 소리가 들린다. 조용한 밤이라서인지 더욱 가깝게 들린다.

아버지를 찾으러 술집에 갈까?
엄마를 찾으러 미장원에 갈까?
누나를 찾으러 고고장에 갈까?
이놈의 집구석 잘도 돌아간다.
랄랄랄라 랄랄랄라 와장창!

풋, 하고 성아랑 나는 동시에 웃었다. 가로등도 없는 골목길이 무서워서 부르는 노래였을 것이다. 나도 해봤으니깐 안다. 막걸리 반 되를 사러 주전자를 들고 어둔 밤길을 걸어가는 웅크린 아이의 뒷목덜미가 떠오르지만 그래도 우스웠다. 늦은 밤 달동네에서만 들을 수 있는 노래였다.

찬바람에 얇은 외투를 입은 성아가 잔뜩 웅크리고 골목을 빠져나간다. 나는 나무 대문의 고리를 걸어두고 방으로 쪼르르 들어왔다. 이불 속으로 포옥 들어가서 엄마가 오는 소리가 들리나 싶어 귀를 쫑긋 세웠다. 바람이 자꾸 나무 대문을 토닥토닥 두드린다. 그게 엄마 발소리 같다. 곧 엄마가 오실 거야. 참자. 참자.

눈을 뜨니 아침이다. 귀를 기울이자 부엌에서 무채를 써는지 도마소리가 경쾌하게 들린다. 엄마다! 얼른 일어나 부엌으로 쌩하니 달려갔다. 그러고 보니 어젯밤 잠이 들어 엄마를 보지 못했다. 밤 사이 또 무슨 일이라도 생긴 것인지 엄마의 얼굴을 봐야 마음이 놓인다. 엄마는 큰 방 연탄불 위에 밥을 하고 우리 방 연탄불 위에는 국을 끓인다. 큰소리로 엄마를 불렀다.

"엄마, 어제 몇 시에 왔어?"

"아이고, 놀래라. 가시나야! 으응, 초상집에 좀 들렀다가 온다고 늦었다. 아버지 걱정도 되고 연탄불도 갈아넣어야 되는데 싶어 걱정 많이 했더니만 네가 단도리를 잘해놨데. 불구멍도 잘 조절해놓고. 어제 방 안 춥더나?"

"아니, 안 추웠어."

"아버지 주무시니 조용히 동생들 깨워라. 오늘 방학하제. 통지표 잘 챙겨오고."

엄마의 잔소리가 즐겁게 들린다. 이럴 때 엄마는 진짜 우리 엄마 같다.

"알았어. 근데 엄마 나 오늘 밤에 점옥이 집에서 자도 돼? 점옥이 부모님이 시골 큰집에 초상이 나서 가서서 무섭대. 그래서 나랑 자고 싶다고 한단 말이야. 허락해줘."

나는 엄마를 뒤에서 껴안고 엄마 볼에 뽀뽀를 하고 어리광을 부린다.

"와 이라노, 다 큰 가시나가? 통지표나 한 번 보고 말하자. 얼른 씻어라. 고무통에 따신 물 있다."

"엄마, 진짜 오늘은 일찍 오는 거지?"

"그래. 오늘은 다섯 시 퇴근이다. 크리스마스 이브인데 일찍 와야지."

이건 확실하다. 자도 된다는 말이다. 내 통지표를 말하자면 양가집 규수는 절대 아니다. 우수한 집구석에서 교육 잘 받은 애라고 적혀 있을 것이다. 내 성적에 유달리 집착하는 엄마다. 큰놈이 잘 돼야 아랫것들도 잘 된다는 게 엄마의 자녀교육법이다. 선생님이 뭐라고 나를 평가했는지는 모르겠지만 수와 우가 전부인 내 통지표 볼 거 뭐 있어? 당연히 오케이지.

라디오와 텔레비전에서 캐롤이 계속 흘러나온다. 오늘 점옥이 집에서 할 파티에 가져갈 과자를 사러 나온 길이었다. 성아 몫까지 샀다. 점옥이는 몰래 숨겨둔 막걸리까지 먹자고 하면서 기대하라고 했다. 기대된다. 삼거리 레코드점에서 틀어주는 목소리 굵직한 남자의 캐롤송을 듣고 있자니 성냥팔이 소녀의 동화에서처럼 다정한 가족들의 만찬이 그려진다. 행복한 가족의 만찬을 나도 가지고 싶다. 성아와 함께 보낸다면 더욱 좋겠지. 빛나만화방에서 가져온 반짝반짝한 『베르사이유의 장미』도 얌전히 내 품안에 있다. 모든 게 준비되었다. 모든 게.

얼른 집으로 돌아와 엄마 몰래 국과 반찬 서너 개를 담았다. 큰 방에서는 텔레비전 소리만 왕왕거린다. 숨을 한 번 길게 들이마시고 대문을 나섰다. 내 오른쪽 주머니에는 하얀 가루약이 담겨 있다. 우리를 평화의 나라로 보낼 줄 수 있는 신비의 약이다. 그 약이 내게 있는 한 나는 힘이 세다. 그러니 두려워 말자. 쟁반을 들고 골목길을 돌았다.

성아 집도 월세를 받기 위해 만들어진 연탄 부엌과 방만 죽 늘어서 있는 슬레이트집이다. 대문을 열고 들어서면 있는 수돗가를 지나 장독대 옆 첫 번째 방이다. 여섯 시인데 벌써부터 방안에서 성아 아버지의 혀 꼬부러지는 소리가 들린다.

성아 아버지는 양복 만드는 기술이 있지만 술 때문에 늘 쫓겨 나온다. 이번에도 들어간 양복점에서 쫓겨 나온 후 계속 술만 드시고 성아만 달달 볶아댄다. 크게 숨을 한 번 들이쉰 뒤 성아 집 부엌문을 연다. 부엌을 통해 안방이 훤하게 보인다. 텔레비전은 틀어져 있고 성아 아버지는 깔아져 있는 이불 위에 술상을 펴고 앉아 있다. 성아는 벌이라도 받는지 술상 앞에 쭈그려 앉아 있다.

"안녕하세요?"

"이게 누고? 민하 아이가? 그래, 아버지 다리는 좀 괜찮나?"

"네. 많이 좋아지셨어요. 저기 이거 가져다 드리라고 해서요."

"그게 뭐고?"

"네. 엄마가 끓인 동태국 하고 고등어조림이에요."

"허어, 고맙구로. 가져다주는 성의를 생각해서라도 묵어야제. 밥상 한 번 차려봐라."

"네."

성아는 밥솥과 밥그릇을 내게 손짓으로 가리켰다. 나는 얼른 방문을 조금 닫고 난 뒤 밥상 차리는 것을 거들었다. 국을 담고 찌개를 옮겨 담고 성아가 수북하게 밥이 담긴 밥그릇을 내 앞에 건넨다. 나는 호주머니에서 가루약 든 흰 종이를 꺼냈다. 성아는 침을 크게 삼키며 내 손에 놓인 가루약을 뚫어져라 쳐다본다. 밥을 크게 밥숟가락으로 세 숟가락을 퍼서 밥그릇 뚜껑에 담아두고 가져온 가루약을 손가락으로 집어서 솔솔솔 뿌렸다. 밥알의 따스한 온기로 하얀 가루약은 서서히 색깔이 변한다. 푸른 색에 가까운 연한 연두색으로 물든다. 성아는 작게 입으로 색깔이, 색깔이, 하며 손으로 밥을 가리킨다. 나는 조용히 하라고 눈을 크게 치뜨고 손가락으로 성아의 입술을 가렸다. 다시 숟가락으로 뒤적거리자 노랗게 변하는 밥알은 편안히 밥알의 입자에 스며들어 하얀 색깔로 교묘히 몸을 숨긴다. 그 위로 밥뚜껑에 퍼두었던 밥을 다시 덮어 다독였다. 밥상을 성아 아버지 앞에 가져다놓았다. 숟가락을 든 성아 아버지는 먼저 동태국을 한 숟가락 떠 맛을 보신다.

"어, 시원한 게 참 잘 끓이셨네."

불안해하는 성아와 같이 성아 아버지 밥상 옆에 앉아 크리스마스 이브 날의 특별 쇼를 멍하니 바라보고 있다. 간간히 물어오는 성아 아버지의 물음에 상냥하게 답을 하며 잘 생긴 남자 가수의 얼굴을 아무 생각 없이 바라본다. 쪼릿쪼릿하게 조여오는 이 긴장감을 노래가 살며시 보듬어주는 것 같다. 성아 아버지는 천천히 밥을 드신다. 텔레비전에서는 깜찍한 쌍둥이 여자 가수가 신나는 캐롤을 부른다. 다음으로 키 작은 남자 가수가 나와 낮은 목소리로 노래를 부른다.

고요한 밥~ 거룩한 밥.

이상하다. 고요한 밤이 고요한 밥으로, 거룩한 밤이 거룩한 밥으로 들린다. 잘못 들었나 싶어 손가락으로 귀를 후볐다. 그래도 후렴으로 들려오는 고요한 밤은 그대로 고요한 밥으로 들렸다. 내 귀에만 그렇게 들린다면 오늘 하루만이라도 그렇게 믿고 싶다. 우리가 처음으로 하는 파티인데, 성아가 얼마나 기대하는 밤인데.

오늘 밤 이 고요하고 거룩한 밥을 드시고 고요히 잠들어준다면 성아 아버지가 정말 거룩하게 보일 것 같다.

성아 아버지는 밥과 국을 말끔히 비우셨다. 설거지를 하고 성아의 코 딱지만한 방에 앉아 괜히 이런저런 것을 뒤적이다 보니 성아 아버지의 코고는 소리가 들린다. 성아는 아버지를 흔들어 보고 불러도 본다. 아무런 기척이 없다. 성아는 나를 본다. 나는 고개를 끄덕여준다. 아버지에게 이불을 덮어드리고 텔레비전 전원도 껐다. 성아 아버지는 깊고 푸른 잠 속으로 들어가셨다.

성아는 집을 나오면서 아버지를 위해 연탄불구멍을 세 개나 열어놓았다. 과자봉지를 들고 점옥이 집으로 향하는데 별똥별 하나가 산 너머로 떨어진다. 외투가 얇은 성아는 내가 입은 두툼한 외투 호주머니에 손을 쏘옥 집어넣는다. 내가 성아의 손을 힘주어 잡자 나를 보며 생긋, 웃는 성아의 덧니가 반짝 유성처럼 빛난다.

아마도 내일 새벽에는 이 가난한 달동네에서도 교회 성가대가 부르는 새벽 송을 듣게 될 것이다. 조용하게 거룩하게 그렇게 내 새벽잠을 잠시 깨울 것이다. 내가 좋아하는 새벽 송을 성아도 들었으면 좋겠다. 그러면 우리도 푸른 약을 드신 아버지들처럼 모든 걱정을 잊고 잠시라도 평화롭게 잠들 수 있을 것이다.

고개를 들어보니 하늘에는 별도 많다. 오늘 따라 유난히 동네가 조용하다. 그 많은 개들도 짖지 않고 고양이도 울지 않고 아무 집에서도 어떤 아버지도 오늘 밤은 술에 취하지 않으셨는지 싸움 소리도 욕설도 들리지 않는다. 성아의 손을 꼭 잡고 점옥이 집으로 타박타박 걸어가는 우리들의 발자국 소리만 들려올 뿐이다.

고요한 밥을 먹은 고요한 밤이다. 그래서 더욱 거룩한 밤이다.

고래의 맛

아파트 입구에 들어서니 맥이 탁 풀렸다. 몇 달을 쉬다 나간 요가원에서 너무 욕심을 부린 탓도 있었겠지만 집까지 무턱대고 걸었던 것이 확실히 무리했던 것 같다. 습관처럼 쳐다보는 현관 입구의 철제 우편함에 작은 우편물이 하나 꽂혀 있었다. 집에서 나올 땐 없었는데 언제 있었지, 아니면 있었는데 내가 못 보았나.

선사인의 피가 흐르는 당신! 당신을 고래축제에 초대합니다.

우편물은 사각 봉투에 얌전히 접혀 있는 초대장이었다. 발신처는 고래축제위원회로 되어 있어 윗옷도 벗지 않은 채 뜯어본 우편물의 내용치고는 뜻밖이었다. 고래와 나와의 연관관계는 고작해야 밍크고래나 돌고래 이름 정도만 아는 상식 수준 정도이다. 그런데 난데없이 고래축제라니, 그냥 넘기자니 개운치는 않지만 그렇다고 딱히 떠오르는 이유도 없으니 그냥 넘어가기로 했다. 도시의 모든 고객들에게 띄우는 백화점의 감사세일 초대장 같은 것이라고 여긴다면 간단한 문제였다.

속옷과 실내복을 욕실 앞에 가져다놓고 욕조에 더운물을 가득 채운다. 더운 공기가 뭉게구름처럼 피어오르자 욕실 안은 금세 훈훈해졌다. 차오르는 욕조에 아로마오일을 넣으려다 너무 지겹다 싶어져서 로즈오일을 떨어뜨린다. 목욕물을 손으로 천천히 휘젓자 은은한 향이 퍼진다.

반신욕을 한 지는 꽤 되었다. 누군가 좋더라고 권하기에 시작한 것이 이제는 습관이 되어버렸다. 하반신을 저릿하게 데운 열기는 뼛속까지 파고드는지 점점 나른해지면서 눈꺼풀이 묵직해진다. 내 몸에 벅찬 운동이 가져온 피로를 더운물의 입자가 조금씩 풀어주는지 물속에 있다는 감각을 서서히 잊어버리게 할 정도로 몸은 혼곤히 풀어진다.

매달려 있는 샤워기 꼭지에서 찬 물방울 한 방울이 톡, 하고 이마에 떨어졌다. 갑자기 출처도 불분명한 신경의 줄기들이 비 온 뒷날 오이닝쿨 뻗듯이 퍼져나갔다. 서너 방울도 아니고 고작 한 방울이었는데도 나른함을 일시에 날려버릴 정도의 날카로움이었다. 이번 달 들어서 몸보다 신경이 더 예민해진 듯하다. 비타민과 칼슘제도 빠뜨리지 않고 먹었고 반신욕도 거르지 않았고 운동도 다시 시작했다. 그렇게 애쓸 일도 딱히 없는데도 울적해졌다가는 별 것도 아닌 일로 다시 예민해지는 감정의 기복을 롤로코스트처럼 타고 있었다.

너무 이른 수술 때문이었을까? 마흔을 갓 넘긴 나이에 겪은 일치고는 엄청난 경험이긴 했다. 후유증 탓이라고 돌리기엔 시간은 충분히 흘렀고 나만 겪은 일도 아닌데 계속 이런 기분을 가진다는 것은 나이에 맞지 않는 수술만큼 안 될 일이었다.

　물속에 잠긴 검은 거웃은 수초마냥 자잘한 기포를 매달고 흔들거린다. 침엽수가 대롱대롱 눈송이를 덮고 있는 겨울숲 같다. 슬쩍 몸을 비튼다. 기포들이 흩어졌다가 다시 매달린다. 어김없이 한 달에 한 번 찾아오는 생리주기를 비어 있는 자궁은 기억하고 있는지 아랫배 양쪽이 묵직하니 여린 통증이 지나간다. 날짜를 헤아려보니 정확히 생리기간이다. 몸의 기억이 스스로 만들어낸 습관이라고 하지만 그 애쓰는 마음이 기특해서 두 팔을 둥글게 만들어 가만히 무릎을 끌어안는다. 수술은 깔끔하게 잘 되었지만 수술 후에 나타나는 항암 후유증은 어떻게 해볼 수가 없었다. 집에 온 몇 달 뒤부터 발바닥에 불이 날 것 같았다. 어떻게 표현을 해야 될지도 모를 만큼 아픔도 아니고 저림도 딱히 아니었다. 자다가도 일어나 거실에서 부엌으로 안방 침실로 서성거리다가 밤을 보낸 날이 한 달 넘게 계속 되었다. 그런 고통은 처음이었다. 의사는 수영과 요가를 권했다. 수영은 건조해지는 피부 알레르기 때문에 갓 평형을 익힐 찰나에 그만두었다.

　대신 요가학원에 등록했다. 집에서 가까운 주민센터에서 하는 요가 수업은 사람들이 너무 복작거려 어설프게 따라하기조차 민망했다. 수소문 끝에 알아낸 요가학원은 차를 가지고 5분이면 닿을 수 있는 아파트 상가에 위치한 곳이었다. 인도까지 가서 요가를 배웠다는 올드미스가 운영하는 학원이었다. 다들 이래저래 아픈 곳이 있는 몇 명이 편안하게 해서인지, 몇 달간 꾸준히 한 요가 덕분인지는 모르겠지만 발의 저림과 아픔은 많이 수그러들었다. 자다가 깨서 서성거리는 일이 줄어

드니 그나마 살 것 같았다.

비어 있는 자궁에 로즈향 목욕물을 다 담을 듯이 아랫배를 부풀렸다가 힘을 뺀다. 잔물결이 욕조를 출렁이며 소리를 낸다. 찰싹찰싹 몸을 때리는 가벼운 질책은 자신의 몸을 연민하지 말라고, 있는 그대로 받아들이라는 무언의 충고 같았다.

거울 앞에 서서 꽃소금을 한 움큼 쥐고 팔과 허벅지, 등과 아랫배, 가슴과 엉덩이 위를 차례차례 문지른다. 얇은 각질들이 떨어져 나간 자리에 짠물이 스며들자 등과 허벅지가 따끔거린다. 마지막으로 재스민 바디클린저를 거품 타올에 묻혀 이제는 좀 편안해지자고, 달래듯이 거품을 일으키며 온몸을 부드럽게 씻어낸다.

커튼의 끈을 풀고 창가에 브라인드가 내려지는 이 시각에 집으로 들어올 사람은 아무도 없다. 딸아이는 고등학교 진학과 동시에 기숙사 생활을 지원해서 일찌감치 집을 떠났고 남편 또한 지금 곁에 없다. 그가 떠날 사람이었다는 것을 새롭게 일깨워준 사람은 남편의 부서 여직원이었다. 마트의 바디숍에서 오일을 고르고 있는데 호들갑스럽게 인사를 해서 누군가 싶어 쳐다보니 미스 현이었다. 그녀는 묻지도 않은 말을 또박또박 바디용품 사용설명서를 읽듯이 말해주었다.

'과장님이 꼭 가겠다고 하시더라고요. 김 대리가 가도 무방한 업무였는데…….'

무슨 역하심정이 있어서 나온 말은 아니었고 그냥 이런저런 안부와 인사말 끝에 묻어나온 얘기였다. 무덤덤한 내 표정이 기대만큼 시원찮 있는지 뭔가를 읽어내려는 듯 빤히 바라보는 미스 현의 눈길이 따갑게 느껴졌다. 오랜 직장생활에 유들유들함이 배인 이 늙은 여우는 혼자서 별별 상상을 다하겠지. 그러다가 부서의 여직원들과 함께한 자리에서 추측한 수다를 은밀하게 퍼트릴지도 모를 일에 나의 반응이 도움이 되었는지는 미스 현만 알 일이었다.

자청이든 회사 업무방침이든 간에 이제 와서 생각해보면 그건 별 의미도 없는 일이었다. 그때 우리의 관계란 서로에게 유행 지난 외투 같은 존재들이었다. 그래서인지 그의 중국지사 행을 내심 반긴 것은 오로지 숨을 쉴 것 같다는 그 이유 하나 때문이었다.

자궁을 들어내는 수술을 계기로 기다렸다는 듯이 남편에게 무관심해졌다. 잠자리가 예민해져서 각 방을 쓰기 시작한 것도 그때부터였다. 남편에 대한 어떤 불만보다는 내 안에서 회오리처럼 일어나는 알 수 없는 일을 상대하기도 벅찼다.

내 몸속 어딘가에 존재했던 일부를 들어내고 나니깐 뭐랄까? 그만큼의 깊이만큼 허해졌다고나 할까, 뭐 그런 쪽에 가까웠다. 그것이 나의 여성성의 전부인 듯 주눅이 들었고 일상의 만남들이 이웃이든 친구이든 시들해졌으며 일과표처럼 하던 집안의 일까지 아주 하찮은 짓거리로 여겨졌다.

'이젠 별 필요도 없을 자궁 들어내면 생리도 없겠다 얼마나 쿨하냐고, 무겁고 골치 아픈 세상 좀 가볍게 살아 빈궁마마님.'

농담하듯 건네는 친구 명숙의 위로도 고개 끄덕이며 긍정했었다. 부부생활엔 조금도 지장이 없다는 의사의 말이 도리어 우습게 들릴 정도로 느긋해 했으면서도 늘 습기 많은 분위기를 만들어 곁의 사람들의 기운을 빼놓곤 했다. 입시지옥에 접어든 예민한 딸아이보다 남편이 더 못 견뎌했다.

"이젠 정말이지, 지긋지긋해!"

늦은 밤 만취한 체 귀가한 남편은 내 면전을 향해 벗은 양복 웃저고리를 힘차게 내던지며 말했었다. 지긋지긋함이 아내인 나를 지목하는 것인지, 아니면 견뎌내는 그인지 모르겠지만 술기운이라고 해도 그의 표정은 단호해 보였다. 이제는 항복이라고 내뱉는 말보다 그의 표정이 더 절박해보였다. 베란다에 쌓여가는 먼지마냥 어쩌면 그도 지독하게 외로웠는지도 모를 일이었다.

"지사 근무 지원했어. 그렇게 하는 게 좋겠지?"

출근하며 무심하게 내뱉은 남편의 제안은 시기적절했었기에 이의를 달 이유는 전혀 없었다. 서로에게, 라는 단어만 넣었다면 완벽한 제안 이었겠지만 그런 대로 들어줄 만한 제안이었기에 인정했다. 남편은 남아 있는 애정의 부피만큼 얇은 여행 가방 하나만 챙겨 떠났다. 떠나는 그나 떠나보내는 내 쪽에서나 너무나 담담하여 이래도 되나 싶을 지경 이었다. 패대기칠 정도의 감정이라도 남아 있을 때 자신에게 더 너그러 워지고 가족을 위해 더 살뜰하게 냉장고와 청소기를 매만지고 남편이 원할 때마다 옆에 누워야 했든가? 그랬다면 남편은 중국 행을 택하지 않았을까? 아무렴 어떤가? 곁에 있어도 없는 존재로 느껴지는 것이나, 멀리 있어도 존재의 부재를 느끼지 못하는 것이라면 서로에게 최선의 선택인 것이다.

어깨가 결리면 아로마 향초를 켜고 양손을 깍지 끼고 등을 둥글게 만드는 스트레칭도 빠트리지 않는다. 바디로션을 듬뿍 손바닥에 부어 유분이 빠져나간 메마른 몸의 마디진 부위까지 골고루 세심하게 바른다.

결혼 이후 출산휴가 빼고는 제대로 쉬어본 적이 없는 생활이었다. 외벌이로 살기 힘들다는 것보다 스스로 원해서 어린이집 교사로 오랜 기간 맞벌이를 했다. 몇 번의 이사로 집의 평수가 넓어지자 기다렸다는 듯이 내 몸은 나에게 시비를 걸어왔다. 그 시비에 내가 왜, 라고 어디 한번 따져볼 엄두도 내보지 못하고 고스란히 당하고 말았다.

거울 속을 들여다보며 쇄골이 드러나고 눈밑이 거뭇한 그녀에게 나직하게 다독였다.

괜찮아, 곧 좋아질거야!

젖은 머리카락을 수건으로 말고는 냉장고 문을 연다. 쇼핑 때 마트에서 사온 딸기가 적당하게 냉기를 머금은 것이 꽤 신선하게 보인다. 딸기를 담은 접시를 끌어안고 붉은 장미향이 크게 그려진 패트릭 소파 위에 앉는다. 다 먹지도 못하면서 늘 이렇게 식탐을 부린다. 작은 쿠션을 발밑에 두고 비스듬히 누워 리모컨을 손에 쥔다.

수술 후 생긴 고약한 버릇이다. 피곤에 지쳐 눈도 못 뜨면서도 정신은 여과를 거친 생수처럼 맑아져 저녁부터 채널을 돌리다가 새벽이 거의 다 되어서야 지쳐 잠이 든다. 신문을 읽을 때도 생각에 잠시 빠져 있을 때도 설거지나 심지어 책을 읽을 때도 티브이를 켜둔다. 못된 습관이라고 탓하면서도 어쩔 수가 없는 노릇이었다.

　오늘밤도 순례의 시간은 어김없이 찾아왔고 예외는 없다. 손가락으로 딸기 하나를 집어 입으로 가져간다. 요즘 들어서 부쩍 허기가 자주 느껴지는 것이 속이 움푹 파인 공터 같다. 그래서 늘 무언가를 찾아 이렇게 헤매는지도 모르겠다. 화면은 자주 들르는 요리 채널이다. 요리하는 남자가 유행이며 대세인 것은 확실하다. 잘 생기고 요리까지 잘하는 남자들이 요리 채널마다 점령하다시피 했다. 이름도 낯선 셰프는 붉은 크림소스를 손가락에 살짝 찍어 먹는다. 바싹 자른 손톱 아래서 행해지는 요리의 모습을 카메라는 세심하게 잡아낸다. 손톱 밑의 선홍빛 핏줄이 소스의 맛을 흡수하여 몸의 세포마다 골고루 전달할 것 같다. 그의 입매가 벌어지면서 화려한 감탄사가 거침없이 쏟아진다.

　잘 익은 붉은 토마토를 분쇄기의 작은 입구에 억지로 밀어넣는다. 파 팍, 돌아가는 유리통 안에서 붉은 즙들이 혈흔처럼 튄다. 어느새 손은 하나도 아니고 서너 개의 딸기를 집어 입안으로 밀어넣는다. 입안의 즙이 흘러 턱선으로 주루룩, 타고 내린다. 손을 뻗어 티슈를 뽑으려다 귀찮아져 손바닥으로 쓰윽, 닦아버린다. 손에 묻은 즙을 입술로 핥으며 눈은 화면에 고정한다.

　간을 한 붉은 소스가 오븐에서 나온 연어의 연갈색 살갗 위에 쏟아진다. 치지직, 달구어진 살갗이 즙을 빨아들이고 밀어내며 뒤틀리는 소리가 잃었던 미감을 일으켜 세운다. 완벽한 궁합이라고, 셰프의 목소리는 조금 호들갑스럽다. 하얀 접시 위에서 살갗이 촉촉하게 젖어드는 모습은 남자의 감탄이 아니더라도 충분히 먹음직스러웠다.

맞는 말이네.

음식으로 마음을 나눌 수도 있다는 달콤한 소스향이 묻어나는 그의 말에 나는 크게 수긍한다. 헤아려보면 별스럽지 않은 음식 한 접시로도 충분히 마음의 빈 공터를 채운 날들이 많았다. 싱싱한 해산물이 들어간 해물탕을 먹던 가을날의 저녁과 냄비 가득 붉게 익은 토마토를 썰어넣은 스파게티를 만들었던 토요일 점심시간도 그랬다. 혼자가 아닌 남편과 아이의 양념 묻은 입술들이 함께한 시간들이다. 씁쓸함이 딸기향의 뒷맛을 따라온다.

감정의 채널을 바꾸듯 얼른 다음 채널을 돌린다.

낚시 채널이다. 스포츠 모자를 눌러쓴 검은 얼굴의 남자가 감성돔을 든 채 웃고 있다. 낚시대를 드리운 채 오래 기다렸다고, 감성돔을 갖기 위해 너무나 오래 기다렸다고 말하는 남자의 목소리는 감동으로 젖어 있다. 자신이 잡은 각이 잡히는 미끈한 감성돔을 황홀하게 바라볼 뿐 더 이상 말을 이어가지 못한다. 저 남자를 깜빡 죽게 만드는 감성돔의 모습에서 생선회 뜨는 솜씨가 일품이었던 남자가 갑자기 겹쳐진다.

어떤 모임에서 본 칼잡이 남자는 바다가 보이는 횟집의 주인이었다. 남자의 칼 솜씨는 현란하지는 않지만 탁월했다. 대상이 무엇이든지 간에 조용히 그의 손에 몸을 내맡길 만큼의 부드러운 손놀림을 가지고 있었다. 주문한 커다란 방어 한 마리를 한 치의 흐트러짐 없이, 피 한 방울 흐르지 않는 상태로 무채가 깔린 대형 접시에 담아냈다. 칼날이 살갗을 지나갔는데도 횟감은 살아 있는 한 마리의 싱싱한 방어였다. 자신의 몸에 무슨 일이 일어났는지 전혀 모르겠다는 듯이 축축한 숨결만 토해내는 접시 위 방어는 일순간 숨을 멈출 만큼 매혹적이었다. 오로지 남자만이 할 수 있는 손놀림에 심장 저 밑바닥에 깔려 있는 운무 같은 단내가 신음처럼 터져나왔다.

젓가락을 쥔 손이 방어의 살점을 집을 때 방어는 떨리는 감각에 의지한 채 아가미만 벌름거렸다. 붉은 눈동자를 가진 살아 헐떡이는 것의 생살을 뜯어먹는 야만의 기질이 내 몸속 어디에 숨겨져 있었는지 왕성한 식욕을 주체할 수가 없었다. 징그럽다고 누군 젓가락질도 못하는 것을 나는 끈덕지게 젓가락질을 해댔다. 방어는 제 몸에 붙어 있는 살의 내용물이 하나씩 뜯겨져나가도, 그게 무슨 비만의 지방이라도 된다는 듯이 시간이 흘러도 아가미의 들썩거림은 멈추지 않았다. 마지막 살점을 들어내고 난 뒤 남은 머리와 뼈 사이로 지나가는 실핏줄에 여전히 꿈틀거림의 작은 여진이 남아 있었다. 꼬리를 집어 그대로 바닷물에 넣으면 꿋꿋하게 헤엄쳐 나갈 것만 같았다. 생각만으로도 너무나 가벼운 유영일 것 같아 일순간 짜릿한 전율이 등뼈를 타고 올라왔다. 그렇게 한 번 해보자고 목구멍까지 차오르는 충동을 참은 것은 점잖은 자리에서 미친년 소리는 듣고 싶지 않았기 때문이다.

남자는 방어의 몸통을 바닷물에 넣는 대신 커다란 양은냄비에 넣어 얼큰한 매운탕으로 끓여내었다. 쑥갓과 대파가 고명으로 얹어진 냄비 속의 그 몸을 보자 이번엔 선뜻 숟가락질이 되지 않았다. 내가 원하는 맛은 살아 꿈틀거리는 비린 날것만으로 충분했기 때문이다.

남자가 갯바위에서 바닷바람을 맞으며 밤새 떨며 잡은 저 감성돔이 묵혀두었던 맛의 기억들을 꿈틀거리게 한다. 침이 고이는 것이 느껴지자 리모컨을 쥔 손아귀가 먼저 신경질적인 반응을 보인다. 채널 번호는 43, 42, 41……. 엘리베이터 불빛처럼 빠르게 하강한다.

　고래가 나타났습니다, 라는 말에 순간 채널을 고정시킨다. 입 안에 있는 딸기를 삼키면서 바라본 화면에는 검은 물체를 실은 타이탄 트럭 이었다. 트럭에 실린 검은 물체는 죽은 밍크고래였다. 밍크고래는 방금 남극에서 왔다는 듯이 얼음을 뒤집어 쓴 채로 트럭 위에 퍼질러져 있다. 취재를 하는 기자는 빠른 말투로 긴장감 있게 상황을 알린다. 다급한 말투가 급박하게 나를 화면 속으로 몰입하게 한다.

　"이 밍크고래는 문어통발에 걸려 오늘 아침 잡혀온 것입니다. 죽은 고래를 발견한 선주는 해경에 신고한 후 합법성이 인정되어야 고래를 넘겨 받습니다. 고래는 이제 바다의 로또로 대접받는 귀하고 귀하신 몸 이 되었습니다. 한 달 내도록 거친 바다 속에서 추위를 달래며 생선을 잡아봤자 기름값 떼고 나면 손에 남는 것은 고작 기백만 원인데 그물에 고래가 걸리면 크기에 따라 이건 바로 천에서 억 단위까지 몇 달치 수 입을 챙길 수가 있기에 이제 고깃배를 타는 사람들은 바다의 로또, 고 래가 잡히기를 기도하는 것이 만선의 꿈으로 바뀌었습니다. 고래는 신 선함이 생명이기에 죽고 나서 한 시간이 지체되면 백만 원씩 가치가 떨 어진다고 합니다. 신속정확하게 고래를 해체해야 하는 것이 돈을 버는 지름길인 것입니다."

　쉼표 없이 내뱉는 빠른 말의 속도처럼 벌써 고래고기를 경매받기 위해 장사꾼들은 두툼한 점퍼를 입고 화면 안에서 서성거리고 있었다. 이제 최고의 실력을 자랑하는 고래만큼 귀한 고래해체기술자인 남자가 나래이터의 친절한 소개에 이어 어둠속에서 나타났다.

중년을 훨씬 넘어 보이는 그는 아주 단단한 몸을 가졌다. 어깨와 팔뚝은 망치로 내리쳐도 끄떡없을 정도로 힘 있어 보인다. 자신의 손으로 밍크고래와 돌고래를 셀 수 없이 해체했다는 그의 말이 허언으로 들리지 않을 만큼 힘 있어 보였다. 고래를 바라보는 눈빛이 탐색의 기미를 놓치지 않겠다는 듯, 집요해 보이는 것이 과연 고래를 잡을 만한 사람이었다. 천천히 고래의 몸통 주위를 돌고 있는 남자는 초조한 기색이라곤 없다. 도리어 구경하듯 느긋해 보였다.

오늘 것은 거대한 밍크고래지만 바다가 아닌 시멘트 바닥에 아무렇게나 던져져 있다. 저것은 고래가 아니다. 그저 돈으로 환산되는 살덩이일 뿐이다. 운신도 못하고 퍼질러 누운 비대한 스모 선수의 몇십 배의 확대된 엉덩이를 보는 듯하다. 긴 줄자를 든 남자는 밍크의 길이를 6미터 50이라고 말한다. 이건 못 받아도 억이 넘을 물건이다. 그럼 고래를 해체하는 그에게는 출장비와 크기에 따라서 수고비를 받는다고 기자는 알려준다. 그건 굳이 알고 싶지도 않은 것들이다. 나는 오로지 해체하는 고래의 모습이 보고 싶을 뿐이다.

"내가 말이오. 30년 가까이 해체한 고래 중에서 제일 큰 고래를 해체한 때는 1990년대 중반쯤일게요. 길이가 13미터 족히 넘는 참고래였는데 해가 희붐하게 떠오르는 아침나절에 막걸리로 속을 달래고는 시작된 작업이 오후가 다 되어서 마칠 수 있었는데 얼마나 덩치가 크든지 막걸리 한 동이를 완전히 바닥내서야 끝낼 수 있었소."

내뱉는 말투 속에 자만심도 섞여 있다. 저 큰 고래를 누가 감히 손을 댈 것인가. 그의 말대로 고래의 내장 구조를 손금 보듯 훤하게 알기에 고래 앞에 선 그는 정말 자신만만해 보인다. 이제 보니 고래의 둘레를 천천히 한 바퀴 휘돌아보는 것은 자신이 해치워야 할 상대를 탐색하고 알기 위함인 것 같다.

남자는 작업용 연장들을 챙긴다. 일렬로 늘어져 있는 연장들은 크기만 보아도 대단한 무게들이다. 해체용 칼과 도끼. 그리고 단단한 톱과 크기가 각각인 칼들이 화면 위에 나타났다가 사라진다.

드디어 해체작업이 시작된다. 고래의 체온은 47도 가량 되고 표피는 사람 피부와 같다. 기름기 많은 내장은 그만큼 부패 속도가 빠르기에 고래의 피를 빼내는 일에서부터 진행하는 것은 고래가 상하는 것을 막기 위해서란다. 긴 칼로 목을 순식간에 찌르자 붉은 피가 수도꼭지를 연 듯 콸콸 쏟아지더니 넓은 공터를 축축이 적셔 붉은 융단을 깐 듯하다. 이어 머리와 지느러미, 등짝, 갈비, 내장 순으로 자르다가 자신의 키보다 큰 도끼를 든다. 고래의 귀를 자르기 위해서는 단단하고 힘 있는 도끼가 필요하다고 알려준다. 기자의 빠른 말투가 집중하는데 귀에 거슬려 얼른 볼륨을 낮춘다.

고래 귀는 쇠토막처럼 단단하게 보인다. 힘들게 귀를 자른 다음 섬세한 부위를 자르기 위해 그는 중간 크기의 칼을 선택한다. 식육식당의 칼보다 더 길고 두툼한 칼이다. 자잘한 연장은 본인이 직접 만들지만 큰 칼과 톱은 믿을 만한 대장장이에게 맞춤으로 한다고 기자는 또 알려준다. 들고 있는 칼이 어디 목 좋은 곳에 위치한 대장간의 불 위에 달구어놓은 쇠토막 같다. 남자가 든 칼의 모양은 영락없이 상현달이다. 아라비아 남자들이 드는 휘어진 칼처럼 생경스럽다. 상현달을 잡은 사내는 양미간에 세로의 긴 주름을 만들며 심각해진다. 남자의 비어 있는 앞머리에 벌써부터 자잘한 땀방울이 맺혔다가 흘러내린다. 때는 겨울인 것 같은데 그의 계절은 여름이었다. 그가 내뿜는 더운 숨결이 화면에서 바로 전달되는 듯 내 숨결도 조금씩 상승곡선을 타기 시작한다.

고래는 꼬리 부분에서 시작하여 배 쪽을 거쳐 아가미 쪽으로 거슬러 올라가며 해체하는 게 특이했다. 다른 생선과 육류들은 아가미에서 꼬리 쪽으로 칼끝이 내려오지만 고래는 아래에서 위로 올라가면서 가르는 게 덩치 큰 고래의 해체 요령인 것 같다. 그는 칼집을 넣고도 진도를 빨리 나가지 못한다. 그만큼 고래 뼈는 억세고 살은 단단하기 때문에 섬세한 힘과 민첩함을 끊임없이 요구하는 것 같다.

50센티 정도의 가로의 길을 가다 꺾어 세로로 간다. 정말 남자만이 할 수 있는 일인 듯이 멈출 때와 계속 나아갈 때가 분명하게 보인다. 어디쯤 내장이 있고 어디쯤 강력한 뼈를 만난다는 것을 정확하게 알고 있는 듯 그의 작업은 노련하고 재빠르다. 보는 이로 하여금 탄성이 절로 나오게 한다. 그러고는 턱, 젖은 빨래감을 건조대에 펼쳐 널듯이 붉은 살덩이를 가볍게 양 옆으로 던진다. 가만히 보면 뼈를 중앙으로 살들은 양쪽으로 펼쳐져서 날개를 단 공룡의 형상을 하고 있다. 얼굴색이 유난히 붉은 사내의 입에서 하얀 입김이 연거푸 품어 나온다. 일 월의 쌀쌀한 새벽 날씨에도 남자의 얼굴과 굵고 검은 거북등 같은 목덜미에서는 땀이 번져 화면으로 보아도 기름지다. 헝클어진 머리칼과 피범벅의 바닥에 던져진 칼들 사이로 비릿한 비린내가 연무처럼 떠돌고 있다.

"나를 지금까지 칼을 쥐게 하는 것은 오로지 고래 때문이요. 고래살을 먹고 자랐고 한평생 업으로 삼고 있으니 고래가 내 삶의 전부라고 해도 헛소리는 아닐 것이요. 그래서 고래가 있다고 부르는 곳은 어디라도 달려갑니다. 고래를 만나러 말이요."

힘든 작업을 마친 사람답지 않게 여전히 자신만만한 태도였다. 붉은 피가 질퍽한 바닥에 서 있는 그는 더 당당해 보인다. 도리어 그가 고래같이 보인다. 기자의 질문은 계속 이어졌다.

"마지막으로 꿈이 있다면?"

"꿈? 그건 말이요. 죽기 전에 한 번만이라도 고랫배를 타고는 이 손으로 작살을 던져 고래를 잡는 것이요. 그러나 그건 이제 꿈 같은 일이 되어버렸거든. 떠나버린 귀신고래처럼 돌아올 수 없는 꿈인 것이요."

뜯겨나간 고래를 바라보는 화면에 크게 잡히는 그의 시선이 흔들린다. 왼쪽 눈이 심한 사시다. 그에게서 사냥한 먹이를 가르는 선사인의 모습이 언뜻 스친다. 어디서 한 번은 만났던 기억처럼 다가오는데 의식은 쉽게 문을 열지 않는다. 어디 먼 곳의 떠돌이 혼과 접신이 된 것처럼 형언할 수 없는 흥분감이 의식 저 밑바닥에서부터 회오리처럼 일어났다가는 사라질 뿐이다.

늘 허기지게 하던 식탐도 가라앉았다. 잠은 저 멀리 사라진 지 오래다. 오늘밤도 역시 약의 기운을 빌려야 될 것 같다. 억지로라도 잠을 자고 나면 묘하게 뒤틀려 있는 이 개운치 않는 의식의 무게를 조금이라도 덜어낼 것 같다.

거실장 문을 열고 타원형의 흰 통에서 하얀 알약을 꺼낸다. 수면제 알약을 숟가락으로 고운 가루가 되도록 짓이긴다. 전기밥솥을 열어 하얀 쌀밥을 한 주걱 그릇에 퍼담는다. 쌀밥 위에 흰가루를 살짝 뿌린다. 숟가락으로 골고루 뒤집으며 천천히 섞는다.

푸른 쓴맛이 받치는 그 맛. 그 긴장감의 맛을 지금 너무나 간절히 느끼고 싶다. 반찬도 필요치 않는 하얀 쌀밥을 입 안 가득 밀어넣는다. 미세한 분말가루인양 훗, 하고 불면 날아가 버릴 향기도 없는 가루는 갈팡질팡 흔들리는 나의 오감을 다독이고 잠재운다. 잊어버리고 싶은 기억들로부터 스스로 격리되어 오래도록 푸른 잠을 자고 싶을 때면 그리움처럼 찾아든다. 잠속에서라도 나를 가득 채우고 있는 이 버거움의 저의를 찾을 수만 있다면 나보다 더 큰 아라비안의 칼을 들고 미친 듯 나를 해체하고 싶을 뿐이다. 쓰디 쓴 밥을 꼭꼭 씹어 삼킨다.

두 눈을 감는다. 고요해진다. 그리고 저 바다 밑으로, 고래가 노니는 그 먼 대양을 향해 서서히 헤엄쳐 간다.

나는 지금 들판에 서 있다. 저 멀리서 무언가가 꿈틀거리고 다가온다. 처음엔 작은 점이었다고 생각했는데 미간에 주름을 모으고 가까이 더 가까이에서 본 검은 점의 실체는 아버지였다. 사라진 아버지, 돌아오지 않는 아버지가 옛 집 수돗가 가죽나무 아래에서 숫돌에 스윽 쓱,

칼을 갈고 있다. 아주 오랫동안 서두름 없이 공들여 칼날을 간 듯 칼날을 세워 손끝에 대어보기도 한다. 도마 위에는 암탉이 목을 꼰 채 누워 있다. 닭은 강렬한 뭔가에 전율하듯 눈을 뜬다. 순간, 누운 이는 닭이 아닌 나였다. 아버지는 사라지고 얼굴이 보이지 않는 어깨근육이 전부인 건장한 사내가 나의 살을 가른다. 오로지 사내가 지나가는 칼끝의 촉감만이 느껴진다. 감각의 실핏줄이 온몸을 연결하는 물관인 듯 몸은 민감하게 일어선다. 칼끝이 와닿는 순간 아픔이라기보다는 배설 같은 시원함이 먼저 앞선다. 어느새 내 몸은 살이 발라진 뼈만 남은 방어였다.

살을 들어낸 내 몸이라니. 너무나 가볍게 저 멀리 깊이를 알 수 없는 바다를 향해 거침없이 나아갈 것 같다. 툭, 무언가에 부딪치고 입이 전체처럼 느껴지는 검은 아가리 속으로 쑤욱 빨려들어간다. 그건 오랜 산통 끝에 자궁 문을 열고 나오는 출산의 고통이 주는 짧은 쾌감 같은 것이었다.

나는 다시 여인의 몸이 되었다.

철커덕, 철커덕.

조금은 느리게 들리다가 다시 빠르게 들리는 소리는 뭔가에 끌려 부딪치는 쇠소리였다. 그 사이로 노래인지 웅얼거리는 말소리인지 분명치 않는 소리가 나를 이끈다. 바다라고 생각하면 강물이었고 다시 깊은 웅덩이였다가 이제는 맑은 물이 흐르는 계곡이기도 했다.

소리는 점점 다가오고 나는 이쪽에서 저쪽으로 가야 된다는 생각만 강렬하다. 나는 낙오자인지 인질로 잡혔는지 나가고 싶다는 의지가 너무 강렬하다. 하지만 몸은 꼼짝할 수 없다. 검은 점은 점점 더 가까이 다가오고 소리는 아주 크게 들려온다. 머리를 풀어헤치고 아랫도리만 가린 선사인의 남자들이 뗏목에서 그 검은 물체의 등에 일제히 작살을 던진다. 터지는 살과 튀어오르는 검붉은 피가 분수처럼 치솟는다. 포효하는 검은 물체와 뒤집어지는 물결들이 내 몸에 차례대로 덮친다. 차가운 액체가 끊임없이 내 몸을 적신다. 고래의 피와 살로 나를 씻는다. 이제 남자들은 나의 몸뚱이를 가볍게 들어서는 목선에 태운다. 검은 물체는 바다 속으로 가라앉았다가 붉은 꽃을 분수처럼 피우고는 서서히 사라졌다. 나는 뗏목을 탄 채 폭포를 향해 하염없이 하강한다.

눈을 떴다. 거실의 TV는 무슨 이야긴지 끝없이 왕왕거리고 있다. 식탁 위의 불은 환하다. 약기운에 소파에서 잠이 든 모양이다. 달은 서쪽으로 완전히 기울었고 희뿌연한 기운이 창가에 비친다. 건너편 아파트의 돌아가는 환풍기를 바라보자 내가 꿈을 꾸었다는 것이 현실적으로 받아들여진다. 꽉 낀 팬티가 축축하게 젖어 있다. 오랜만에 느껴보는 산뜻한 오르가즘이었다. 다시 이런 욕망을 불러올 수 있다니 스스로도 놀랄 일이었다.

수술 후 처음으로 살아 숨쉬는, 호흡할 줄 아는 몸의 기지개였다. 열려 있는 거실 문으로 들어오는 바람에 아직도 몸의 여진이 남았는지 감정의 돌기가 모두 일어나 떨어대기 시작한다. 부들부들 한기가 오한처럼 급습하여 입이 절로 벌어졌다가는 턱뼈가 움직일 수 없도록 굳었다가 다시 잇몸에 통증이 느껴지도록 치열이 딱딱, 부딪치기 시작한다.

싱크대 서랍장 첫째 칸을 열었다가 닫지도 못하고 둘째 칸에 넣어둔 두툼한 초콜릿을 꺼내어 입안으로 밀어넣는다. 장식장 문을 열고 반이나 남은 포도주를 병째로 들이킨다. 찌리릭, 위로 흐르는 붉은 포도의 진액이 알코올의 기운으로 퍼진다. 란제리 위에 추리닝 바지와 모자 달린 땀복을 입고 이불장에서 이불을 두 장이나 꺼내어 칼 앞에 목을 내민 닭의 심정으로 움츠린다.

저혈압이 무섭습니다. 혈압이 정상인들보다 많이 낮으니 찬 음식은 되도록 피하시고요. 포도주 한두 잔 정도는 몸에 이롭습니다. 몸을 항상 따뜻하게 하세요.

수술을 담당했던 젊은 의사의 말이 잠시 스쳤다. 천천히 조금씩 따뜻한 불씨가 몸에서 피어오르기 시작한다. 몸이 조금 느긋해지자 의식도 서서히 살아난다. 베란다에 널어놓은 긴 셔츠가 창문으로 불어 들어오는 바람에 움찔움찔 움직인다.

사람의 형상으로 다가오는 건 국방색의 낡은 옷을 입은 아버지였다. 내 머릿속 기억의 단자함이 들어 있다면 제일 안쪽에 자리잡고 있는 이는 언제나 집을 떠난 아버지였다. 옥수수튀밥 자루를 얹은 고물 리어카를 끌고 가죽나무 새순이 돋아난 울타리 곁으로 가위소리 절렁이며 사라진 아버지이다. 이렇게 무겁게 나를 짓누르는 실체는 아버지였을까?

젊은 아버지는 수돗가에서 집에서 키우는 닭을 잡아 자주 손질하셨다. 아버지의 칼 다루는 솜씨는 늘 신기에 가까울 만큼 정확했다. 붉은 털이 뽑힌 채 피부의 돌기가 새파랗게 돋은 맨살의 닭을 아버지는 부엌칼로 잘도 다루었다. 단칼에 닭의 모가지를 자르고 닭발을 자른다. 잘

벼린 칼로 닭의 살 깊은 곳에 칼끝을 넣어 가슴살을 가른다. 양 옆으로 가슴뼈를 벌리면 쏟아지는 푸른 내장들을 따라 하얀 수증기가 무럭무럭 피어났다. 아직 계란으로 여물지 못한 알들이 차례로 딸려 나올 땐 혹시라도 알이 터져버릴까 조바심이 일 정도였다. 똥집에 칼집을 넣으면 닭똥으로 채 삭지 못한 누런 사료가 고스란히 담겨 있었다.

아버지는 하수도 구멍에 꾸역꾸역 콩고물 같은 분비물을 털어내고는 검붉은 껍질을 손톱으로 단번에 벗겨냈다. 생 똥집을 먹기 좋을 정도로 듬성듬성 잘라서는 왕소금에 찍어 소주와 함께 드셨다. 그리고 목을 빼고 앉아 있는 내 입에 굵은 소금에 찍은 두툼한 생살을 넣어주었다. 젓가락도 아니고 아버지의 거친 손이 입 가까이 오는 게 싫어 주춤거려도 어림없었다.

"이건 말이다. 이렇게 손으로 집어 입에 넣어야 맛나는 거라."

비리고도 살내 나는 생 똥집을 씹던 맛이 입안에 맴돌자 금세 침이 고인다.

"세상에서 뭔 음식이 제일 맛나겠냐?"

과묵했던 아버지는 술만 한 잔 하시면 금방 기분이 흐물흐물해진다. 아버지가 유일하게 마음이 풀어지는 시간이었다. 나는 그런 아버지의 기분을 맞추어 주느라 제일 먹고 싶은 아이스크림과 짜장면을 말했을 것이다.

"예전에 아버지가 가져온 고래고기 먹어봤제?"

"네."

"맛이 어떻더노?"

"비릿하고 질기고……."

"허허, 네가 우찌 그 깊은 맛을 알겠노. 고래고기 맛은 말이다. 이 다음에 네가 시집 가서 자식새끼 낳고 살다보면 자연히 알게 될 맛이다."

시집도, 고래고기 맛도 이해하기 어려운 먼 훗날의 얘기 같지만 아버지에게 고래 고기 맛은 어떤 맛인지 궁금했다.

"아버지는 고래고기가 맛있어요?"

"하모. 이 나이에 그 맛을 모르면 인생 헛 산 것이제. 고래고기는 뭐라캐도 꼬리살이 제일 맛있거든. 배 섬듯섬듯 썬 것에 참기름 한 방울 두른 육회 한 점 입에 넣으면 세상사 고민 다 잊어버릴 정도로 좋을 맛이다. 너는 아직 고래가 가진 12가지 맛을 아무리 설명해도 모를 것이다. 그게 바로 우리 인생의 맛이거든."

"괜히 아버지 술 마시고 싶어서 하는 말 아니야?"

"아녀."

"그러면 아버지만 아는 맛이란 말이잖아."

스르르 눈을 감는 아버지의 눈가는 벌써부터 축축해지며 붉어졌다.

"나에게 고래고기 맛을 갈켜준 이는 육이오 때 생사를 같이한 전우였지. 아픈 형님 대신 온 놈인데 몸이 다부지고 인물도 잘 생겼는데 왼쪽 눈이 심한 사시인 거라. 그 놈은 군에 오기 전에 고랫배를 탄 놈이거든. 어떻게나 고랫배를 탔던 자랑을 하는지 나도 꼭 한 번 고랫배를 타고 싶어지더라니깐. 그래서 이 아버지가 말이다, 그 힘든 전쟁터에서 언젠가는 고래를 찾아떠난다는 그 희망 하나로 살아남았다는 거 아니겠나. 시퍼런 동해바다에서 고랫배를 탄다는 것은 진짜 사나이들만 하는 멋

진 직업이지. 아버지 때부터 고랫배를 탔던 놈이라 그곳에 가면 언젠가
는 한 번 만나볼 수 있겠지."

우물우물, 똥집을 씹으며 먼 바다 위에 고랫배를 타고 있는 자신을
그려보는 그 순간의 아버지의 얼굴은 늘 붉고 기름졌다.

아버지가 엿장수가 되어 장사를 나가는 날이 떠오른다. 옥수수튀밥
처럼 까칠한 아버지의 얼굴 위로 쏟아지는 봄 햇살은 가위소리에 베어
져도 끝없이 반짝거렸다. 아버지는 대문을 나서다가 나무대문에 고리
가 덜렁거리는 것을 보고 들고 있던 가위로 두어 번 쾅쾅 두드려 문짝
을 맞추어 놓았었다.

그날 이후 아버지는 나무대문으로 다시는 돌아오지 않았고 닭들은
자라도 더 이상 비린 생 똥집을 맛볼 수는 없었다. 하지만 아버지의 희
망은 볼 수 있었다. 시멘트 담벼락에 희고도 큰 고래의 그림이 그려져
있다는 것을 알게 된 것은 어느 비 오는 날이었다. 비에 젖어 무거워질
까봐서 연탄재를 처마 밑으로 들일 때 물기에 젖은 블록담은 선명하게
고래의 모습을 드러냈다. 영원히 돌아오지 않는 사라져버린 아버지의
이상향인 고래였다.

아이들 장난인 줄 알았는데…….

아버지는 귀신처럼 몰래 그림을 그려놓고 무슨 암호부호를 너희들
재주껏 맞춰보라는 듯이 수수께끼를 내시곤 사라져버렸다. 과연 아버
지는 고물 손수레를 끌며 산천을 누비다가 귀신고래가 없어진 그 바다
까지 무사히 가셨을까? 그 길의 끝을 간 아버지는 무엇을 보았을까?

아버지 밥그릇에 푸른 가루약을 몰래 섞어 밥상에 올리던 그때처럼

가슴이 뛴다. 늘 폭음으로 엄마와 가족을 들볶았던 아버지였다. 무능한 가장 대신 신발공장에서 일하느라 지친 엄마가 술 끊는 약이라며 건네던 약봉투를 나는 거절하지 않았다. 약이 떨어지면 스스로 돈을 들고 찾아갔고 오래 드시게 하면 안 된다는 약사의 말을 귀담아 듣지 않았다.

난 평화를 원하거든요. 그러니 날 원망하지 말아주세요.

그때 주문처럼 외우는 말들이 입안에서 뱅글뱅글 돌았다.

아버지는 약을 섞은 더운밥을 국에 말아 드시고 늘 고통에 일그러졌다. 가정엔 욕설대신 평화가 이어졌지만 아버지는 한 달 동안 퉁퉁 부운 얼굴과 몸으로 운신을 하지 못했다. 아버지는 12가지 고래의 맛을 느끼는 혀의 미각을 가졌었다. 그렇다면 노랗게 변신한 몸을 숨긴 밥의 맛을 알았을 텐데, 왜 그 밥을 그렇게 오래도록 드셨을까? 스스로 푸른 가루약을 사약처럼 받아 가장의 무능을 온몸으로 저며댔던 것은 아닐까?

어쩌면 아버지가 떠나도록 나는 푸른 가루약으로 종용했는지도 모른다.

고래의 맛을 찾아서……. 멀리 떠나도록 말이다.

등이라도 세차게 맞은 사람처럼 급박하게 일어선다. 거실의 쓰레기통으로 다가간다. 쓰레기통을 들고 그대로 거실 바닥에 쏟아붓는다. 찾아야 된다. 어디에 있지, 머리카락 서너 개를 달고 찢어진 채 버려진 초대장이 보인다. 먼지를 털고 머리카락을 떼어내고 조심스레 식탁 위에 펼친다. 찢어버린 초대장. 고래축제 초대장을 퍼즐 맞추듯이 세심하게 맞춘다. 맞추어진 초대장을 물끄러미 들여다본다.

토요일 2시 장생포 해양공원. 토요일이라면 오늘이다.

초대장을 확, 움켜진다. 불끈 쥔 손의 푸른 심줄이 완강하게 일어선다. 거실의 공기정화기는 쉴 사이 없이 먼지와 오염의 냄새를 빨아들인다. 공기정화기의 세기를 강으로 획, 돌릴 때 느닷없이 전화벨이 울렸다. 이른 아침인데 받아보니 뜻밖에도 남편이었다.

그가 딸아이와 자주 통화하는 것은 알고 있었지만 직접 남편과의 통화는 떨어져 지내는 일 년 동안 처음이다. 조금 당황스러웠다. 며칠 전 아이와 통화를 했다면 아이는 지금 집에 없다는 것도 알고 있었을 것이다. 그러면 오로지 그는 나와의 통화를 시도한 것이다. 건강과 자신의 상황을 그리고 아이의 학교생활 등의 일상의 안부를 물었지만 대답을 하다 보니 많은 것들이 아직도 그와 연결되어 있다는 생각이 들었다. 남편이 여기에 있든 중국에 있든 딸아이를 사이에 두고 우리는 물관같이 이어지는 관계였다. 어색하게 잠시 대화가 끊긴 사이 침묵을 깬 쪽은 남편이었다.

"잠시 이 쪽으로 오면 안 되겠어?"

"무슨 일로?"

"그냥."

"생각해볼게."

"너무 오래 기다리게 하지는 말고."

언제쯤 안녕을 고해야 하는지 몰라 서로 어물거리다 전화를 끊었다. 의도가 어떠했던 간에 남편의 말에는 조금은 간절함이 묻어 있었다고 믿고 싶었다. 일 분 전의 나와 지금의 내가 머물고 있는 세계는 완전히 다른 세계인 것 같다. 순순하게 대답한 나의 대답도 의외였지만 그의 전화도 뜬금없었다. 그것은 기다리진 않았지만 조금은 궁금해했다는 뜻이기도 했다. 더 솔직해진다면 지독히 내 곁을 떠나가기를 원했으면서도 그 깊이만큼 있어주기를 바라는 마음도 없잖아 있었을 것이다.

침대 밑을 청소하다 떨어져 있는 치실 통을 발견했을 때 치실을 사용하며 재미있게 일그러지던 남편의 얼굴이 떠올랐다. 고작 서너 계절이 지나갔을 뿐인데 이 무슨 대책 없는 일인가, 싶었다. 어쩌면 나는 내 감정에 젖어 조금은 버림받은 느낌을 자학하듯 즐기려고 했는지도 모른다. 그러면 이건 아주 세련되지 못한 처세였다. 너무 오래 기다리게 하지 말라는 남편의 말이 정화기 소리보다 더 강하게 귓가를 파고들었다.

땀에 젖어 추레해진 옷을 애벌레의 낡은 껍질처럼 벗는다. 발가벗은 채 욕실의 문을 연다. 삼단짜리 욕실 진열장 맨 오른쪽 칸에 남편이 사용하다 놓아둔 면도기가 있다. 손을 더듬어 면도기를 쥔다. 면도날을 슬쩍 팔뚝 위를 지나가게 한다. 지나간 자리가 비어지는 것을 보니 아직 날은 무디지 않았다. 비누거품을 내어 거웃에 문지른다.

하얀 거품이 인다. 세면대의 수도꼭지를 위로 올려 아주 낮게 졸졸거리며 물을 흘린다. 몽실거리는 거품으로 부풀해진 아랫도리를 내려다보며 왼쪽 다리를 욕조 위로 올린다. 천천히 날을 세워 거웃의 윗부분을 민다. 처음은 싸악, 거웃이 짧은 비명을 질렀다. 다시 칼날이 연속으로 지나갈 때부터 소리는 점점 무뎌졌다. 세면대에 흐르는 물에 엉킨 거품과 거웃을 흘려내린다. 다시 오른쪽 다리를 올린다. 서너 번의 차가운 날이 지나간다. 긴장한 음순의 연한 부위를 손으로 지긋이 눌러가며 아래쪽까지 천천히 칼날을 놀린다.

잠시 발이 헛짚어 휘청거렸지만 칼날이 실수하진 않았다. 고개를 드니 목덜미가 뻐근하다. 둥근 원 안에 공들여 색깔을 그려 넣어야 하는 섬세한 붓질처럼 신중해야 했다. 양 겨드랑이의 거웃도 말끔하게 밀었다. 거울을 들여다본다. 큰 나무 덩굴에 가려 연한 잎으로만 존재하는 여린 식물이 막 햇볕을 받아 그 속살을 드러내듯이 푸르스름하다.

샤워꼭지를 올려 온도와 물의 세기를 맞춘다. 중간 정도의 적당한 세기와 온도다. 샤워기를 여린 부위에 갖다대며 여린 식물에게 물을 준다. 따뜻한 물의 세례가 오래 되어질수록 은근한 파장이 초음파의 그래프 상승곡선처럼 오른다. 세포들이 겹겹이 일어나는지 평행선도 없이 상향곡선을 그리며 빠르게 밀려온다.

순간, 손을 뻗어 차가운 물과 물의 세기를 최고조로 높인다. 팟, 하고 기운차게 와닿는 물의 억셈이 여린 부위를 사정없이 몰아쳐서는 앗, 하며 짧은 비명이 입 밖으로 절로 튀어나온다. 섬세한 몸의 감각을 열어갈 때의 희열처럼 짧고도 강렬하다. 몸의 곡선을 바라보는 눈빛이 부드럽게 흔들린다.

살아 있다고 반응하는, 아우성치는 몸이었다.

거울 앞에 서서 오늘처럼 말간 내 몸을 들여다보았던 날은 첫 초경을 치른 날이었고 아버지가 집에서 사라진 그 시기이기도 했다. 짙은 커피색 혈을 보고서도 당황스럽지는 않았다. 안방 엄마의 화장대 앞에서 옷을 모두 벗고 바라본 내 몸속에서 걸어나오는 고래 같은 아버지의 형상을 그때 보았다.

아버지의 부재는 늘 칼날 같은 뾰족함으로 뭔가를 후벼 파내는 꼭지 같았다. 끊임없이 파내어 나가면 끝자락엔 뭔가가 남아 있을 것 같았지만 결국은 해체장의 고래같이 던져진 상처의 몸뚱어리였다. 그러나 나에게 말을 거는 아버지는 부재가 아니었다. 이렇게 내 몸에 살아서 걸어나오지 않는가. 감정의 미세한 결을 스쳤는지 알 수 없는 슬픔이 쓰린 통증처럼 무차별적으로 쑤셔댄다.

순식간의 일이었다. 무방비 상태에서 한 방 멋들어지게 맞는 꼴이었다. 어깨의 들썩임이 안으로 삼켜내는 울음으로 변한다. 기억의 예리한 꼭지의 끝이 내 몸의 구석구석을 들쑤셔가며 해체를 해댄다. 욕조 속으로 기어들어가 몸을 둥글게 말아 웅크린다. 격한 감정에 버둥대던 발이 잘못 건드렸는지 샤워기에서 차가운 물줄기가 소나기처럼 벗은 몸 위로 쏟아진다. 맨몸 위로 매운 칼날처럼 쏟아져 내리는 차가운 물은 아버지의 밥에 섞은 푸른 독약처럼 거침없이 전신에 퍼져 나간다.

축제는 이제부터 시작이다.

고속도로로 들어서면서 속도계는 빠르게 올라간다. 거역할 수 없는 어떤 힘에 끌려가듯 엑셀을 밟는 발에 힘이 주어진다. 공항의 이정표를 지나갈 때 하늘 위로 나는 비행기의 잔상에 잠시 일렁거렸다. 어쩌면 뜯어내고 해체해버린 거웃이 자랄 시간만큼의 기다림을 남편은 인내해줄 것으로 믿는다.

고래의 이야기가 끝없이 이어지는 7번 국도 위를 달린다. 창밖의 바람결을 따라 푸른 사 월의 풋내가 가루처럼 날린다. 입을 벌려 힘껏 빨아들인다. 비어져 있었던 아랫배가 부풋해진다. 저 멀리 고래의 심장 장승포항의 이정표가 고래의 형상으로 서 있다. 운전석 옆에 놓아둔 통을 열어 껌 몇 알을 집어 입안에 털어 넣는다. 꾹꾹, 힘을 주어 씹는다.

두툼하고 질긴 껌이다.

나는 질겅거릴 것이다. 오래도록.

단맛이 빠지고 비린 맛이 배일 때까지.

아버지의 맛.

고래의 맛을 느낄 때까지.

내 얼굴에 깃든 잠자

나의 얼굴을 나는 볼 수 없다. 내 얼굴은 오로지 당신을 향해 있다. 누군가 나에게 자신의 얼굴을 정확히 그릴 수 있냐고 물어오면 조금 애매한 표정을 지으며 자신 없다고 말할 것이다. 오로지 내 얼굴은 거울을 통해서만 확인되고 기억만이 내 얼굴을 알아채기 때문이다. 때론 그 기억마저도 의심스러운 순간들이 가끔씩 일어나곤 하지만 그래도 나는 틀림없이 그렇게 말할 것이다.

이 순간 모든 게 그 탓이다. 느닷없이 일어나는 어떤 일이 그 남자의 얼굴을 보고 난 뒤부터였으니 그렇게 말하는 것이다. 이렇게 탓을 하는 남자의 얼굴은 스테인레스 스틸로 제작한 거대한 인물 두상이다. 눈치를 못 챘을 뿐이지 일어나는 모든 일에는 늘 어떤 징후나 조짐이 있다고 어디선가 읽었던 기억이 떠오른다. 그렇다면 그 징후와 조짐을 〈Head Space〉라는 제목으로 세워진 그 두상 조각 탓이라고 한다면 제대로 지목한 것일까.

나는 노예처럼 작업하고

서민과 같이 생활하며

신처럼 창조한다.

지금은 작고한 세계적인 조각가의 일생은 이 문장 속에 다 들어 있
다. 미술관 담벼락에 새겨져 있는, 조각을 다듬는 선생의 모습을 볼 때
면 늘 경외감에 사로잡히곤 한다. 하지만 대칭과 비대칭의 기법으로 표
현한 선생의 작품을 보면 늘 어릴 적 목욕탕에서 본 흐벅진 여인의 둥
근 엉덩이가 먼저 연상되곤 했다. 왜 그렇게 느껴지는지는 잘 모르겠지
만 내 감상은 늘 진전 없이 그 수준에 머물 뿐이었다.

인물 두상을 만난 것은 고향에 있는 선생의 미술관 앞 조각공원에서
였다. 그다지 높지 않은 동산에 있는 미술관 앞을 거쳐 집으로 가야 했
기에 고향을 방문하면 선생의 모습이 그려져 있는 이 담벼락 앞에서부
터 내 발걸음은 시작되곤 했다. 늦은 밤 택시에서 내리니 환하게 핀 벚
꽃이 먼저 맞아주었다. 눈에 익은 공원의 모습은 그 사이에 또 변해 있
었다. 선생을 추모하는 후배 작가들의 새로운 작품들이 공원 군데군데
설치되어 있어 잘 정돈된 조각공원에 온 듯 생동감이 넘쳤다. 서성거리
는 내 마음을 아는지 바람 한 줄기가 휘익 산 쪽에서 불어왔다. 순간 키
큰 벚꽃나무들이 기다렸다는 듯이 흰 꽃잎을 와르르 쏟아내었다. 내 머
리와 어깨 위로 소낙비처럼 쏟아져 내렸다. 누군가 붓끝으로 하얗게 칠
한 듯 세상은 순식간에 변해버렸다.

축복 같은 꽃잎들의 세례에 감히 들어서지도 물러서지도 못하고 바

라본 그 길 정면에 커다란 얼굴 하나가 기웃하게 나를 보고 있었다. 어두울 때는 전혀 눈치채지 못하고 있다가 하얀 벚꽃 세례에 느닷없이 발견한 남자의 얼굴이었다. 가슴이 철렁 내려앉을 만큼 어떤 힘이 느껴지는 잘 생긴 얼굴이었다. 남자의 얼굴에 눈을 뗄 수 없을 만큼 집중하게끔 만드는 것은 살아 꿈틀거리는 눈빛이었다. 바라보는 이쪽을 굴복시킬 정도의 강렬함이 느껴지는 거인족 키클롭스의 눈처럼 한 개의 눈으로도 쉽게 사람을 끌어들이는 힘 있는 얼굴이었다.

거역할 수 없는 힘이 이끄는 대로 천천히 다가가서 본 조각상은 뜻밖에도 은빛 스테인레스 재질로 만들어진 두 개의 얼굴이었다. 한 남자의 얼굴을 반으로 나눠 서로 다른 쪽으로 밀어놓은 낯설고도 특이한 형태였다. 머리는 엇비슷하게 붙어 있데 시선은 반대편을 향해 있게 만든 얼굴이었다. 반으로 나눠진 수수께끼 같은 얼굴이라니, 위대한 인물의 내밀한 뇌의 구조를 알아보는 장치같이 느껴졌다.

신처럼 창조한다는 선생의 말이 남자의 얼굴을 두고 한 말이라고 하면 틀림없는 지칭이 될 것이다. 비어 있는 두상의 공간 속에는 작은 조명등 두 개가 위를 향해 불빛을 쏘아대고 있었다. 은은한 불빛 때문인지 남자의 모습은 더 한층 신비스럽게 느껴졌다.

반딧불같이 여린 불빛 때문이었을까. 홀리듯 야누스의 두 얼굴 속으로 들어가 비어 있는 공간에 우두커니 섰다. 살다보면 일이란 게 참 묘하게 흘러갈 때가 가끔 있는데 바로 그 순간이 그랬다. 바닥에서 새어나오던 불빛이 그만 정전이라도 된 듯이 깜빡 죽어버렸다. 정적이 흐르는 어둠 속에서 가만히 서 있으니 아주 작은 미세한 기류의 움직임까지 느껴졌다. 땅속에서 전류가 흐르듯 어떤 흐름에 따라 두상이 조금씩 움직이고 있다는 것이 발바닥을 통해 감지되었다. 동시에 발 뒤끝을 타고 올라오는 전류의 흐름이 저릿하게 내 등골을 타고 올라와 조각상과 함께 같은 방향으로 돌고 있다는 착각마저 들게 했다. 마음과는 달리 움직일 수도 없을 만큼 온몸이 굳어버리는 게 한마디로 꼼짝없이 잡힌 꼴이었다. 어둠 속에서 엇갈린 두상의 조각들은 완전히 방향을 바꾸어 반대 방향을 향해 돌아섰다. 순간 어지러웠다. 이건 분명 술기운 때문일 거라고, 물러지는 내 마음을 애써 다독였다. 그 다짐을 나무라듯 붉게 달아오른 얼굴의 뺨을 누군가 슬며시 스치고 지나갔다. 산바람을 타고 온 낮은 흔들림의 기류였을까 아니면 야누스의 왼쪽 얼굴이 슬쩍 내 쪽으로 기웃거리며 그의 긴 속눈썹이 내 뺨을 건드렸었나, 나도 모르게 얼굴을 감싸안았다.

그건 어떤 조짐 같으면서도 정체를 알 수 없는 기운이 회오리처럼 나를 맴돌고 있다는 직감 때문이었다.

파팟.

발 아래쪽에서 다시 불빛이 들어오는 순간 휘청하며 조각상의 오른쪽 귀를 엉겁결에 짚었다. 어이없게도 두상은 손잡기를 거부하는 연인처럼 차갑게 얼굴을 뒤틀었다. 나는 얼른 사과를 하듯 손을 거두고 무안한 마음에 허둥대며 그 자리를 떠났었다.

그날 정확히 뭔지는 모르겠지만 분명히 뭔가를 잃어버린 것 같기도 하고 무엇인가에 덧씌워졌다는 느낌이 들었다. 그렇다고 나쁜 기분이었냐면 그것도 아니었다. 전신을 타고 올라오는 차가운 기운에 뭔가에

흘렸다는 느낌만 선명하게 남아 있을 뿐이었다.

아침에 눈을 뜬 것은 알람 소리 때문이었다. 침대에 누워 조금 어지럽다고 생각했다. 명확하지는 않지만 꿈속에서 어둡고 무거운 것들에 실려 롤로코스트를 심하게 탄 기분이었다. 어떤 꿈인가를 더듬다보니 일어날 시간이 분 단위로 지나가고 있었다. 초침은 변명과 핑계를 찾는 내 입을 향해 덮칠 듯이 다가오고 발바닥은 간질간질거렸다. 그냥 일어나는 것이 최선이었다.

남편은 한 시간 전에 이미 출근했다. 오늘도 별일 없는 날이다. 창을 가린 버티컬을 올리고 베란다에 오종종 놓여 있는 화분에 물을 듬뿍 준다. 볶은 원두를 분쇄기에 갈아놓고 물을 데운다. 시계는 일곱 시를 향해 바짝 다가가고 있다. 시계의 지시대로 욕실을 향했다. 거추장스러운 것들을 벗어 던진다. 여전히 군살 없는 매끈한 몸매가 거울 속에서 거닌다. 엉덩이와 가슴을 비춰봐도 아무런 이상이 없다. 흠, 내 것이지만 마음에 든다. 시선을 옮겨 거울 속의 내 얼굴과 마주하다 멈칫했다. 매일 보는 얼굴인데 오늘은 왠지 좀 이상했다. 거울이 이상해졌나. 오목거울로 변해버린 것도 아닐 테고. 손으로 거울을 만져보니 촉감은 차갑고 느낌은 평면 그대로다.

가만, 이게 누구지?

낯선 얼굴이 거울 속에 있었다. 내 얼굴이지만 전혀 다른 얼굴이었다. 순간 눈을 감았다가 떴다. 여전히 거울 속의 그녀는 나를 건너다보고 있었다. 낯익은 일상의 것들이 눈 한 번 깜빡하는 순간에 낯설게 변해 있더라고, 누군가 그러더니 지금 이 순간을 두고 하는 말인가. 이건 내가 기억하고 있는 나의 얼굴이 아니었다. 내 뇌리 속에 각인되어 있는 나의 얼굴이라고 하기에는 너무나 기묘했다. 이게 정말 나인가 싶어 다시 거울을 뚫어져라 쳐다봐도 아니었다. 증거라도 찾듯이 욕실을 둘러보니 내 빨간 칫솔과 남편의 푸른 칫솔, 곰돌이 푸가 그려진 물컵은 그대로였다. 얼굴만 아니었다. 그것도 누구의 얼굴인지도 모를 만큼 부자연스럽고 뻣뻣하게 변한 얼굴이었다. 당황해하는 얼굴은 괴기스럽기까지 했다.

똑똑, 당신의 얼굴은 안녕하신가요?

누군가 나에게 물어온 것 같았다.

심호흡을 길게 하고 다시 한 번 눈을 천천히 감았다. 순간 오른쪽이 움직이지 않는다는 것을 알아차렸다. 왼쪽은 자유롭게 움직이는 데 반해 오른쪽 얼굴은 꼼짝도 하지 않았다. 코와 눈을 찡그려 보았다. 여전히 오른쪽 눈과 코, 뺨, 눈썹, 이마, 입술까지 말을 듣지 않는 뻐딱성 타는 불량학생 꼴이었다. 다급하게 다시 입술을 힘껏 끌어올리며 미소를 지어보았다. 상큼하게 올라가는 왼쪽 입술과는 다르게 오른쪽 입술은 꿈쩍도 않는다. 얼굴이 자기 마음대로 따로따로 논다고 해야 하나. 근육의 힘이 하나로 통일되게 움직이지 않고 각자의 생긴 대로 자치적 독립을 요구하는 꼴 마냥 따로 실룩거렸다.

이건 어제 저녁 마지막으로 본 거울 속의 내 일굴은 확실히 아니있다. 밤 사이 낯선 얼굴이 내 얼굴과 교체하여 내 몸 위에 턱 하니 올라와 있는 것 같았다. 확인이 필요했다. 나를 찾아야 했다. 얼른 거실로 뛰어나가 휴대폰에 저장되어 있는 내 얼굴 사진을 찾아내어 거울을 향해 나란히 섰다. 확실했다. 내 몸뚱이 위에 놓여 있는 얼굴은 어제의 내 얼굴이 아니었다. 그러면 밤 사이 누군가 내 예쁜 얼굴에 심술이 나 장난이라도 쳤다는 뜻인가.

순간 뭔가가 쿵, 하고 심장을 치는 게 괴기영화의 서막을 알리는 종소리 같았다. 쿵쾅대는 내 심장 박동소리에 맞추어 얼굴이 벌겋게 달아오르고 호흡이 가빠르게 상승했다. 미친 듯이 고함이라도 치고 싶은데 입이 움직여주질 않아 기대에 부응도 못했다.

이 순간 고함보다 더 다급한 게 있었다. 그건 신체검사였다. 얼굴을 두 손으로 더듬어보았다. 손도 다리도 몸도 빠르게 움직여보았다. 움직여졌다. 아무런 이상이 없었다. 그럼 내 머릿속은? 이름과 집 주소와 휴대폰 번호와 이번 달 카드 결제금액과 친구들 이름까지 묻고 답하는 것은 아무런 이상이 없었다. 결론은 얼굴만 이상해졌다는 것이다. 정확히 오른쪽 얼굴만 그랬다. 오른쪽 얼굴에 놓여 있는 모든 존재하는 것들이 쉬고 있다고 해야 하나.

다급하게 뺨을 때려보았다. 소리는 나는데 아무런 느낌이 들지 않았다. 눈을 급하게 깜박였다. 왼쪽 눈은 깜박이는데 오른쪽 눈은 그대로다. 입을 벌렸다. 겨우 삐딱하게 벌어질 뿐이다. 더 크게 아, 하고 입을 벌렸다. 고여 있던 침이 입술 밖으로 주르륵 흘렀다. 어떻게 해볼 사이도 없이 무더기로 흘러내렸다.

이게 뭐지? 도대체 간밤에 무슨 일이 내게 일어난 거지?

어깨 힘이 절로 축 처져 내렸다. 동시에 비명이 튀어나왔다. 이게 뭐냐고? 어떻게 된 일이냐고? 내 주위에 있는 사람들 누구도 나와 같은 일을 겪은 사람은 없다. 그들의 친구와 친구의 친구에게도 일어나지 않는 일이었다. 들어본 적도 직접 본 적도 없는 그 일이 지금 이 순간 내게 일어난 것이다. 맥도 풀리고 다리도 풀리고 마음까지 물에 담근 건미역처럼 풀어져버렸다. 63빌딩보다 더 높았던 내 예쁜 얼굴과 자존감은 어디로 사라져버리고 괴물처럼 변해버린 얼굴을 한 여자가 멍하니 서 있을 뿐이었다. 휘둥그레진 눈이 놀랐구나, 하듯이 측은하게 나를 들여다보고 있었다.

그러니까 변해버린 이 얼굴이 나란 말이지, 옅은 신음이 절로 흘러나왔다. 떨려오는 두 손을 들어 간신히 얼굴을 감쌌다. 오른쪽으로 처져 있는 뺨을 살짝 밀어올렸다. 좌우 균형이 조금 맞았다. 옛 모습을 조금 찾았는가 싶었는데 다시 손바닥의 힘을 빼니 탄력을 잃은 살들이 시소를 타듯이 성급하게 내려온다.

도대체 이 지랄 맞고 엿 같은 변화는 무엇을 의미하는 거지? 무엇 때문에 이런 일이 생겼는지, 어떻게 해야 하는지를 생각해야 했다. 그게 맞는 일이고 옳은 일이고 지금으로서는 최선의 방법일 것 같았다. 모든 결과에는 원인이 있다고 언젠가 엄마가 말했었지. 잘 더듬어보라고, 그래서 쥐어짜듯이 생각을 더듬어보았다. 그래도 모르겠다. 그래, 이건 인생의 경험이 많은 어른들과 의논할 문제였다. 휴대폰을 집어 엄마의 번호를 누르다가 주춤했다.

왜 이러시나, 이건 전화로 호들갑을 떨 문제는 아니지 않느냐고, 살아 있는 왼쪽 뺨과 깜빡이는 눈이 신호등처럼 알려주었다.

그래, 무슨 좋은 일이라고.

화르르, 산불처럼 들고 일어날 엄마의 성격과 곧이어 엄마의 전화통은 이모와 고모와 복지회관의 노인들과 갑장계원들과 산악회 회원들에게 전화해서 이 사태를 어찌하면 좋으냐고, 걱정 반, 의논 반, 수다 반으로 하루를 보낼 것이다. 그리고 열일을 제쳐두고 첫 차로 올라온 엄마는 깨 볶듯이 들들 볶아 병원으로, 민간요법으로 아주 백숙 삶듯이 푹 고아댈 것이다. 그리고 집에서 진을 치고 언니와 이모와 먼 친척들을 차례대로 집으로 불러들일 것이다. 말이야 딸자식 위한다는 뜻이겠지만 찾아오는 손님들에게 인사하고 밥해주느라 더 힘들어질 것이 그림처럼 그려진다.

먼저 소파에 앉아 차분히 생각을 정리해보기로 했다. 긴 심호흡을 한 번 했다. 그래도 답은 나오지 않고 입 냄새만 지독하게 나왔다. 갑갑하고 무섭고 멍했다. 무엇부터 시작해야 되지? 혹시 이런 경우에는 어떻게 하면 되냐고, 진짜로 엄마에게 물어봐야 되는 게 아닐까? 혹시라도 다음에 알게 된다면 그 원망과 서운함을 몇 년씩이나 우려먹을 것이다. 휴대폰을 들었다 놓았다 하다 그만 던져버렸다. 괜히 벌집을 건드리면 돌아오는 건 나의 피로뿐이다. 피로와 몇 년의 욕을 선택하라면 지금의 나는 몇 년을 들어주어야 할 욕을 기꺼이 선택하고 싶었다.

다시 확인이 필요해 거울 앞에 섰다. 여전했다. 오른쪽 입술이 심술

궂게 처져 있다. 얼굴에 힘을 주어 눈을 크게 치켜뜬다. 오른쪽 얼굴은 꿈쩍도 하지 않는다. 다시 한 번 확인해도 그대로다. 멍하게 나를 바라보는 오른쪽 눈과 재미난다는 듯이 깜빡거리는 왼쪽 눈이 동시에 거울 너머에서 나를 기웃하게 바로보고 있다. 괴이하다 못해 코믹했다. 그 희한한 모습에 어이없게도 헛웃음이 터져 나왔다. 웃는 것인지 우는 것인지 거울 속의 얼굴은 각자의 생각대로 하고 싶은 대로 뒤틀리고 뻗대고 떠들어대고 있었다.

무섭고 두렵다는 게 이런 것일까? 맥 놓고 손 놓고 멍하니 바라볼 뿐이다. 얼굴로 먹고 사는 내게 이런 날벼락 같은 징조는 이제 인생 종쳤다는 뜻인가? 아니면 좀 겸손하게 살아보라는 경고인가? 그러면 누가 하는 짓일까? 생각을 하면 할수록 멍하고 기운 빠지고 동시에 열 받고 성질만 난다. 그래도 생각하고 생각해야 된다. 이 사태를 해결해야 된다는 것이 최우선이었다.

아무리 생각해도 무엇이 우선인지 답을 모르겠다. 이건 분명히 병원에 가야 될 문제다. 누군가가 그랬지. 여자 나이 서른이 넘으면 산부인과든 성형외과든 의사와 친해져야 할 나이라고 하더니 드디어 나도 의사와 친해져야 할 때가 되었나 싶어졌다. 얼굴이 마비되었으니 어디로 가야 할까? 치과나 산부인과는 확실히 아닐 테고. 성형외과나 외과, 내과도 아니다. 상식적으로 생각해봐도 침을 맞는 것이 정답일 것 같다. 침을 맞아야 한다면 한의원에 가야된다. 당황한 중에라도 생각을 하니 그래도 대책은 떠오른다. 시간이 어떻게 됐지, 싶어 시계를 보니 여덟 시가 조금 넘었다. 이 시간은 아직 이르다. 집에서 제일 가까운 한의원은 아파트 상가에 있는 한의원이다. 의사가 여자 한의사였지. 아닌가? 남자였었나. 남편의 알레르기 비염으로 한약을 주문한 것이 어느 한의원이었는지도 모르겠다.

다음으로는 회사다. 나는 아침에 일어나서 꼬박꼬박 출근해야 하는 직장인이다. 출근을 해야 한다면 이 얼굴로? 절대 있을 수 없는 일이었다. 누구 좋으라고, 라이벌 최 매니저와 경쟁사 판매원들의 서프라이즈를 위해? 너 총 맞았니? 스스로 질책했다. 모든 소문의 온상지인 백화점에 이 얼굴을 하고 들어선다면 전 매장 직원을 넘어 그에 따른 가족과 친구들까지 몇 년은 입들이 즐겁지 않을까? 내가 그 꼴을 어떻게 보겠느냐고? 이건 조용히 해결해야 할 내 지독한 사적인 일이었다.

그럼 어떻게 이 상황을 해결해야 할까? 곧 세일 기간이라 무엇보다 내가 필요한 시점인데. 먼저 병원에 들러 어떤 증상인지, 어떤 치료를 해야 나을 수 있는지와 언제까지 치료해야 하는지를 상담하고 나서 조치를 취해야겠지만 그래도 출근을 기다리는 매장의 미스 강에게 연락은 해두는 게 순서이지 싶다.

"네, 매니저님."

두 번의 신호음에 재깍 받는 신속함과 판매직에 어울리는 감정을 가지고 있는 게 미스 강의 유일한 장점이다.

"미스 강, 오늘 나 좀 늦을 것 같아. 잠시 어디 들렀다가 갈게. 사무실에는 내가 알아서 전화할 것이고. 볼 일 보고 되는 대로 가든지. 못 가게 되면 다시 연락할게."

"네, 알겠습니다. 저기 매니저님 근데 어디 아프세요? 목소리가 아니,

말이 왜 이렇게 힘이 없어요?"

"으응. 목감기인가봐."

얼른 오른쪽 손이 처져 있는 오른쪽 뺨을 밀어올린다.

"아프시면 안 되죠. 병원이라도 들렀다가 오세요. 여기 일은 제가 알아서 할게요. 세일 기간 물품 주문서만 매니저님이 결정해주시면 되거든요. 제가 먼저 재고 확인해 놓을게요. 오시는 길에 본사 사무실에 가실 거죠?"

"오전에 창고에서 확인 좀 해주고 구매 내용 결정해서 문자로 보내주면 고맙겠고 본사는 여기 상황 보고 내가 알아서 할게."

미스 강의 말대로 말이, 말이 아니었다. 말을 하는 중간에 고장난 수도꼭지처럼 침과 말이 같이 흘렀다. 뜻대로 발음이 정확하게 나와주지 않았다. 오른쪽 뺨의 살들을 억지로 밀어올려 잡고는 얘기를 해도 입술과 혀가 뜻대로 움직여주지 않으니 발음이 샐 수밖에 없다. 마음이 다 급해진다. 병원부터 들러야겠기에 샤워를 하는 게 맞는 순서였다.

따뜻한 물이 쏟아지는 샤워기 아래서 차근차근 요 근래 일어났던 일들을 더듬어보아도 별 다른 일은 없었다. 내가 뭘 잘못했을까. 답해줄 수 있는 상대가 없으니 공허한 물음일 뿐이다. 그래도 생각해본다. 난 간밤에 잘 자고 가뿐하게 일어났고 늘 똑같은 일상에 허덕이는 평범한 사회인의 생활을 충실하게 해냈다. 매장 두 군데를 돌고 사무실에 들러 이 달의 판매액에 대한 얘기를 백화점 담당 팀장과 질책이 아닌 부드러운 의논으로 마무리한 것밖에 없다. 다만 내 스스로가 최고의 판매액을 올려야 된다는 부담감은 있었다. 사회생활에 그 정도의 스트레스는 여행자의 집 가방처럼 따라붙는 것이기에 넘어가고, 남편은? 크게 터뜨리지 않으면 되니 이것 또한 넘어가고, 시댁과 친정은 늘 그냥 그렇고, 친구들과도 무난하고, 나? 올해까지 매장 근무를 끝으로 팀장 승진이 코앞이다. 매장 판매원부터 시작한 사회생활을 이제 마무리해야 할 시점이라 조급함과 갑갑증은 느끼지만 상담을 요할 만큼은 아니다. 몸의 반응은? 긴장되어서인지 평상시보다 머리칼만 조금 더 빠지는 정도다.

이 정도가 뭐 어때서? 다들 그 정도의 고민은 안고 살지 않나. 샴푸를 듬뿍 들어 머리에 거품을 낸다. 마음이 다급해서인지 감기지 않는 눈에 비눗물이 들어갔는지 눈이 따갑다. 바스를 묻혀 부드럽게 온몸에 칠한다. 양치질을 할 때 삐딱한 입 때문에 물이 흘러 컵의 물을 두 번이나 다시 채워야 했다. 일상적으로 해내는 이런 일에도 결함이 보이다니. 혀라도 차고 싶지만 혀까지도 내 맘대로 움직여주지 않는다. 말도, 혀도, 입도 맘대로 안 움직여주지만 욕은 된다.

아! 씨, 정말 좆됐다고!

미친 척하고 알고 있는 세상의 모든 욕을 한 일 분간 모호한 누구에게 내 분대로 퍼부었다. 욕을 다 쏟아내었는데도 삐딱한 입은 그대로다. 기분만 더 잡쳤다. 서랍장 속에서 붉은 와인색 팬티와 브래지어를 꺼내 입는다. 분위기를 전환하면 이 무섭고 긴장되고 더러운 기분이 좀 덜해지겠지. 아무리 마음속으로 다독여도 뭔가가 잘못되었다는 생각밖에 들지 않는다. 자꾸 거울 앞에 선다. 피부색도 어제와 같고 몸매도 그대로다. 서른 중반을 지나도 여전하다는 소리를 듣는 것은 수영과 요가를 꾸준히 해온 결과다. 이렇게 내 관리를 철저히 하면서 사회생활하는데 어디서 무엇이 잘못되었는지 아무리 머리를 굴려도 모르겠다.

여배우 누구를 빼닮았다는 소리는 지겹도록 듣는 얼굴이다. 그러니 미모로 꿀릴 일도 없다. 다른 화장품 코너보다 우리 코너가 왜 우수고객이 많은지, 타 직원에 비해 왜 플러스알파가 내 월급에 더 붙는지에 대해서 굳이 내 입으로 말하고 싶지도 않다. 이 향수가 어떤 거죠? 라고 물어보기도 전에 고객들의 손목에 그저 사뿐히 뿌려줄 뿐이다. 젊고 예쁜 내가 바로 이 향이 당신의 향이랍니다, 라고 나긋하게 엎드려 주는데 어떻게 지갑을 안 열 수가 있을까. VIP를 지나 VVIP 실에서 우아하게 차를 마실 정도의 재력과 인물이라면 내가 추천한 제품 안 써본 사모님들은 없을 것이다. 그건 내 정상적인 왼쪽 얼굴을 걸고서라도 맹세할 수 있다.

거울 앞에서 가볍게 스킨을 바른다. 여전히 오른쪽 뺨의 감각은 느껴지지 않는다. 눈이 감기지 않아서인지 샴푸액이 들어가 따갑더니 오른쪽 눈알이 빨개졌다. 붉은 비상등이 켜져 있는 신호등을 보는 기분이다. 삐딱한 얼굴에 빨간 눈이라니, 멍하니 거울 속의 나를 바라볼 뿐이다. 더 이상 이상할 게 또 있나 싶었다. 답도 없고 대책도 없다. 살며시 손을 오른쪽 눈 위에 얹어 어둠을 조금 만들어줄 뿐이다. 민낯으로 나가려다 그래도 그렇지 싶어 썬크림과 BB크림을 바른다. 립스틱은 생략했다.

반바지에 헐렁한 티만 걸치고 다시 머리를 말린다. 긴 머리는 올백으로 올리는 게 아니라 그냥 뒤로 묶는다. 이대로 나갔다간 무슨 일이 일어날지 모르겠다. 이웃이나 아는 사람이라도 마주친다면 어떻게 말을 해야 할지 두려울 뿐이다. 단정함의 극치를 보여줬던 내가 이런 꼬락서니를 하고 있다는 자체가 자존심 상하는 일이다. 챙 모자를 눌러쓰고 서랍장을 뒤져 마스크를 찾아낸다.

더운 날씨에 선글라스와 마스크를 쓰고 나오는 게 거슬리지만 내 얼굴을 알아보고 놀래는 모습을 보는 것보다는 낫지 싶었다. 불안한 마음에 늘어지는 오른쪽 뺨에 손을 가져다대며 오른쪽 입술이 처져 내려오는 것을 잡는다. 유치원 등교시간이라서인지 3동 화단가에 동네 새댁들이란 새댁들은 다 나와 있다. 그 속에서 옆집의 진우 엄마 모습도 보인다. 얼른 고개를 숙이고 걷는다.

"어머! 새댁, 나 좀 봐!"

꼼짝없이 걸렸다. 하필 이럴 때 부르고 지랄이야, 입에서 욕지기가 맴을 돈다. 가까이 다가가지 않고 잔걸음으로 걸으며 대답했다.

"아, 네. 안녕하세요."

"어제 소독하는 날이었는데 내가 깜빡 잊었지 뭐야? 저번에도 소독 못했는데 미안하게 되었어. 내가 요즘 작은 녀석 아픈 것 때문에 정신이 없어서 그래. 추가 소독 받도록 관리실에 연락해줄까?"

"제가 알아서 할게요."

"근데 새댁 어디 아파? 마스크까지 다 하고?"

"네, 그냥. 뭐……."

괜히 목에 힘을 주어 기침을 서너 번 한다. 옆에 서 있는 아래층 여자는 진우 엄마랑 얘기 중인 나를 아래위로 뚫어져라 훑더니 그만하라는

듯이 진우 엄마 팔을 슬쩍 끌어당긴다. 인사를 끝내고 돌아서자 내 뒤
꼭지에서 수군거리는 작은 목소리가 들린다. 그건 어디까지나 안 들어
도 되는 미세한 소리까지 듣고 싶은 내 소라 귀 탓이다.

"얼굴에 손 좀 보셨나 보다."

"더 손 볼 데가 없을 텐데."

"그 속을 어떻게 알아? 자기나 나 같은 줄 알아. 저런 인물이면 주기
적으로 방문하신다고. 나도 미간 주름이나 없애게 주사나 한 방 맞고
싶다."

"나는 다 하고 싶다."

아, 정말 아줌마들이 별 오지랖을 다 떠시네. 남이야 성형을 하든,
문신을 하던 무슨 상관이야. 돈 있으면 하는 것이지. 왜 흉을 보고 지
랄들이야. 기본 바탕이 안 되면 손봐도 그게 그것인 줄도 모르고 아무
나 성형미인 되는 줄 알고 설치기는. 두 아줌마는 다이어트나 하고 그
냥 참으시는 게 돈 아끼는 지름길입니다. 요렇게 딱 충고해주고 싶은
마음이다.

고백컨대 내 얼굴에 손본 것은 고등학교 입학하자마자 잇몸 교정한
것이 전부다. 아래위 이빨을 네 개나 빼고 삼 년을 고생한 덕분에 우아
한 미소를 보여줄 수 있었다. 그리고 입사하기 전에 콧날 전체도 아니
고 코끝을 살짝 올린 것과 미간에 진 주름에 보톡스 맞은 것은 시술이
아닌 터치 수준밖에 안 되는 정도다. 최근에 눈밑에 도톰하게 애교살
넣은 것도 있었네. 많은 수준인가? 전혀 아니올시다. 사회생활 하면서
얼굴로 먹고 사는 내가 그만한 것도 안 하고 어떻게 돈을 벌어? 그건 사

회인으로서 예의이며 도리이고 어쩔 수 없는 선택이 아닌 당연한 선택이다.

그렇다면 이게 혹시 성형의 후유증일까?

내가 한 성형이 이런 결과를 초래했다면 나도 할 말은 있다. 그 많은 완벽한 성형미인들과 조금 손본 미인들이 얼마나 많은데 그녀들 모두 얼굴이 비뚤어지는 이상한 현상을 겪어야 되는 게 아닌가. 내가 알고 있는 내 주위의 성형미인들에게서 이런 증세가 일어났다는 소리는 듣지 못했다. 내가 성형 정도에 마비가 왔다면 안면 윤곽을 위해 광대뼈를 깎는다든지 사각턱을 깎는 위인들은 얼굴이 마비가 와도 열두 번은 더 왔을 것이다. TV에 나온 서른 번 이상 얼굴에 손을 댄 어떤 성형중독 여자는 알 수 없는 통증은 매일 있지만 얼굴이 부분적으로 마비가 되었다는 얘기는 안 했다. 그러니 얼굴의 마비를 성형 후유증과 연결시키면 내 입장에서는 당연히 억울할 수밖에 없다.

그러면 내 성격에서 오는 것인가. 나를 말할 것 같으면 생긴 것은 바늘 하나 들어가지 않게 생겼다고 하지만 사실은 얼렁뚱땅 허당 기질이다. 심각한 프로보다 개그 프로를 보며 목젖이 보이도록 웃는 걸 더 좋아하는 스타일이다. 그러면 성격 탓도 아니지 않는가? 그러면 무엇일까?

상가 앞 한의원은 피했다. 이웃 사람이라도 마주칠 것 같았다. 돌아서 큰길을 따라 내려가다 롯데마트 건너편 메디컬 상가 내의 한의원으로 향했다. 한의원은 3층에 있었다. 엘리베이트를 타려다 계단으로 향했다. 그것 또한 사람들 눈에 띄지 않기 위해서였다. 벌써 한약 달이는 냄새가 계단에서부터 맡아진다. 자동문을 열고 들어서자 모닝커피를 홀짝거리고 있던 간호사가 열린 조제실 문을 통해 나왔다. 대기실에는 아무도 대기하고 있지 않았다.

"오늘 처음 오세요?"

"네."

간호사는 마스크를 한 나를 힐끔 쳐다보고는 작은 메모지를 내민다.

"여기 이름하고 주민등록번호 그리고 연락처까지 적어주세요."

이름을 적고 나니 주민번호가 퍼뜩 떠오르지 않는다. 아침에 너무 충격을 받아서인지 마지막 숫자가 헷갈린다. 적은 메모지를 내밀자 붉은 립스틱을 바른 간호사는 다시 물어온다.

"어디가 불편하세요?"

오른쪽 뺨에 손을 가볍게 대고 처진 입술을 조금 밀어올리며 말했다.

"얼굴이 좀 이상해서요."

"얼굴이요? 어떻게요?"

어떻게요, 라니? 그것도 아주 명랑하게. 나도 모르니깐 답답해서 이렇게 병원이랍시고 찾아왔잖아. 그런데 나에게 그걸 되물으면 되겠느냐고? 이 싸가지도 매가지도 없는 촌닭 간호사야, 입안에서 욕이 절로 맴돌았다.

"마스크 좀 벗어보실래요?"

아! 정말 진짜 의사도 아닌 것이 자꾸 기분 더럽게 만든다. 그 사이 또다른 뚱땡이 간호사가 카운터에 다가와서 나를 바라본다. 궁금함을 가득 담은 검은 눈동자 네 개가 나를 향해 있다. 이건 숫자에서 밀려도 한참을 밀리는 꼴이다.

"한 번 벗어보세요. 진료 카드에 기입해야 되거든요."

내가 제일 싫어하는 병원에 관련된 것 중에는 첫 번째는 산부인과에서 다리 벌리는 것과 두 번째는 치과에서 입 벌리는 것이다. 오늘 다시 알았다. 싫은데, 정말 보여주기 싫은데 자기가 의사마냥 강요하는 촌닭 간호사와 뚱땡이 간호사도 그들과 같은 묶음이라는 것을. 그래도 지금 이 순간 답답한 것은 나다. 그래서 천천히 마스크를 벗었다.

"어머나, 세상에, 엄청 놀랐겠어요?"

"언제부터 이랬어요?"

대꾸할 틈도 주지 않고 붉은 립스틱과 뚱땡이 간호사가 번갈아 호들갑스레 물어댄다. 물으니 답해준다.

그래, 이 촌닭들아! 나 너무 놀라서 뒤로 나자빠질 뻔했다. 됐냐? 또 언제부터라고 물었니? 넌 자면서 언제쯤 이를 갈고 코를 고는지 어떻게 알 수 있냐? 이 닭대가리 같은 것들아? 나도 모른다. 자고 나서 샤워하러 들어간 욕실의 거울 보고 알았다. 됐냐? 이것들이 사람 세워놓고 동물원에 원숭이 보듯이 뭐하는 짓거리야. 나는 너희들이 내 모습 보고 놀라는 그 모습 보고 더 놀랐다. 백의의 천사라고 떠드는 것들이 이따 위로 처신해도 되니? 상처받은 환자의 마음을 천사의 미소로 위로는 못 해줄 망정 뭐? 놀랐겠어요? 환자에 대한 기본 예의조차도 없으니 이렇게 구석진 동네에 처박혀 있지.

어디까지나 말이, 말이 되지 못하기에 입안에서만 웅얼거려졌다.

싸구려 향수나 뿌리는 주제에, 어디서 사람 주눅 들게 큰소리인지. 아, 진짜 열받네. 내가 누군데 이 박민하가 이 정도로 대접받을 인물이 아닌데. 정말 자존심 상하고 억울하고 분해서 눈물이 다 나오려고 했다.

"구안와사네."

뚱땡이가 딱 잘라 말했다.

"우리 원장님 침 몇 방이면 끝나지 뭐."

서당개 삼 년에 풍월을 읊는다더니, 딱 그 폼으로 붉은 립스틱이 지껄였다.

진료 시간은 아홉 시다. 진료 시간 십 분 전인데도 빨간 립스틱은 무슨 큰 사건이라도 났다는 듯이 커다란 엉덩이를 흔들며 원장실 쪽으로 슬리퍼를 끌며 들어간다. 조잘조잘 대고 싶겠지. 놀랐겠지. 키도 큰 년이 몸매도 되는 년이 그런데 결정적으로 얼굴이 찌그러져서 나타났으니 놀라고 재미있었을 것이다.

"박민하 님, 들어가보세요."

안쓰러운 척 불러주시기에 분한 마음을 접고 원장실에 들어섰다. 원장은 남자였다. 앉아 있는 책상 뒤로 큰 유리서랍장 안에 빼곡하게 들어찬 한자로 된 전문서적과 인체 모형이 있는 게 한의사의 방다웠다. 중년의 원장은 눈이 커다랗고 가오리 날개같이 생긴 커다란 두 귀가 무척 인상적이었다. 얼굴형은 좀 작은 편이었다. 호남형이나 미남형으로 생기진 않았지만 영민하고 예민하게 생긴 쪽이었다. 어디서 봤더라. 조금 안면이 있는 사람 같기도 하고, 부인에게 선물 정도는 충분히 할 정도의 수준이니 선물을 사러 백화점에 온 고객이었을 수도 있다. 우리들의 인간관계가 따지고 보면 다 아는 사람의 아는 사람들이지 않는가. 인간관계 먹이사슬은 다음에 따져보기로 하고 의자에 앉았다.

"얼굴이 그렇다고요? 어디 얼굴을 똑바로 들고 저를 한 번 보실까요?"

원장은 기대된다는 듯 의자에서 몸을 앞으로 빼내 내 얼굴 가까이로 다가온다. 마스크를 벗고도 오른손을 얼굴에 대고 있자 흥미로운 뭔가를 봤다는 듯이 회전의자를 끌며 더 바짝 다가온다.

"손을 떼세요. 그대로 고개를 들고 날 보세요."

시키는 대로 했다. 무슨 일인지, 나을 수는 있는지, 후유증은 없는지를 먼저 묻고 싶었다. 내뱉는 말이 웅얼거림이 아닌 정확한 말이 될 수 있는지도 묻고 싶었다. 그런데 원장은 무슨 백자 항아리라도 감상하는 것인지 한참 동안 내 얼굴만 들여다봤다. 희한한 한의원이다. 원장도 간호사도 하나같이 특이하게 생겨가지고서는 하는 짓거리까지 같다. 신뢰가 살짝 사라지려고 했다. 나는 원장의 크게 볼 것도 매력도 없는 얼굴을 쳐다봤다. 커다란 눈을 거쳐 우뚝한 코를 거쳐 귀에까지 시선을 옮기며 불안하게 기다렸다. 원장의 코 옆에 작은 점을 발견한 순간 원장이 물어왔다.

"언제부터 이랬죠?"

"오늘 아침부터요."

원장은 손을 뻗어 이마와 눈썹, 눈과 뺨, 입술까지 손끝으로 만졌다. 가볍게 터치까지 했다.

"정확히 오른쪽만 그렇다는 거죠?"

"네."

원장은 자신의 입을 벌리면서 말했다.

"아, 에, 이, 오, 우 해보세요."

시키는 대로 입을 벌리고 소리를 내고 발음대로 입을 열심히 움직였다. 오른쪽 귀가 이상한지 들리는 소리는 으 우 유로 들렸다.

"으음."

신음소리를 내며 고개를 숙여 진료 카드에 뭔가를 적는다.

"최근에 좀 심한 스트레스라도 받았나요?"

"스트레스요? 크게 없었는데요."

겨우 한쪽 뺨을 잡고 대답했다.

"혹시 술 담배 해요?"

"아뇨."

"무슨 일을 하시죠?"

"시내 백화점 화장품 코너에서 향수 전문 매너저로 일하고 있어요."

"향수 코너요? 광장 앞에 있는 백화점 말인가요?"

"네."

"제가 가끔씩 들르는 곳이군요."

그러고 보니 올 봄 신상으로 나온 머스크 향이 원장에게서 조심스레 느껴진다. 꽤 괜찮은 향이다. 중후하고 체취가 심플해서 반응이 아주 좋은 향이었다.

"자, 다시 한 번 생각해보죠. 어제 저녁 당신은 어떤 일을 했는지 차근차근 떠올려보자고요."

"원장님, 전 제 상태가 어떤 정도인지 나을 수 있는지. 어느 정도 기간이 걸리는지가 더 궁금해요. 제겐 직업상 얼굴이 아주 중요하거든요."

"물론 그러시겠죠. 하지만 원인을 알아야 치료가 됩니다. 이게 빨리 나을지 기간이 걸릴지는 전적으로 손님에게 달렸어요."

"제게요?"

"네. 병명은 구안와사인데 한마디로 얼굴의 마비증세죠? 얼굴의 신경을 담당하는 7번째 신경에 문제가 발생하는 말초성의 문제인지 뇌혈관 쪽에서도 올 수 있는 중추성 때문인지는 알아봐야 할 것이고요. 찬바람이나 찬 곳에 갑자기 노출될 때와 심한 스트레스와 같이 심리적인 충격에서 오는 것일 수도 있고요. 증세에 따라 치료도 다르게 할 수 있죠."

"이쪽의 전문가이신가요?"

"개인적으로 관심이 많은 분야입니다."

좀 전에 하는 짓거리 때문에 추락했던 신뢰성이 신속하게 회복되었다. 관심이 많다는 것은 전문적이라는 말이지 않는가. 나는 늘 전문가를 신뢰하지 않았던가. 그래서 다급하게 물었다.

"그러면 치료만 받으면 원래대로 돌아올 수 있나요?"

"그럼요. 정도에 따라서 후유장애도 좀 남을 수 있지만 타인들은 전혀 모를 정도고요. 본인만 조금 느끼는 정도입니다."

"그게 어느 정도죠?"

"찬바람 쐬고 나면 감각이 좀 얼얼할 때가 있죠? 그 증세보다도 더 미세한 느낌 정도겠지요. 약물치료와 물리치료, 그리고 침을 이용한다면 다시 예전의 그 단아하고 깔끔한 얼굴로 돌아갈 수 있습니다. 치료를 하려면 솔직하게 말씀해주셔야 합니다. 마음에 걸렸던 최근에 있었던 일이나, 사소한 지난 밤 얘기까지 말입니다."

단아하고 깔끔한 얼굴? 이 말씀은 내 미모에 대한 칭찬의 말인데. 원장은 확실히 우리 백화점 단골이고 나를 안다는 정보다. 얼굴은 망가졌어도 나의 이미지는 망가질 수 없다. 평상심을 갖고 우아하게 처신해야된다.

"네. 그러니깐. 저는 어제…….''

돗자리 깔아주면 못한다더니 늘 겪는 일상이었는데도 어제 한 일이 차례대로 기억이 나지 않는다. 목만 컬컬해져왔다.

"어려워말고 편안하게 얘기하세요. 물리치료에 앞서 어디까지나 심리치료라고 할까요? 젊은 분들이 이런 경우를 겪을 경우에는 심리적인 면에서 오는 게 상당 부분을 차지하기에 말씀드리는 겁니다."

"어제는 다른 날보다 매출도 좋았고 별스러운 손님도 없었어요. 특별한 일이라면 다름 아닌 남편이 집으로 오는 것 정도였어요. 그리고 보니 어제 제 기분이 좀 들뜬 상태였기도 했네요."

말을 하다 원장을 슬쩍 쳐다보니 그는 계속하라는 고개짓을 했다.

"남편은 일본에 출장을 한 달씩이나 간 상태였어요. 외근 근무가 많은 회사거든요. 다행히 결혼기념일에 맞추어 귀국을 했더군요. 아직 아이를 갖지 못한 저희 부부는 시댁 눈치를 좀 보고 있기는 해요. 사실 내년쯤 가질 생각이거든요. 장을 봐서 제가 좀 일찍 집으로 들어갔어요. 뒷정리는 직원에게 맡기고요. 남편이 좋아하는 꽃게탕을 끓이고 샐러드도 만들었어요. 누군가를 먹이기 위해 요리를 한다는 것이 행복했어요. 그리고 오랜만에 장을 보고 식탁을 차리니 즐겁기도 했고요."

"그리고요."

"남편이 꽃게탕을 아주 잘 먹더군요. 와인도 한 잔 하면서 즐겁게 식사를 했어요. 생각지도 않았는데 남편이 꽃까지 사왔더군요. 바쁜 일정에 미처 선물을 준비 못했다고 미안해하면서요. 전 꽃을 받아본 지가 너무나 오래되어 어떤 선물보다 더 저를 감동하게 했어요. 그리고 남편이 피곤해하기에 대충 정리를 하고 일찍 잠자리에 들어갔어요."

"으흠. 그 정도의 일로 이러진 않았을 텐데요. 기대했던 일들이 이루어지지 않았다든지 뭐 기분 상하신 일은 전혀 없었다는 얘기군요. 그렇다면 남편과 가진 잠자리는 어땠나요?"

"네? 그런 얘기도 해야 하나요?"

"하기 싫으면 안 하셔도 됩니다. 전 박민하님에게 불쾌감을 주기 위해서 한 의도는 결코 아닙니다. 다만 그 마음을 알고 싶기 때문입니다. 그리고 분명히 말씀하지 않았습니까? 왜 이런 일이 일어났는지 궁금하다고요? 어떤 환경과 심리에 의해 바이러스가 침투하는지, 아니면 혈관 쪽으로 마비가 온 것인지 사실 전문의로서도 궁금합니다."

두 손은 컴퓨터 자판을 떠나 이제 양손을 서로 맞잡고 있다. 나를 향해 똑바로 바라보는 원장의 눈빛은 무언가를 잔뜩 기대하는 표정이 역력하다. 목으로 침이 꿀꺽 넘어갔다. 환자분이라고 지칭하지 않은 점이 조금 마음에 들었다. 누구 앞이라도 부부의 일을 발설해본 적이 없었기에 망설여지는 것은 당연하다. 침묵이 조금 흘렀다.

"보통의 젊은 부부처럼 우리 부부도 그래요. 단지 별나다 싶은 것은 남편의 취향인지 어떤 것인지는 모르겠지만 관계 전에 꼭 제 몸 구석구석 냄새를 맡는 그 정도예요."

"냄새요? 그러니까 향수나 오일을 바른 몸의 향을 맡는다는 그 말씀인가요?"

"아니요. 남편은 가공된 향보다 육체에서 자연스레 풍기는 육향이라고 하나요? 그런 향을 좋아해요. 그래서 전 저녁 샤워에는 바스를 사용하지 않는답니다. 평상시에도 되도록 향이 강하지 않는 연한 걸로 사용하고요."

"술은 어느 정도 했나요?"

"와인 잔으로 서너 잔 정도."

절로 마른침이 넘어갔다. 내가 얼굴만 아니면 이렇게 개인적인 일을 친구도 아닌 낯선 남자 앞에서 계란 껍데기 까듯이 까발리겠나. 원장은 또 뭔가를 남기기 위해 자판을 두드린다.

"그런 다음 혹시 차가운 물에 샤워를 했나요? 아니면 선풍기를 틀고 잤다든지. 에어컨을 틀었다든지."

"네. 그날 좀 열기나 올랐어요. 오랜만에 남편을 보니 저도 모르게……. 그래서 샤워 후 선풍기를 틀고 잤어요."

원장은 그 기분 잘 안다는 듯이 입가에 살짝 미소가 어렸다.

"침대 바깥쪽이군요. 잠옷은 입었나요?"

"잠옷보다는 얇은 끈으로 된 슬립만 걸치고 잤어요."

원장은 의사가 아닌 무슨 범죄심리를 맡고 있는 형사 같은 말투였다.

"그러니까 정리를 좀 해보죠. 어젯밤 평상시하고는 다른 흥분한 상태에서 격정적인 관계가 있었군요. 그리고 그 열기를 식히기 위해 차가운 물에 샤워를 하고 선풍기를 틀고 주무셨다는 뜻이네요. 몸에 냉기가 들어왔군요."

격정적인 관계라고 생각하는 원장의 잘못된 이해를 지적해주고 싶었지만 가만히 있었다. 심리치료에 푹 빠져 있는 원장의 기분을 망치고 싶지 않았고 무엇보다 빨리 이 시간이 지나갔으면 했기에 참았다.

"그게 원인이에요? 이런 경우가 많이 있나요?"

"간혹 있어요. 그래서 저는 여러 사례들을 전문가 입장에서 정리하고 있다고나 할까요? 아직 이것 때문이라고 단정짓기는 힘들지만 그게 발병에 원인제공을 하지 않았나 싶습니다."

"그럼 저는 이제부터 어떤 치료를 해야 하나요?"

"호전되는 상태에 따라서 치료해나갈 겁니다."

"어떤 거죠?"

"먼저 침과 부황을 일주일에 서너 번 놓을 거고요. 한약도 처방됩니다. 한약은 내일 받으시고요. 오늘은 먼저 침을 좀 맞아야겠으니 일단 저쪽 침대에 누우시죠?"

원장의 지시에 따라 치료를 위해 침대가 놓여 있는 방으로 들어갔다. 뚱땡이 간호사는 연 보라색 칸막이용 커튼을 닫아주며 잠시 기다리라고 했다. 지시대로 꼼짝 않고 잠시 기다렸다. 원장이 들어와서 곧바로 침을 꽂았다. 왼쪽 발끝과 허벅지 안쪽, 그리고 얼굴의 두 곳에 침을 놓았다. 뺨에는 아주 큰 대침이 들어갔다. 조금 따끔거렸다. 원장의 손끝이 따뜻한 게 그나마 다행이었다. 침과 바늘은 질색이라 보지 않으려고 눈을 감았다. 벌 받는 기분이 들었다. 초등학교 자연 교과서에 실린 온몸에 핀이 꽂힌 개구리의 몸이 떠오른다. 편안한 마음을 가지라니 편안하게 생각하려고 개구리를 얼른 지웠다.

  당부의 말씀은 친절했다. 꾸준히 침을 한 달간 맞아야 하고 상태에 따라 더 진행할 수도 있단다. 이틀에 한 번 꼴로 맞아야 된다면 한마디로 바늘을 온몸에 두른다는 뜻이다. 껌을 자주 씹고 따뜻한 물에 샤워를 하고 당분간 쉬어야 된다고 했다. 일을 쉰다면 곧 직장을 그만두는 것이다. 화장품 회사의 일이라는 게 얼굴을 통해서 할 수 있는 업무다. 얼굴을 위해 얼굴이 필요한 직업이며 기왕이면 좀 예쁜 얼굴이 필요하다. 그렇게 중요한 얼굴이 마비가 되어 비틀려버렸으니 어떻게 일을 할 수가 있을까?

  아, 정말 다 되어 가는데. 그 동안 내가 공들인 게 얼마인데. 곧 사무직으로 발령이 나서 팀장 자리를 꿰찰 일만 남았는데 안타깝고 미칠 지경이다. 직장을 그만둔다면 어떤 일이 생길까. 가능하기나 한 일일까? 집을 넓혀 이사 온 지도 얼마 되지 않았다. 매달 주택대출 상환금과 이자에다 만만치 않은 카드값과 보험료, 남편 모르게 보내는 친정엄마 용돈까지. 회사를 그만두고 쉰다면 퇴직금으로 당분간은 그럭저럭 견딜수는 있을 것이다. 남편의 월급은 그가 사업한다고 저지른 빚이 있어원금 갚고 이자 내고 용돈 하면 딱 맞다. 손 벌리는 일 없으면 다행이기에 그쪽은 기대도 안 한다.

나가는 것은 정해져 있는데 아껴서 사는 것도 한계가 있을 것이다. 엄두가 나지 않지만 지금은 내 몸을 먼저 생각해야 할 것 같다. 일단은 회사에 한 달간 병가를 내자. 나 아니면 안 된다고 밤낮으로 부려먹고 그 탓으로 병이 생겼으니 좀 봐주는 것은 당연한 것 아닌가. 안 된다고 눈치주면 그때는 어쩔 수 없지만 버텨보는 데까지는 버텨볼 수밖에 없다.

한 달 동안 이 짓을 어떻게 감당해야 할지 벌써부터 기운 빠지고 지겹다는 생각이 든다. 원장의 말대로 심리적인 것에서 유래할 수도 있다면 그럴 수도 있겠다. 아무리 내 병의 원인을 알고 싶어하는 주치의라도 숨기고 싶은 것은 있다. 그것을 뭐라고 해야 하나. 마지막 자존심이라고 해두자. 어제 남편의 행동에서 어떤 낌새를 느꼈다. 여자의 직감을 넘어 같이 사는 사람으로서의 육감 같은 것이었다.

설거지를 하며 보니 화장실에 들어가면서도 휴대폰을 들고 들어가는 게 보였다. 늘 몸에 지니고 다니며 수시로 들여다보는 휴대폰에 뭐가 그렇게 더 볼 게 있어 저럴까 궁금해졌다. 잦은 남편의 출장도 늦은 귀가도 내 사적인 시간이 더 많아진다고 모른 체 한 것인데 의심을 하려니 모든 게 의심스러워졌다. 남편은 침대는 덥다며 베개를 들고 거실로 나가 자겠다고 했다. 피곤했는지 곧바로 코를 골며 잠이 들었다. 궁금한 게 있으면 잠을 못 이루기에 확인을 해봐야 했다. 남편의 휴대폰 폴더를 열어보자 카톡이 들어와 있다는 노란 표시가 있었다. 어떤 내용일까? 잠금장치를 풀려고 불빛에 비추니 비밀번호 흔적이 기역자로 보인다. 단순하기는. 슬며시 따라하니 화르륵, 문들이 열렸다. 카톡의 주인공은 한 사람이다. 남편의 회사 여직원 김이었다.

잘 도착했냐는 인사, 선물 사왔느냐는 물음에 선물 사왔다는 답. 보고 싶다는 말과 이모티콘, 저녁 근사하게 사겠다는 말에 답변으로 러브 표시의 이모티콘.

확신은 아니지만 둘 사이에 흐르는 감정의 기류가 보였다. 그래서였나. 남편의 별 감정 없이 끝냈던 섹스의 원인도, 덥다는 핑계를 대고 거실에서 죽부인을 끌어안고 잠드는 것도 모두 그녀 때문이었나? 괜히 나 혼자 흥분해서 야단이었구나. 꽃도 사다 꽂고 와인도 준비하고 꽃게탕을 끓인 것도. 내 몸에 그나마 남아 있었던 애정의 여진이 스르르 냉기로 전이되는 느낌이 싸늘하게 들었다. 냉장고에 있는 캔맥주를 두 개나 마셔도 취하지 않았다. 아이를 가지지 않은 것은 경제적인 원인도 있지만 회사에서 어느 정도 위치를 잡은 다음 가지려는 내 계획에 남편은 언제나 오케이였다. 아이에 대한 욕심은 전혀 없었다. 그게 나에 대한 배려라고 생각했었다.

한의원을 나와 상가 일층을 지나는데 커피숍에서 커피 향이 달게 느껴지며 허기가 밀려들었다. 커피숍 문을 열고 안으로 들어갔다. 원두커피를 시키며 가져갈 것이라고 했다. 마스크를 쓰고 말을 하려니 말이 어눌했다. 커피숍 옆 베이커리에 들러 부드러운 식빵과 달달하고 기름기가 흐르는 빵을 주섬주섬 주워 담았다.

급하게 집 현관 문을 열고 들어서다 빵 봉지가 현관문에 끼여 그걸 뺀다고 하다 그만 엄지 손가락이 그 틈새에 찍혔다. 순간 악, 하는 비명이 튀어나왔다. 비명과 동시에 오른쪽 귓등 뒤편에 찌릿한 아픔이 타원형을 그리듯이 퍼져나가기 시작했다. 아찔한 현기증에 일어설 수가 없었다. 허기와 현기증에 뒤이어 계속해서 이어지는 손가락의 욱신거림과 귀 뒤쪽의 통증 때문에 정신을 차릴 수가 없었다. 기다시피 해서 소파에 가서 앉았다. 그때 휴대폰의 진동음이 울려서 보니 매장의 미스 강이다. 급한 일이라도 있나. 뺨을 감싸고 전화를 받았다.

"매니저님. 현대아파트 사모님이 오셨습니다. 괜찮다고 하시지만 그래도 제가 연락드려요. 그리고 재고 파악하여 두었고요. 원래대로 물품 신청만 하면 되세요."

"그래? 어떡하니? 내가 좀 증세가 심한 것 같아서 오늘 하루는 쉬어야 될 것 같거든. 목소리도 이렇고 사모님께 잘 말씀드리고 편안하게 모시고. 회사에도 전화해놓을 거니깐. 어쩌면 당분간 내가 못 나갈지도 모르겠어. 미스 강이 알아서 주문하고 세일 기간에는 본사에서 지원받으면 잘 해나갈 수 있을 거야."

"매니저님. 많이 안 좋으세요? 지금 병원이세요? 제가 퇴근하고 들릴게요."

"아니야. 내가 연락할게."

일방적으로 전화를 끊었다. 아무래도 증세로 봐서 내일 출근도 무리일 것 같아서 통증을 참으며 본사 사무실에 전화를 넣었다. 마침 총괄부장은 식사하러 나갈 참이었다고 말했다.

"가을 시즌 들어가려고 준비 중인데 박 매니저 없으면 어떡하라고? 대체 어제까지 멀쩡하던 사람이 무슨 일이야? 응?"

"그러게요. 자고 일어나니 희한하게 사람이 변해 있네요."

"그럼 며칠만 지나면 나온다는 거야. 뭐야?"

"아니요, 부장님. 한 달이 필요해요. 일단 한 달만 지원 좀 넣어주세요. 여름 세일 전에 복귀할게요."

"그 정도로 심각한 거야? 어쨌든 다시 연락하자고. 근데 그 자리에 누굴 대체하라는 거야?"

"강북 매장에 있는 미스 현을 이쪽으로 보내고 그 매장에는 대리점에서 지원해달라고 하세요. 그쪽 대리점 소속 여직원 아주 괜찮던데요."

"알았으니 조심하라고. 자기 관리도 경쟁에 들어간다는 것 누구보다 잘 아는 사람이 왜 그래? 회사에서는 잔뜩 기대하고 있는데 말이야. 박 매니저가 이러면 우리 김빠진다고? 알지, 무슨 뜻인 걸?"

감사하다는 인사말을 했지 싶다. 자기 관리 못한 죄로 죽은 듯이 납작 엎드려 있어야 할 판이다. 식탁에 앉아 마른 빵을 뜯어 입에 구겨 넣었다. 숨이 턱하니 막히는 걸 정수기의 물을 한 컵이나 따라 마셨다. 손가락은 빨갛게 부어 피멍이 들었다. 피멍이 든 손가락보다 귀 뒤쪽의 통증이 더 크다. 비명소리와 동시에 퍼진 통증이다. 너무 신경이 예민해서 그럴 거야. 아스피린이라도 찾아서 먹고 잠시 잠이라도 자고 나면 나을 거야. 침을 맞아서인지 거울 앞에서 아에이오우를 해보니 입이 좀 부드러워 진 것 같다. 알약을 꺼내 삼킨다.

유월의 끝자락인데도 벌써부터 등짝이 축축하다. 선풍기를 틀어 회전을 해놓고 잠이 든다. 약 기운이 퍼지는지 나른하다. 나는 어둡고 긴 동굴에 들어서서 더듬거리며 걷고 있다. 축축하고 기분 나쁜 어떤 발

많은 벌레들이 내 몸을 기어오르는지 온 몸이 굼실굼실거린다. 떨쳐버리지도 못하고 진저리를 친다. 멀리서 희미한 불빛이 보이기 시작한다. 나는 어둡고 더럽고 축축하고 기분 나쁜 동굴의 벽을 더듬어 불빛을 향해 나아간다. 거의 다 와간다고 느낄 때 갑자기 어디선가 검은 물체가 휘익 날아와서 오른편 귀 뒤쪽을 사정없이 쪼아댄다.

아악~~.

비명을 지르며 눈을 떴다. 손은 어느새 오른쪽 귀 뒤쪽에 가 있다. 꿈이라고 생각했는데 정말 날카로운 부리에 찔린 것처럼 예리하게 쑤셔댄다. 편두통보다 더 심한 통증이다. 온몸이 땀으로 축축하게 젖었다. 통증이 더 심하게 느껴져 도저히 참을 수가 없었다. 다시 병원으로 가야 되지 않을까? 전화라도 해서 한의원 원장에게 말해야 하지 않을까. 위치는 알겠는데 한의원 이름을 모르겠다. 욕실에서 땀을 씻어내고 옷을 갈아입고 챙이 넓은 모자를 쓰고 선글라스를 꼈다. 마스크는 하지 않았다.

한의원에 들어서자 두 명의 손님이 대기하고 있었다. 붉은 립스틱을 바른 간호사는 왜 다시 왔냐고 뚱하게 물었다. 통증이 심해요. 다시 원장님을 만나봐야겠어요. 입을 반이나 가리고 낮게 말했다. 간호사는 기다리라는 말을 남기고 진료 카드를 찾아들고 느릿하게 원장실로 사라진다.

"통증이 생겼다고요? 아침에는 없었잖아요."

"네. 손을 문에 부딪치는 바람에 비명을 질렀더니 동시에 귀 뒤쪽에서 갑자기 통증이 일기 시작했어요. 아스피린을 먹고 잠들었는데도 참을 수 없을 만큼 아파요."

"신경을 다치셨어요. 지금 곧바로 신경과로 가세요. 오전보다 상태가 더 악화되었군요. 양약과 물리치료와 침이 같이 들어가야 될 것 같아요. 기간이 오래 걸릴 것 같은데요."

원장은 직장에 연락해두어야 되지 않느냐고 말했다. 나는 고개만 끄덕였다. 상태가 더 악화되었다고 걱정을 해주어도 이유를 묻고 싶지 않았다. 물을 힘도 없었지만 묻고 싶지도 않았다. 쓰나미처럼 급하게 밀려드는 통증 앞에 아무 생각도 어떤 말도 떠오르지 않았다.

그게 신의 뜻이라면 그렇게 하세요, 다 이유가 있으니 이러시겠죠. 마음이 갑자기 태평양 앞바다처럼 넓어졌는지 다 내어주고 싶은 심정이었다. 원장은 풍을 전문으로 치료한다는 한방병원을 소개해주었다. 친절하게 소견서까지 써주었다. 한방병원은 한의원에서 택시로 오 분 거리의 오래된 상가지역에 있었다. 도착해서 보니 그저 그런 삼층짜리 건물이었다.

네 시가 다 되어가는 시간인데도 환자들이 꽤나 붐볐다. 나이든 환자들이 대부분이었다. 원장이 추천한 소견서는 접수계에 냈다. 곧 바로 1과 앞에 대기하라고 간호사가 말했다. 1과는 다른 과보다 환자가 더 많았다.

1과 담당 의사는 컴퓨터 모니터만 바라보다 내 얼굴을 힐끗 쳐다본다.

"선글라스 한 번 벗어보시죠?"

눈도 마주치지 않고 모니터하고 얘기 하는 것 같다. 모자와 안경을 벗었다. 1과 담당은 얼굴을 바라보고 다시 입을 벌려 아에이오우를 시켰다. 빌어먹을, 어디에서나 이 짓이다. 나는 아에이오우보다 귀 뒤쪽의 통증이 더 다급하다고 말했다.

"통증은 언제부터인가요?"

"좀 전에요. 한 두 시간 전쯤."

"얼굴은 언제부터 이랬죠."

"오늘 아침 자고 일어나서 보니 이렇게 변해 있었어요."

"그러니까 자고 일어나니 '잠자'가 되어 있더라는 말이군요? 아, 왜? 아시잖아요. 프란츠 카프카가 쓴 유명한 소설 「변신」의 주인공 말이에요."

의사 선생은 친절하게도 나의 독서 수준을 아주 높이 책정했다. 그런데 어떡하지? 카프카의 「변신」을 읽은 적이 없으니 '잠자'도 모른다. 알아두어야 할 상식을 모를 때처럼 어리둥절하기는 마찬가지다. 굳이 말하자면 어디선가 어렴풋이 들은 적은 있다. 자고 일어나니 벌레가 되어 있더라는 희한한 이야기라서 기억에 남아 있었다. 「변신」을 읽지 않아도 '잠자' 씨를 몰라도 잘 살아왔다. 그런데 의사 선생이 난데없이 '잠자'라니? 나랑 관련이 당연히 있다는 뜻인가? 그래서 되물었다.

"'잠자'요?"

"네. '잠자'요. 왜 자고 일어나보니 벌레가 되어 있는 '그레고리 잠자' 말이에요. 제게 오는 어떤 환자분이 그러더군요. 자기가 어느 날 아침 눈을 떠보니 '잠자'가 되어 있더라고요. 너무나 적절한 용어를 구사하시기에 깜짝 놀랐지 뭡니까? 그래서 저도 제 환자들에게 쓰는 용어로 '잠자'라고 불러드리죠."

"그럼. 저도 '잠자'가 되었다는 말씀인가요?"

"그렇다고 봐야죠. 제 말에 다른 오해는 하지 마세요. 환자분은 심하지 않는 측에 속하지만 그래도 '잠자 병' 안에 포함되시니까 그냥 지칭하는 것입니다. 그렇게 말씀하는 분들은 거의 풍을 맞은 분들이시죠. 왼쪽 팔과 다리까지 마비가 오는 경우이죠? 이 정도의 증세는 치료만 잘 받으면 한 달 만에 깨끗하게 완치가 될 겁니다. 그러니 착한 '잠자' 씨라고 불러드려야겠죠."

이렇게 친절하게 '그레고리 잠자'에 대해서 설명을 해주지 않았다면 나는 아마도 내 앞에서 희한한 이름으로 나를 지칭하는 의사 선생의 정신상태를 먼저 걱정했을 것이다. 하지만 이 순간 나를 기꺼이 '잠자'보다 훨씬 낫다고 하는 의사의 말에 불편한 심기가 조금 누그러졌다. 그 책을 꼭 사서 읽어보고 내 눈으로 확인해야 될 것 같았다. '잠자' 씨가 느꼈을 그 고통은 어떤 차원이었는지, 어떤 마음으로 받아들였는지 알아봐야겠다는 호기심 때문이었다. 몰라도 된다는 것과 모르고 지낸다는 것은 차원이 다른 얘기다. 동병상련의 고통을 겪는다는 게 왠지 모르게 '잠자' 씨가 피붙이처럼 가깝게 느껴졌다. 그와 내가 만난다면 할 얘기가 무척 많을 거라는 생각이 들었다. 하지만 이 순간 더 급한 게 있기에 '잠자'에 대한 생각은 잠시 접어두기로 했다.

"지금 통증 때문에 미치겠어요. 어떻게 이 통증을 좀 멎게 할 수는 없나요?"

"곧 주사약이 처방될 겁니다. 그러면 한결 편안해지실 겁니다."

편안해질 거라는 말에 긴 숨을 한 번 깊게 내쉬었다.

"통증이 어떻게 느껴지나요?"

"욱신욱신거리며 부리로 쪼이듯이 아파요."

정말 제 정신을 못 차릴 만큼 쑤셔댔다. 처음부터 다시 이 병의 원인을 알려달라면 이 통증을 멎고 난 다음 얘기해주고 싶다. 아무 말도 못할 정도다. 말을 하면 더 통증이 느껴진다. 머리 전체가 흔들거릴 정도로 심하다.

"삼 일분치 약이 처방될 거고요. 주사부터 맞고 얼마나 얼굴이 상하셨는지 심전도 검사를 할 거고요. 그런 다음 이층 물리치료실에서 물리치료까지 병행할 겁니다."

"매일 와야 되나요?"

"네. 물리치료는 매일 받으셔야 됩니다."

간호사는 나를 데리고 주사실과 신경과 옆 심전도실로 차례대로 데려갔다. 심전도실의 침대에 눕자 젊은 남자가 젤을 바른 얼굴에 작은 뽁뽁이를 여러 개 꼽고 전기를 통해 확인한다고 했다. 전기가 투둑하고 흘러들어오는 것이 조금 느껴졌다. 마음으로 준비는 했지만 전기의 충격은 말 그대로 충격이었다. 점점 더 전류가 세게 들어온다는 것이 느껴졌다. 엉뚱한 생각을 하기로 했다. 백화점 일층의 매장 전체에 근무하는 제일 예쁜 판매원의 얼굴을 짚어보기로 했다. 한 바퀴 돌아 마이콜 코어스 가방의 미스 전의 낮은 목소리를 생각할 즈음 검사는 끝났다. 그래프를 보면서 젊은 의사는 말했다.

"30% 정도인데요."

"30%라는 것은 어느 정도의 중세를 말하는 건가요?"

그래프 치수가 쉽게 수긍이 안 되었다.

"좀 심하다는 쪽에 가깝습니다."

"후유증이 남는다는 뜻인가요?"

"타인은 모르겠지만 본인만 느끼는 정도의 미세한 증세는 아마 있을 겁니다."

오른쪽 뺨을 쓰다듬었다. 얼얼했다. 미세한 증세는 어느 정도를 말하는 것인지 도무지 감이 잡히지 않는다. 젊은 의사의 당부는 계속 이어졌다. 입으로 낱말 연습을 계속하고 따뜻한 수건으로 마사지를 자주하고, 찬바람을 쐬지 말고 술 담배는 절대하면 안 되는 것이고 웃는 연습을 시간날 때마다 하라고 했다. 순순히 수긍했다. 시키는 대로 하는 인생도 한 번 해볼 만하겠지 싶었다.

물리치료실은 이층에 있었다. 계단에 올라서자 두 개의 물리치료실이 나왔다. 오른쪽은 가벼운 물리치료를 받는 곳이라서 그런지 젊은 여성 치료사가 보인다. 왼쪽은 건장한 남자 물리치료사가 전신을 치료하는지 고함소리가 들린다. 오른쪽에 있는 물리치료실 접수계에 내 이름을 알리자 20분 정도 기다려야 된다고 알려준다. 나는 모자만 눌러쓰고 복도 왼쪽에 있는 장의자에 앉았다. 아무 생각도 들지 않는다. 감기지 않는 오른쪽 눈이 따갑더니 눈물이 흐른다. 손으로 오른쪽 눈을 덮었다. 통증이 가라앉아서인지 눈을 감자 졸음이 밀려든다. 벽에 머리를 기대고 눈을 감았다.

이번 주 백화점의 최대 행사인 '문나이트 고객감사 세일'은 어떻게 대처할 것인지, 곧 다가 올 매장의 디스플레이는 또 어떻게 해나가야 될지. 전적으로 박 매니저만 믿는다는 본사 팀장의 말이 귀에서 맴돈다. 어떻게 하든지 간에 이번 주 안으로 눈만이라도 감기고 침이라도 흐르지 않을 만큼 입이 좀 돌아온다면 나가봐야 할 일이다. 내가 있어야만 일들이 바로 진행되고 그 동안 확보해놓은 고객들 관리도 될 것이다. 마음이 두근거리고 불안하고 미칠 것 같다. 지금까지의 일을 더듬어봐도 얼마나 쉬지 않고 열심히 살아왔는데 하필 이럴 때 이런 꼴을 하고 있다니. 이렇게 한가하게 병원 로비에 앉아 전신이 무너진 사람들이 질러대는 비명소리를 듣고 앉아 있는 나를 한 번이라도 상상이나 했겠나. 한 치도 흐트러지지 않는 스타일로 여전히 백화점 일층 화장품 매장에서 향수 냄새 은은히 풍기며 이 도시의 좀 산다는 사모님들과 향수에 대한 설명이나 할 사람이었다.

뻣뻣해진 얼굴만큼이나 지금의 내 처지가 어떤 경우인지 알아차려졌다. 알아차리고 나니 뱃속이 때수건으로 민 듯이 쓰라렸다. 쓰라림은 다시 시장기로 돌변했다. 얼큰한 동태찌개나 매운 아귀찜이나 잔얼음이 동동 떠 있는 김치말이 국수가 먹고 싶어졌다. 갑자기 입안에 침이 고인다. 그것도 동시에 한 상 거나하게 차려놓고 남김없이 다 먹어치우고 싶을 만큼의 강렬한 식욕이 일었다. 식탐이 무거운 눈꺼풀도 씹어 먹었는지 졸음마저 달아나게 해버렸다.

챙 모자를 쓴 아주머니가 환자복을 입은 짧은 머리의 젊은 여성과 함께 이층 계단을 힘겹게 올라오는 게 보였다. 젊은 여성이 계단을 오를 때 왼쪽으로 기우는 몸짓이 몸 전체가 많이 힘겨운 모습이다. 갑갑할 정도로 반복되는 계단 오르기를 겨우 끝내고 이층 복도에 올라서자 환자보다 챙 모자 아주머니가 더 힘들다는 소리를 낸다.

"아고고, 내 다리가 더 힘이 든다. 천천히 움직여서 여기 앉아봐."

비어 있는 옆자리에 모자를 벗어들고 앉을 자리를 탁탁 쳤다. 다리를 끌고 왼쪽 팔을 가슴 쪽으로 붙인 젊은 여자는 옆자리를 향해 기우뚱거리며 걸어왔다. 가까이에서 보니 볼은 발갛게 상기되었고 여자의 이마엔 땀이 촉촉하니 젖어 있었다. 여자가 겨우 자리에 와서 엉덩이를 돌려 앉자 아주머니는 일어선다. 그러고는 왼쪽 물리치료실 안으로 고개를 내밀어 둘러보더니 다시 자리로 돌아온다.

"오늘은 뭔 일로 이 시간에 다 모였데. 자리가 없네, 없어. 아이고, 이 땀 좀 봐라. 그래서 내가 엘리베이터 타고 가자고 해도 무슨 고집을 그렇게 부리는지 모르겠다."

여자는 오른손으로 호주머니에서 손수건을 꺼냈다. 땀을 닦는 모습이 기우뚱하게 기울어진다. 아주머니는 내 쪽으로 방향을 틀더니 갸웃하게 내 얼굴을 들여다본다. 조금 기분이 언짢아진다. 본능적으로 오른손이 오른쪽 뺨을 가린다.

"젊은 처자가? 아니면 새댁이가? 어쩌다가 얼굴이 이리 변했을까?"

대답을 해야 할지, 말아야 할지 머쓱하게 그냥 앉아 있다.

"날씨가 더워도 그렇고 추워도 그렇고 얼굴이 상한 사람이 와 이리 많이 오는지 모르겠네? 올해는 참 이상스럽네. 새댁은 언제부터 여기 다녔어요?"

남에 대한 호기심이 발동한 사람의 입을 막을 순 없다. 엄마가 말하기를 병은 알려야 된다고 하지만 지금 이 심정으로는 아무 말도 하고 싶지 않다. 나의 망가진 모습을 누군가에게 설명하고 보여준다는 것은 내 자존심이 허락을 안 한다. 내 옆자리에 있다는 것으로 무례하게 타인의 아픔을 이렇게 스스럼없이 내뱉는 여자에게는 더욱 설명하고 싶지 않다. 지금 당신이 관심을 가지고 보살펴줘야 할 사람은 당신 옆에 있는 딸인지 누구인지도 모를 저 젊은 여자가 아니냐고 말하고 싶었다. 마음과 달리 삐뚤어진 입에서 말이 한숨처럼 비어져 나왔다.

"오늘 아침에 자고 일어나 보니 이렇더군요."

"젊은 사람들이 이래 망가지는 게 다 스트레스인기라. 벌어먹고 살겠다고 아등바등 해봐야 별 수도 없는데. 왜 사는 게 다 이 꼬락서니들인 줄 모르겠네."

혹시 신세타령이라도 이어질까봐서 말대답은 안 했다.

"내가 여기서 간병인으로 일한 지가 십 년이다, 십 년. 서당개 삼 년이면 풍월을 읽는다는데 병원밥 십 년이면 의사만큼 아는 게 많거든. 새댁은 아마 한 달 정도만 치료받으면 아무렇지 않게 나을 것인데 무슨 걱정이고? 그러니 다 죽어가는 사람처럼 그렇게 처져 있지 말고 인상 좀 펴요. 으잉?"

의사도 4주라고 했으니 한 달은 한 달이다. 병원밥 십 년의 경험이 세긴 세다.

"새댁은 또 걷고 말하고 먹고 안 하나? 우리 이 사람은 내가 일 년 정도 간호하고 있는데 아직도 이 정도다. 지금은 사람꼴 많이 됐지만은 아직도 한참이나 멀었거든. 내가 마음이 짠해서 죽겠다니까. 하루아침에 이렇게 됐다는데 대신 어떻게 해줄 수도 없고 참 애가 탄다. 우리 막내딸 하고 동갑이라는데 서른다섯인가? 여섯인가? 나이도 모르겠다."

서른여섯이면 나랑 동갑이다. 세상에 어쩌자고 저렇게 되었을까. 또 다른 '그레고리 잠자'를 만난 것이다. 남의 불행에 위로를 받는다더니 나는 얼굴만 이러니 그나마 다행인가.

"풍인 거라. 옛날에는 나이 든 노인네가 많았는데 요즘은 젊고 늙고를 안 가리네. 그러니 새댁도 내 몸을 금덩이로 생각해야 되는 것이라. 내 몸 아프면 나만 섧거든. 이 사람도 원래는 선생님인데 아침에 자고 나니 저렇게 됐다 하더라고. 남편도 식구들도 처음에야 걱정이 태산이라서 들여다보고 야단을 떨더니만 긴 병에 효자 없다더니, 지금은 한 달에 한 번 정도 들여다보고 전화만 삐죽하고 만다."

물리치료실 안에서 고함소리가 들리고 신음소리가 들려온다. 힘들게 몸을 일으키고 늘이는 모습들을 안 봐도 알겠다. 어떤 물리치료를 받는지는 모르겠지만 죽을 만큼 힘들다는 것은 비명소리만으로도 느껴진다.

"새댁은 저쪽 2호실에서 치료받겠네. 얼굴에 전기만 쪼매 쪼이고 간호사들이 살살 얼굴 마사지 해줄긴데 저쪽 1호실하고 비교하면 그건 아무 것도 아니지 뭐. 그래도 이렇게 젊은 나이에 당했으니 많이 놀랬겠네."

"네. 좀……."

"그러니까 새댁도 죽기 살기로 살지 말라고 이렇게 병이 난 거라. 나를 잘 보살펴달라는 몸의 말에 귀를 기울이라는 뜻이거든. 있는 년이나 없는 년이나, 배운 것들이나 안 배운 것 들이나 육십 넘으면 다 똑같이 할마시가 되는데. 왜 그걸 모르고 애걸복걸 안달하는지 몰라. 내 한 몸 건강하고 마음 편안하게 사는 게 제일 멋진 인생인데 그걸 모르고 산다는 게 안타깝지 뭐."

아주머니의 넋두리가 길어지자 젊은 여자는 슬며시 일어난다. 몸을 약간 기울이며 오른손으로 소파를 짚고 다리를 뻗은 자세로 일어선다. 여자의 기우뚱하게 일어나는 것을 바라보다 여자의 눈과 마주쳤다. 순간 여자의 눈에서 빛이 일었다. 일어나려는 의지와 이 상황을 극복하려는 힘이 검은 눈동자 안에 가득 들어가 있었다. 원망이나 불신의 흔적은 찾아볼 수 없었다. 어쩌면 저렇게 깨끗한 눈일까 싶을 정도로 오로지 하나의 염원에 불타는 눈빛이었다. 일어서겠다는 그 생각만 들어간 힘 있는 눈이었다. 여자의 잃어버린 왼쪽의 모든 힘들이 여자의 두 눈에 가득 들어가 있는 듯했다. 머무는 눈이 아닌 전진하려는 눈이었다.

여자는 내 눈을 똑바로 응시한다.

그래도 당신은 나보다 다행이지 않느냐고, 곧 일상으로 되돌아갈 테니 엄살 그만 떨라는 듯 나무라는 눈빛 같았다. 나를 보라고, 다시 일어서려는 나의 눈을 기억하라는 듯이 검은 동공이 크게 한 번 빛을 뿜었다.

입술을 꼭 다물고 순간에 힘을 쏟듯 휘청거리는 모습으로 일어선 여자는 자신의 흐트러진 모습을 일순간 선 채로 바로 다잡는다. 따라 일어나서 팔을 잡으려는 도우미 아줌마의 팔을 가볍게 뿌리치곤 발걸음을 뗀다. 나 혼자 간다고, 나의 길을 내 의지대로 간다는 뜻이었다. 휘청거리며 조금은 불안해 보이는 걸음으로 천천히 전신 물리치료실로 걸어들어가는 그녀의 뒷모습이 커다랗게 와닿았다.

"저, 저 고집 봐라. 얼마나 독한지 모른다. 혼자서 걷고 저 힘든 치료도 다 참고 엘리베이터는 절대로 안 타는 거라. 그러니깐 저만큼이나마 인간이 됐지. 처음에 봤을 때는 이거 사람되겠나 싶었거든. 몸도 그렇지만 마음도 상하는 거라. 왜 안 그렇겠나? 사랑도 내가 살아있고 건강할 때 이야기지. 내 몸 저렇게 되면 아무 소용이 없는 짓거리거든. 저 사람도 신랑하고 알콩달콩 살면서 새끼들 크는 것 봐야 되는데 저러고 있으니 자기 마음은 얼마나 아프겠노. 그래도 의지 하나는 대단하거든. 말도 조금씩 되고 하니 앞으로 일 년만 더 고생하면 인간꼴 안 되겠나 싶네."

내 몸이 무너지면 가정이 무너지고 인간관계가 무너지고 직장과 사회의 단절을 뜻하고 한 세계가 무너진다는 얘기다. 그렇겠지. 아침 일찍 출근한 남편은 나의 증상을 모른다. 안다면 어떤 반응을 보일지 궁금해진다. 시댁 어른과 시누들은? 친정엄마와 형제들은? 무엇보다 직장 동료들과 친구들은? 내 경쟁사의 매니저들은 또 어떨까? 흉이나 안 보면 다행이고, 안타깝게 여겨준다면 고맙고, 걱정해주면 눈물날 것 같다.

"새댁을 부르는 것 같은데."

옆구리를 건드리는 바람에 얼떨결에 일어나 치료실로 들어갔다. 치료사가 가리키는 자리는 벽 쪽에 놓인 침대였다. 방금 치료를 끝낸 중년의 남자는 흐트러진 머리를 다듬으며 걸어간다. 남자가 누운 침대에 바로 눕기가 불편하지만 시계를 보며 나를 바라보는 치료사의 지시에 따라 침대에 눕는다. 후끈, 남자의 몸에서 나온 땀 냄새가 코를 찌른다.

"가볍게 전기마사지부터 할 거예요. 젤을 바르고 나서 할 건데 긴장 푸시고요. 그렇게 전자파가 세지 않을 겁니다."

툭 툭 톡. 가볍게 노크하듯 전류가 흐르더니 투둑, 툭툭 제법 기운차게 전류가 흐른다. 전기선이 달린 뽁뽁이를 얼굴에 붙이고 누웠다. 아무런 생각 말고 치료에만 집중하자. 일에 대한 걱정이나 부정적인 생각도 하지 말자. 스스로 다짐을 하며 눈을 감는다. 여전히 오른쪽 눈은 감기지 않는다. 눈물이 말라 눈알에 깨알이라도 한 됫박 든 것처럼 따글거린다. 따갑고 쓰라리다. 손을 들어 오른쪽 눈에 그늘을 만든다.

눈을 감자 그 여자의 눈빛이 그늘마냥 따라온다.

나보다는 낫잖아, 나도 견디는데 뭘 그러냐고? 남의 시선에서 자유로워지라고. 나의 몸과 내면의 소리에 귀 기울이라고. 어때? 견딜 만하지. 나를 생각하며 견뎌내라고. 전기선을 타고 온 그녀의 응원이 구호처럼 들린다.

치료가 끝나고 원무과에서 들러 약 처방전을 들고 병원 앞 약국에 들렀을 때에야 알았다. 오른쪽 얼굴에 무수한 동그라미 자국들이 발갛게 남아 있다는 것을. 약사는 얼굴을 보지도 않고 설명한다. 식후에 드셔야 합니다. 신경약이라 좀 센 편이니 식사 빠뜨리지 않으셔야 할 겁니다. 삼 일치 약입니다. 외우라면 외울 수도 있는 말이다. 명심하시라기에 명심했다. 오른쪽 얼굴의 붉은 표시쯤이야 있든 말든 이젠 그 정도

쯤은 아무렇지도 않았다.

집에 오자마자 침대에 쓰러졌다. 하루 동안의 긴장과 아픔이 폭풍처럼 밀려왔다. 손가락 하나 까딱하기 싫을 정도였다. 던져둔 가방에서 휴대폰이 울린다. 그러고 보니 오늘 종일 휴대폰을 보지 않았다. 손을 뻗어 폴더를 열어보니 카톡과 문자. 부재중 전화가 무려 30통이나 와 있다. 발신지를 찾아보니 회사 팀장과 매장의 미스 강과 동료들과 친구의 전화와 동창들의 모임 알림과 대출금 납입 안내 문자들이다.

나를 찾는 사람들 누구에게도 연락할 엄두를 내지 못하고 물끄러미 휴대폰 액정화면을 들여다봤다. 연락하고 싶은 사람이 아무도 없었다. 위로받고 싶은 사람도 없었다. 휴대폰에 저장된 200개가 넘는 이름의 번호에도 선뜻 손이 가지 않는 것은 무엇일까?

너도 잠시 나를 잊어줄래?

휴대폰의 전원을 미련 없이 껐다. 그리고는 부엌으로 향했다. 냉장고 문을 열고 음식을 모두 꺼냈다. 먹다 남은 잡채와 치즈, 열무김치와 햇반 두 개, 계란까지 꺼내 프라이팬에 부친다. 둥근 볼에 데운 햇반과 계란 프라이와 열무김치와 잡채와 치즈까지 조각을 내어 넣는다. 고추장 한 숟갈을 깊게 퍼넣는다. 숟가락 가득 밥을 퍼서 계속 입안으로 밀어넣는다. 다물어지지 않는 입안에서 툭툭 밥알이 떨어진다. 그래도 억지로 씹는다. 짜고 맵다. 고소한 맛도 느껴지지 않는다. 이 맛이 진짜 내가 느끼던 그 비빔밥일까. 예전에 내가 알던 그 비빔밥이 아닌 것 같다. 미각까지 잃는다더니. 눈도 입도 미각도 청각까지 이상해졌다.

내가 잠시 방심한 사이에 내 몸은 나를 아주 이상한 곳으로 데리고 와버렸다. 그 이상한 곳으로 데려온 내 몸을 이대로 방치할 수는 없는 것이다. 내 몸의 주인은 나이지 않는가. 내가 이 지경으로 끌고 왔으니 주인인 내가 다시 원래의 내 모습으로 데리고 돌아가야 한다. 꾸역꾸역 밥을 다 먹어치우고 지저분하게 식탁과 바닥에 떨어져 있는 밥알들을 줍고 물을 마셨다. 생각도 없이 컵의 물을 벌컥 들이키자 다물어지지 않는 입 때문에 물이 반이나 가슴 쪽으로 흐른다.

아이, 씨! 진짜.

그래, 정말 멍청이처럼 되어버렸다. 그게 바로 지금의 내 모습이다. 인정하자. 약을 찾아 저녁이라고 쓰인 봉지를 뜯어 알약을 세어보니 정확하게 아홉 개였다. 하루 세 번이면 나는 27개의 알약을 삼키고 침을 맞고 전기파에 쪼이고 부항을 뜨고 한약을 마셔야 된다는 것이다. 해낼 수 있을까? 해내야지. 달리 다른 방법도 없다. 흘린 물 때문인지 몸의 피로 때문인지 밖은 후덥지근한데 몸이 부르르 떨려왔다.

욕실의 거울 앞에 선다. 하루 사이 몇 년을 폭삭 늙어버린 기분이다. 아침보다 통증이 일고 난 뒤 얼굴이 더 굳어져 있고 입술도 더 처져 있다. 심술난 꼬마가 찰흙으로 얼굴을 빚다가 뜻대로 되지 않아 아무렇게 나 주물러놓은 꼴이었다. 거울을 향해 얼굴을 찡그렸다. 이마에 주름 을 만들어 봤다. 꼼짝도 않는다. 오른쪽에 아무런 힘이 실리지 않는다. 눈을 감았다. 입을 벌렸다. 여전히 뻐딱하다. 내 얼굴을 내 의지대로 움 직일 수 없다니. 내 얼굴 속에 두 개의 얼굴이 공존하다니.

입을 벌려 소리를 내어본다. 아, 에, 이, 오, 우 소리도 입 모양도 나오

지 않는다. 주르르 침만 입술을 타고 흐른다. 이게 뭐냐고? 정말. 내가
뭘 잘못했는데, 이따위 장난질을 치냐고? 보관함에 놓여 있는 드라이
기를 집어 바닥을 향해 힘차게 던졌다. 퍽, 하는 소리와 동시에 파편들
이 튀었다. 다시 주워 세게 아주 세게 내리쳤다. 병신, 병신, 병신이라
고 입으로 계속 외쳤지만 버신 버시 버어, 들린다.

　욕실 안으로 들어가 샤워기를 틀고 웅크리고 앉았다. 눈물이 갑자기
쏟아지는 게 내 안에 꽉 차오르는 것들이 모두 쏟아져 나오는 것 같았
다. 온갖 것들 속에 매달려 있는 내가 차례대로 튀어나와 내 몸 위로 거
침없이 쏟아져 내렸다.

　따뜻한 물속에서 그냥 이대로 멈추고 싶다. 다리를 뻗고 몸을 물속에
자유롭게 둔다. 약 기운이 퍼지는지 졸음이 밀려왔다. 졸음 속에서 나
는 '그레고리 잠자' 씨를 아파트 귀퉁이에 있는 카페에서 만났다.

　저기요, 잠자 씨!
　저는요. 당신에게 궁금한 점이 좀 있어요. 저도 오늘 아침 일어나보
니 당신처럼 '잠자'가 되어 있더군요. 아픔을 참아가며 두 군데 병원을
순례하는 중에 의사 선생이 당신에 대해 알려주더군요. 갑자기 궁금하
더라고요? 그래서 몇 년 만에 처음으로 서점에 들러 당신과 관련된 책
을 샀지요. 집으로 돌아오는 택시 안에서 당신이 어떤 사람인가 싶어
들여다보다 깜짝 놀랐어요. 제가 알고 있는 의사 선생의 얼굴이 그곳에
턱, 하니 있지 뭡니까?
　숨 넘어 갈 듯이 놀라는 제 신음에 전방주시 의무를 잊은 택시 기사

가 힐끔 저를 훔쳐보기까지 하더라고요. 휴우, 당신 땜에 뻐딱한 얼굴을 안고 교통사고까지 당할 뻔했다고요. 세상에 어떻게 사람이 그렇게 닮을 수가 있을까요? 어느 한 부분 맞는 구석이라고는 없는데 희한하데요, 닮은 것이요. 혹시 당신이 환생하여 여기 한의원 원장으로 왔나 싶을 정도로요. 가오리같이 생긴 두 귀와 빛나는 눈동자와 야윈 몸과 검은 머리카락을 빈틈없이 가르마 쪽으로 넘긴 헤어스타일 하며 꽉 다문 입술까지 말예요.

그건 그렇고요, 혹시 '잠자'가 된 이유를 혹시 알고 계시나 싶어 이렇게 만나자고 했어요. 본인도 잘 모르겠다고요? 일어난 일에는 다 이유가 있다고 하더니 그런 뜻인가요? 그렇다면 내가 '잠자'가 된 것도 다 이유가 있다는 뜻이군요. 뭐라고요? 내가 스스로 찾아야 할 숙제 같은 것이라고요? 알았어요. 알았으니 이제 커피나 드시면서 제 얘기 한 번 들어보실래요.

오늘 아침 나는 내 얼굴을 보고 한마디로 경악스럽고 두려워서 미칠 지경이었죠. 이 얼굴을 도대체 어떡해야 하나 싶었어요. 우리가 누구를 만나면 얼굴을 보고 얘기하지 어디 발이나 손을 보고 얘기하지 않잖아요? 그래서 더 미쳐버리겠더라고요. 차라리 당신처럼 굼벵이가 되어 있었다면 지금의 나처럼 미칠 지경은 아니었겠죠? 뭐라고요? 역지사지를 생각해보라고요? 미안해요. 당신의 처지를 폄하하려는 뜻은 아니에요. 저도 그만큼 충격이었다는 뜻이에요. 그렇다고 뭐, 저를 위로할 생각은 마세요. 사람꼴 우스워지니까요. 그냥 제 얘기만 들어주시면 되거든요.

저는 지금 어떤 얼굴이 내 진짜 얼굴인지 잘 모르겠어요. 아무리 내 얼굴을 기억해내려고 해도 쉽게 떠오르지 않아요. 그냥 마음속에 잠재해 있는 내 얼굴의 실루엣만 떠오를 뿐이에요. 그러면 내 얼굴은 내 것이 아니고 누구의 것인가요? 내 것이면서 내 것이 아닌 것 같은 지금의 내 얼굴도 과연 내 얼굴일까요?

나는 오로지 그게 궁금할 뿐이에요.

눈을 뜨니 창밖이 환하다. 다시 아침이다. 집안을 둘러봐도 변한 건 아무 것도 없다. 일상은 변함없이 또 시작된다. 여전히 남편의 흔적은 식탁 위의 빈 주스 잔으로 확인된다. 어젯밤 약을 먹고 정말 죽은 듯이 잠을 잤다. 얼굴이 푸석푸석 한 것이 조금 부은 듯하다. 그 많은 알약을 삼킨 것 때문인지 속도 더부룩하다. 거울 속에 비친 얼굴을 멍하니 바라보다 휴대폰을 찾는다. 베터리가 없어 죽어 있는 휴대폰에 충전기를 꼽고 버튼을 누른다. 열 개의 부재중 전화와 스무 개의 메시지가 뜬다. 나는 아무 것도 확인하지 않는다. 궁금하지도 않다.

오로지 나는 내 얼굴이 나에게 하는 말에만 관심을 두기로 했다. 내 얼굴이면서 내가 기억을 못하다니. 예전의 내가 어떻게 생겼는지 기억도 나지 않는다. 앨범 폴더를 열고 수시로 찍어두었던 내 모습을 들여다본다.

이 얼굴이 나라고? 예뻤네. 낯선 이를 보는 것 같다. 지금의 내 모습도 부정할 수 없는 나의 모습이다. 사진을 찍기 위해 카메라를 켠다. 거울을 통해서 한 컷, 웃으면서도 한 컷, 일그러진 모습 그대로의 모습을 여러 번 찍는다.

'잠자'가 된 나의 얼굴 속에는 너무나 많은 얼굴들이 숨어 있다. 소녀의 얼굴과 처녀적의 얼굴, 아픔의 얼굴과 지쳐가는 얼굴과 기쁨의 얼굴까지. 그 모든 얼굴들은 부정할 수 없는 내 얼굴이다. 지나온 얼굴과 앞으로 찾아올 얼굴들까지도 모두 내 것이다. 내 내면의 숨겨진 이야기를 그대로 드러내는 나의 얼굴을 이제 자유롭게 놓아주고 싶다. 팩과 마사지와 두터운 화운데이션으로 감추고 싶지 않다. 억지웃음과 표정관리에 지친 작은 주름까지도 이제 편안하게 놔두고 싶다. 나와 같이 걸어온 나의 이야기가 주름 곳곳에 새겨져 있는 앞으로도 함께 긴 세월을 걸어가야 할 친구로 받아들이고 싶다.

느닷없이 벨이 한 번 울리더니 현관 도어록이 드르륵, 열린다. 오전 열 시인데 누굴까? 중문을 열고 들어선 이는 곤색 조끼를 입고 커다란 곤색 가방을 든 단발 파마머리를 한 여자였다. 여자와 눈이 현관에서 마주쳤다. 여자의 눈은 놀라움과 당황스러움으로 동공이 커지더니 곧이어 눈꺼풀을 빠르게 움직였다. 나도 놀랐다. 대낮에 웬 여자가 가방을 들고 자기 집인양 남의 집을 저렇게 스스럼없이 들어올 수 있을까. 도리어 내가 내 집이 아닌 다른 집에 있는 기분이다.

"누구시죠?"

나의 말에 여자는 벌어진 입을 그제야 다물더니 가방을 고쳐 들고는 말했다.

"정수기 코디에요. 오늘 방문 A/S 간다고 안내문자 발송해 드렸는데요. 늘 하던 방식대로 하시라기에 비밀번호 누르고 들어온 것뿐이에요."

정수기 코디는 방문의 정당성을 말했다. 그건 지극히 맞는 말이다. 어제 내 휴대폰으로 알려온 내용이니 추궁을 할 일 또한 아니다. 늘 비어 있던 집에 코디는 믿음으로 해달라는 나의 요구에 맞추어 석 달에 한 번씩 이렇게 빈집에 스스럼없이 들어오는 것이다. 정상적인 방문이었다. 내가 잊었을 뿐이었다. 도리어 주인인 내가 여기에 있을 시간이 아닌데도 있게 된 것이 코디의 명랑한 방문을 망치게 만든 결과가 되었다.

"늘 목소리만 들었는데. 오늘 드디어 만나 뵙게 되네요."

"아, 네."

"오늘 백화점 쉬는 날이세요?"

코디는 힐끔거리며 내 얼굴을 관찰하는 것 같았다.

"아니요."

"그럼?"

"네. 제가 몸이 좀 안 좋아요."

정확하게 얼굴이라고 말하려다 관두었다. 오른손으로 오른쪽 뺨을 밀어올리고 얼버무리는 나의 대답에 정수기 코디는 다음 말을 이어가려고 망설이는 눈치를 보이더니 몸을 돌려 거실로 들어선다. 이미 모든 것을 파악했을 것이다. 굳이 얼굴이 이상하다고 말하지 않아도 눈치껏 알아봤을 것이다. 당연히 그렇게 하셔야 되고, 고객의 불편한 마음을 굳이 긁어 부스럼 만들 만큼 초짜는 아니지 않은가 말이다. 나는 소설

책을 들고 소파에 앉는다. 코디는 가방을 들고 익숙하게 부엌에 있는 정수기 앞으로 갔다.

정수기는 매장의 미스 강 소개로 넣었다. 미스 강의 언니라고 했다. 이혼하고 혼자서 아이들 둘 공부시킨다고 너무 힘들어 한다면서 정수기 놓으려면 소개해주겠다는 말에 이사 오면서 가입한 것이다. 코디는 그 동안 메시지를 주고받으며 우리 집 정수기와 비데기를 관리해왔다. 입 큰 물병을 찾아내어 정수기에 남아 있는 물을 받아둔다. 나는 거실의 소파에 앉아 멍하니 베란다 밖을 응시한다. 코디는 빠르게 일을 처리하고 화장실 비데까지 손을 본다. 몇 십 분 정도의 시간이 흘렀다.

할 일을 마쳤는지 코디는 거실에 나와서는 서비스는 다 끝났다고 얘기했다.

"그럼 가볼게요. 쉬세요."

의례적인 인사를 했다. 내 얼굴을 세심하게 관찰하는 두 눈을 당당하게 바라봤다. 현관문을 열고 나가면서 3개월 뒤에 다시 연락하고 방문하겠다고 말한다. 코디의 불안한 움직임과 다급한 인사말은 무엇을 뜻할까. 그건 곧 미스 강이 알고 회사가 알고 매장 관리자와 판매원들 전체가 알게 된다는 뜻이다. 괜찮다. 거울 앞에서 내 얼굴을 주시하며 실실 웃음이 나왔다. 그래 받아들이자. 받아들여야지 어쩌겠어. 보고 싶으면 실컷 보라지. 당신들을 향한 내 얼굴은 당신들을 향해 삐딱해져 있으니 바라볼 당신들이 도리어 괜찮을까, 걱정되네.

서랍장을 열어 동네 식당의 이름들이 나열되어 있는 동네 교차로를 찾아든다. 통닭집이 열 개고 아귀찜 집이 다섯 개에다가 피자집과 족발

집, 중화요리집까지 먹을 만한 것들이 많기도 하다. 책장을 넘길 때마다 나오는 먹음직스런 음식들 사진 앞에서 침이 고인다.

이른 점심시간이었지만 아귀찜 작은 것과 공기밥을 주문하고 치킨집에 전화를 넣어 프라이드 한 마리도 따로 주문했다. 허기가 몰려와서 속이 쓰라릴 지경이다. 늘 다이어트에 시달리며 지냈다. 집에서 먹는 것이라고는 과일이나 커피 가벼운 후레이크나 빵이 전부다. 베란다에 놓여 있는 쌀포대에는 쌀벌레들이 생겨 날아다닐 정도다.

식탁도 아닌 거실에 상을 펴고 배달되어온 매운 아귀찜부터 먹었다. 왼쪽으로 씹었다. 혀에서 음식물의 맛을 어떻게 조작했는지 매콤하니 식욕을 돋우는 그 맛을 느낄 수 없었다. 그래도 상상했다. 매콤하고 얼얼하게 맛있다고 생각했다. 맛은 몰라도 맛의 기억으로 먹었다. 양념에 밥을 비벼 남김없이 퍼먹었다. 중간중간 기름기 있는 프라이드 치킨도 뜯어 먹었다. 조금 남은 것은 포장해서 김치냉장고 안에 넣어두고 병원에서 준 아홉 개의 알록달록한 알약을 물과 함께 삼켰다. 배가 부르니 느긋해지는 게 살 만했다.

욕조에 미지근한 물을 가득 받고 들어가 누웠다. 내 몸과 얼굴에 집중하자. 오늘도 병원을 다녀와야겠지. 오는 길에 마트에 들러 그 동안 먹고 싶었던 반찬거리도 사올 것이다. 쇠고기장조림과 멸치와 매운 고추도 볶아서 먹고 싶고 장어국도 끓이고 싶다. 강된장에 호박잎쌈도 한 입 싸서 먹고 싶다. 밥도 먹고 약도 먹었더니 스르르 눈이 감긴다.

갑자기 소란스러운 소리에 눈을 떴다. 여전히 오른쪽 눈은 쓰라리고 입은 벌어져 있다. 바깥에서 나는 소리다. 그러니까 정확히 욕실 밖 거실에서 나는 소리다. 누가 온 것일까. 벨도 울리지 않았는데 오전 중으로 코디는 다녀갔고 들어올 사람도 없는데 누굴까. 어찌 됐든 밖의 소란스러움에 대해 알아봐야겠기에 목욕타월을 두르고 욕실 문을 밀었다.

남편과 손위 시누가 주춤하게 욕실 문을 열고 나오는 나를 바라보고 있다. 놀란 눈이 커지면서 내 얼굴과 몸을 차례대로 훑는다. 다시 네 개의 눈은 나의 얼굴에 고정된다. 깜빡이는 내 왼쪽 눈과 고정된 오른쪽 눈은 빠르게 경악하는 두 얼굴을 인식한다. 한 손으로 머리카락의 물기를 닦으면서 거실로 걸어나왔다. 걸어나오는 나를 두 사람은 비켜선다.

"어머! 세상에나."

"무슨 일이에요? 다들?"

뺨을 잡지 않고 말하는 바람에 발음이 풍차처럼 돌았다.

"올케, 괜찮아?"

"당신, 괜찮아?"

두 사람의 목소리 톤이 어쩌면 이렇게도 같은지 기분 좋을 때 들었으면 칭찬할 뻔했다.

"네. 괜찮아요."

나는 어쩔 줄 몰라 당황하는 두 사람을 똑바로 바라봤다. 시누는 한 손으로 자신의 입을 가리고 또 한 손을 들어 나를 향해, 정확히 내 얼굴을 향해 가리켰다.

"얼굴 말이야. 얼굴! 어떻게 된 거야?"

말까지 더듬는 것을 보니 놀라긴 놀란 모양이다. 피식, 웃음이 나왔다.

"아, 네. 뭐 이렇게 됐어요."

머리를 말리는 수건으로 다시 머리카락을 털고 옷장이 있는 작은 방으로 들어갔다. 남편은 그때까지 아무 말이 없다가 내가 거실로 나오자마자 갑자기 큰소리로 말했다.

"얼굴이 이상하게 되었으면 나에게 알리든지 할 일이지. 어떻게 혼자서 이러고 있어? 응?"

하고 싶은 말들이 목구멍에서 딸막거렸다. 왜 늦나 싶어 아무리 문자와 전화를 해도 대답 없는 사람이 누군데 이러시나 싶어 남편의 두 눈을 똑바로 쳐다보자 남편의 시선은 불안스레 흔들린다.

"아유, 조용히 좀 해봐. 언제부터 그랬어? 나도 오늘 점심시간에야 알았지 뭐야? 모임이 있어 백화점 식당가에 점심 먹고 올케 얼굴이나 보려고 갔더니 미스 강이 글쎄 희한한 소리를 하더라고. 그래서 전화하니전화는 꺼져 있고 동생한테 전화해서 물어보니 모른다고 하고 그래서 연락해서 이렇게 같이 왔잖아."

희한한 소리는 정수기 코디가 옮긴 말을 매장의 미스 강이 덧붙여 한 말이겠지. 몇 시간도 되지 않는데 정보화시대라서 그런지 소식 한 번 죽여주게 빠르다. 이런 게 나비효과라고 하나.

"걱정 마세요. 한의원에 가서 침도 맞았고. 한방병원에서 물리치료에다가 약도 먹고 주사도 맞아요."

"회사는 어떡하기로 했어?"

머리칼을 쓸어넘기며 남편은 물었다.

"연락했어. 쉴 거야. 나 쉬기로 했어."

"병가를 내든지 하지. 뭐 하러 사직서까지 낼 거야."

남편의 뚱한 대답에 시누가 거들었다.

"그래. 사직서까지는 그렇다. 근데 얼굴은 치료하면 돌아온다니? 얼마나 걸린데?"

"좀 오래 걸린다고 하네요. 후유증 생길지도 모르고."

"어머! 세상에. 어떡하니? 올케 말대로 이 참에 그냥 애기나 가져."

애기나 가지라는 시누의 말에 남편은 아무 대꾸도 안 했다.

"지금 병원 갈 거면 내가 태워줄게. 아니면 같이 가줄까?"

"아니 됐어. 난 오후에 병원에 가. 형님도 가시고 당신도 바쁠 텐데 당신 볼 일 봐."

시누와 남편은 떠났다. 나도 집을 나왔다. 병원에 들러 침을 맞고 물리치료와 주사를 맞고 나니 오후 세 시가 훌쩍 넘었다. 택시를 타고 내가 근무했던 백화점 앞으로 가자고 했다. 내려서 들어가지도 못할 것이면서 왜 백화점으로 가자고 했는지 모르겠다. 회색 건물 앞으로 다가갔다. 대 바겐세일을 알리는 현수막이 백화점 앞에 펼쳐져 있다. 백화점으로 들어가는 사람들은 여전했고, 뜨거운 햇빛이 이글거려도 저 백화점 안에는 여전히 쾌적하게 시원할 것이고 창문도 없고 시계도 없고 아름답고 갖고 싶은 물건들과 봉사정신이 투철한 판매원만 존재할 것이다. 내가 저곳에 있었다니. 고작 이틀 만인데도 믿기지 않았다. 나는 기사에게 차를 돌려 역으로 가달라고 말했다.

기차는 지금 출발하면 어둑해질 때 도착할 것이다. 무슨 약속이라도 정해놓은 것처럼 그곳에 가면 그가 기다리고 있을 것만 같았다. 나는 가야만 했다. 아니, 가고 싶었다. 어떤 뚜렷한 이유도 없는 무작정에 가까운 결정이었다. 혹시 남자가 떠난 건 아닐까, 하는 의문은 간절함이 해치워버렸다. 직감을 믿기로 했다. 그날 그 환한 벚나무가 길을 알려주듯이 내 직감이 그 쪽으로 무작정 향하게 했다.

택시를 타고 도착한 조각공원은 어둠이 내려 가로등이 켜져 있었다. 북소리를 듣고 모여드는 밀림의 부족들처럼 빛을 향해 걸었다. 다행히 남자는 그 자리에 있었다. 나를 기다린 것이라고 생각될 정도로 성큼, 내 쪽으로 얼굴이 기울어져 있었다. 그런데 남자의 얼굴이 조금 이상했다. 내가 알고 있는 봄날의 얼굴이 아니었다. 그때는 당당한 조각가의 얼굴이었다가 또 냉정하고도 따뜻한 아버지의 얼굴이었다. 그러나 오늘 가만히 바라보니 계절이 지나갈 동안 낡은 것 같기도 하고 빛을 잃은 것 같기도 했다. 나를 보고 있는 오른쪽 얼굴은 얼굴을 받들고 있는 땅의 지주대가 기우뚱했는지 왼쪽 얼굴보다 아래쪽으로 처져 있었다.

어이없게도 가까이서 본 남자의 얼굴은 바로 내 얼굴이었다.

내 얼굴과 같이 호흡한 얼굴이라니?

빨려들듯이 무작정 남자의 얼굴 속으로 걸어들어갔다. 기다렸다는 듯이 여름날의 엷은 연무가 둥근 막을 치듯이 나를 보듬어 안는다. 나는 편안히 두 팔을 늘어트렸다.

우리는 드디어 만난 것이다.

그 동안 나는 무엇을 위해 헤매고 다녔을까? 내 얼굴의 주인공이 되어 한 번이라도 열정적으로 살았던 적은 있었을까? 내 얼굴 위로 지나갔던 수많은 얼굴들의 얘기를 나는 진심으로 들어주었던 적은 있었는지……

어디서 온지도 모를 전류가 저릿하게 온 몸을 통과한다. 자신의 품으로 돌아온 것을 위로하듯 아늑한 고요가 내 몸을 둥글게 휘감는다. 거친 그의 손에 가만히 나의 얼굴을 맡긴다.

나는 믿는다.
신처럼 창조하는 그를
노예처럼 일하는 그를
투박한 손에서 느껴지는 애정 깃든 따스함을.

눈물이 흐른다. 따뜻한 흐름이…… 느껴진다.
나는 나의 얼굴을, 몸을, 둥글게 감싸안는다.

붉은 성

오늘의 투어 일정은 알함브라 궁전을 둘러보는 것이 전부였다. 꼬박 13시간의 비행 끝에 첫 새벽 마드리드 공항에 도착하고 나서부터 시작된 하루의 일정은 빡빡했다. 여행 기간 중에 그나마 오늘은 궁전만 보는 것이라고 생각하니 달콤한 휴식처럼 느껴졌다.

　낯선 여행객들 틈에 끼여 이름도 생소한 작은 궁전들을 쉴 틈 없이 기웃거리며, 가구도 놓여 있지 않은 성채만 둘러보는 데도 한 나절이 훌쩍 지나갔다. 붉은 흙으로만 지어져서도 한 곳도 비슷한 곳이 없을 만큼 독특한 매력이 있는 성이었다. 대리석으로 또는 타일로 옻칠한 아름다운 장식들은 이슬람 미술과 건축의 진수를 그대로 보여주고 있었다. 아랍의 흔적이 곳곳에 남아 있는 궁궐 내부에 혼을 뺏겨 있다가도 문득 일행을 잃어버릴까봐 얼른 다음 장소로 이동해야 할 만큼 넓은 성이었다. 말로만 듣던 이른 새벽부터 강행군처럼 이어지는 단체여행의 쉴 틈 없는 스케줄이었다.

　문득 짧은 비명이 터질 정도로 강렬한 통증이 느껴진 것은 성의 마지막 코스인 여름궁전의 분수대 앞에서였다. 무지외반증이 있는 오른쪽 발이었다. 발 디딜 때마다 엄지발가락 쪽에서 시작되는 통증이 등허리를 타고 머리까지 예리하게 뻗혀 올라오는 게 온몸이 경직될 정도였다. 주위의 시선 따위에 신경쓸 겨를도 없이 여름궁전에 딸린 헤네라리페 정원의 나무의자에 무너지듯 주저앉았다. 급하게 신발을 벗고 보니 발갛게 부어오른 엄지발가락이 그간의 피곤함을 대신 말해주는 것 같았다. 부드럽게 발바닥과 발등을 마사지를 하자 욱신거리던 통증이 좀 가라앉는 듯했다. 남은 일정을 생각하며 집에서 준비해간 파스를 붙이려고 할 때 낯익은 얼굴 하나가 사이프러스 나무들 사이에서 불쑥 나타났다. 현지 가이드인 김 가이드였다.

"발이 많이 불편하신가 봐요? 운동화 신고 다니셔야 해요. 그래야 여행하는 동안 편안히 구경할 수 있어요."

그녀는 내가 아무렇게나 벗어놓은 먼지 묻은 검은 단화를 바라보며 말했다. 출발하면서부터 어제까지 운동화를 신고 가벼운 옷차림으로 다녔는데 오늘은 무슨 일인지 옅은 면바지에 스카프를 두르고 단화까지 맞춰 신었다. 궁전이라는 낱말에서 오는 어떤 무게감에서 그렇게 차려입었는지도 모르겠지만 한심한 짓이었다. 여행 코스에 들어 있는 알함브라 궁전에 대한 환상이 여행을 떠나기 전부터 작용한 것은 사실이었다. 여행 중 입을 옷가지들을 터져나가도록 챙겨넣은 여행 가방에 기어이 미색 재킷까지 넣어둔 것을 보면 말이다.

"그러게요."

선택의 잘못을 솔직하게 인정해야 했다. 슬그머니 발갛게 부어오른

발을 단화 속에 밀어넣고 그때까지 귀에 꽂혀 있던 개인용 수신기를 뗐다. 가이드가 설명할 때 항상 끼고 있어야 된다고 준 빨간 수신기였다. 여행이 시작되고부터 가이드의 설명은 어느 곳에서나 느닷없이 튀어나왔다. 문화재가 많은 나라답게 미로 같은 골목에서든 낡은 벽돌집 앞에서든 그녀의 친절한 설명은 예외 없기에 늘 수신기를 꽂고 있어야 했다. 아침에 호텔을 나와서부터 계속 귀에 꼽고 있는 수신기 때문에 저녁에 숙소에 돌아오면 귓속이 멍멍해질 정도였다.

공식 일정을 마친 탓인지 김 가이드는 메고 있던 가방을 벗어놓으며 옆자리의 나무의자에 털썩 주저앉았다. 아무렇게나 앉는 걸 보니 그녀 역시 많이 지친 모양이다.

"올해는 이곳이 한국 티브이에 여행 예능으로 한 번 타더니 평소보다 갑절의 관광객이 밀려와 정신을 차릴 수가 없어요."

그녀의 말은 사실이었다. 국내에 있는 몇 개의 여행사에서 모집한 여행객들이 스페인 여행지 곳곳에서 계속 마주치고 있어 그녀 말대로 스페인 여행지는 한국 관광객으로 먹고 산다는 말이 빈말은 아니었다.

"어떻게나 밀려오는지 회사나 가이드 하는 저희들이나 다들 죽을 맛이에요. 팀으로 정한 인원을 초과한 인원이 몰려더니."

시월인데도 땀에 밀려난 화운데이션의 자국이 그녀의 얼굴에 얼룩무늬를 그려놓았다. 여행 시즌이기도 했지만 며칠째 이어지는 강행군에 화장기 지워진 까칠한 얼굴이 그녀의 피로를 대신 말해주고 있었다.

"그래도 이번 팀들은 점잖은 분들이 오셔서 좀 나은 편이에요. 에티켓 없는 분들이 오면 울화통 터지는 일이 하루에도 몇 번씩 생기는지 몰라요."

"유행이 지나고 나면 좀 수월해지겠죠."

"글쎄요? 이번 겨울엔 방학을 맞아 더 많은 관광객들이 몰려올 것 같은 예감이 드는걸요?"

그녀는 질린다는 듯 고개까지 흔들었다.

"그래도 어쩌겠어요."

"맞아요. 즐거운 엄살이죠."

"그 동안 외로웠으니 한국말도 실컷 하고 돈도 번다고 생각하세요."

돈 버는 재미로 버티라는 내 말에 그녀는 커다랗게 웃음을 터트렸다.

"가끔씩 일행 없이 이렇게 혼자 여행 오신 분들을 보면 대단하다 싶어요. 좀 심심하지 않으세요?"

그녀는 무심하게 말을 던지며 내 눈을 응시했다.

"갑자기 결정한 여행이거든요. 혼자 있고 싶었고, 또 되도록 집에서 멀리 떠나고 싶기도 했고요."

그건 사실이었다. 불쑥 그 밤에 느닷없이 떠나고 싶었다. 최대한 멀리, 한 번도 가보지 않은 곳으로 나를 데려다놓고 싶다는 강렬한 욕구에 이끌린 결정이었다. 여행사 홈페이지에서 제일 먼 곳과 당장 떠날 수 있는 곳을 찾다가 마감 직전의 여행지로 선택한 것이 이곳이었다. 결정하고 몇 주 만에 떠나온 여행이었다. 그렇게 떠날 곳을 정하지 않았다면 나는 그날 밤을 견뎌내지 못했을 것이다.

김 가이드는 여자 혼자, 그것도 새파란 20대도 아닌 중년 여자가 혼자 온 것에 대한 궁금증에서 물어온 것이다. 한국에서부터 동행하며 같이 방도 쓰곤 했던 정 가이드도 있지만 김 가이드는 이곳 스페인에 살며 한국 관광객들에게 가이드 역할을 하는 현지 가이드였기에 궁금함은 당연했을 것이다.

처음 버스에 올라 인사를 하며 라틴문학을 공부하러 왔다가 적극적인 라틴 남자의 구애에 그만 결혼까지 하게 됐다고 소개했었다. 한 달에 두세 번 바르셀로나를 제외한 스페인 전 지역을 도맡아 다니느라 살림은 젬병이지만 한국분들이 자주 오고 나서부터는 향수병이 줄어들었다면서 지금의 일을 즐거워했다. 친구들과 일박은커녕 가까운 곳의 당일치기 여행도 망설였던 나로서는 그녀의 삶이 마냥 신기할 뿐이었다.

"여행이 길어지면 사람들이 음식이나 빠듯한 일정과 잠자리에서 오는 불편함 때문에 누구든지 좀 예민해지거든요. 같이 온 사람에게 별일 아닌 일과 말에도 오해를 하고 괜히 짜증도 부리곤 해요. 올 때는 뭔가를 기대하고 왔다가 갈 때는 여행지의 추억보다는 같이 온 사람들과 의견충돌로 기분만 상해 돌아가는 팀도 몇 번이나 봤어요. 그런 경우에 비하면 혼자 홀가분하게 오시는 것도 괜찮은 여행이죠."

혼잣말처럼, 여행은 그 사람의 밑바닥을 모두 보여주는 행위라고 덧붙여 말했다. 내 인간됨의 밑바닥이 어떤 꼴인지에 대한 궁금증보다 나는 그녀의 삶이 더 궁금했다. 라틴문학의 매력에 빠져 이 먼 곳까지 왔다니? 이십대에 떠날 수 있는 용기도 부럽지만 미술관과 박물관에서나 막힘없이 쏟아져 나오는 그녀의 학문적 깊이와 열정도 이베리아 반도의 날씨만큼이나 뜨겁게 느껴졌다.

그녀가 이베리아 반도에서 자신을 찾을 동안 나는 뭘 했을까? 감을 잡을 수도 없는 시간들이었다. 옆자리의 그녀의 얼굴을 찬찬히 들여다봤다. 나이는 내 또래 아니면 한두 살 위인가? 머리에 흰 머리가 하나씩 자리하고 있는 것으로 보아 사십의 끝자락으로 보였다. 그녀의 외모도 자그마한 체격도 피부색이 조금 붉게 변한 것 하며 눈 화장이 짙은 게 스페인사람이라고 해도 믿을 정도였다. 한국어든 스페인 말이든 그녀의 입에서 나오는 말들은 너무나 자연스러웠다. 그녀는 한국인이면서도 현지인 같았고 두 개의 나라에 동시에 사는 여인 같기도 했다.

뭔가에 쫓기듯이 여행 가방을 꾸려 탈출하듯 집에서 떠나오지 않았다면 결코 알지 못할 타인의 삶이었다. 앉은 자세를 고치려고 내 쪽으로 고개를 기울이는 그녀에게서 짙은 라벤더 향기가 맡아졌다. 나쁘지 않은 향기였다. 순간 그녀와 나의 침묵에 우리를 둘러싸고 있는 공기마저 숨죽이고 있다는 생각이 들었다. 여행객들로 붐비는 성채 안의 정원인데도 이 순간은 너무나 적막했다. 숨어 있는 비밀의 화원에 앉아 있는 기분이었다. 느닷없이 맞이하는 고요와 적막이 내 안에서 단단하게 뭉쳐져 있던 것들을 하나씩 풀어내고 있었다. 느끼지 못했을 뿐이지 나는 이곳에서 잠시 나 자신을 잊고 있다는 생각이 들었다. 여행 내내 긴장하고 있던 마음까지 가만히 흐르도록 내버려두고 있었던 것이다.

지금 이 순간 이러고 있는 내가 정말 나일까, 싶었다. 며칠 전까지만 해도 마트에서 김치찌개용 돼지고기를 집어들던 나였지 않은가. 이렇게 알함브라 궁전 정원 벤치에 앉아 있을 나를 상상도 못했다. 지중해를 거쳐 이베리아 반도를 통과하는 미풍 한 자락이 내 앞 머리카락을 살짝 들었다가 놓고 간다. 그 낯선 간지럼마저도 얼떨떨했다. 낯선 곳에 있는 나를, 나는 낯선 듯 흥미롭게 느끼고 있었다.

바람이 부는 방향은 사이프러스 나무 정원 오른쪽으로 보이는 성 쪽이었다. 붉은 황토로 지었다고 붉은 성이라고 부른다고 하더니 가까이서 보니 정말 그랬다. 황토로 지은 곳이라서인지 곳곳이 보수공사 중이었다. 마모가 심한 붉은 성의 곳곳에는 들어가지 말 것과 만지지 말 것을 당부하는 안내문이 먼저 관광객을 맞이했다. 김 가이드의 말대로 앞으로 방문객의 수를 제한하고 백 년이 지나면 붉은 성의 아치가 반이나 깎이고 없을 것이다. 그러면 이 성의 고요는 더 낮게 깔릴 것이고 오로지 바람만이 주인이 될 것이다.

오늘밤도 붉은 성의 어느 한 귀퉁이에서는 제풀에 지쳐 자신을 내려놓으며 스르르 흘러내릴 것이다. 삭아지고 녹아내리는 것 또한 알함브라의 숙명이겠지만 나는 이 자리에 앉은 인연으로 바람이 불고 비가 오는 날이면 내 안의 것들이 녹아내리듯이 이 붉은 성의 한 귀퉁이가 생각날 것이다. 오후 다섯 시면 북적거리던 그 많은 여행객이 떠나고 또다시 밤이 찾아들고 별이 뜨면 먼 옛날 이곳에 머물었던 무어인들의 영혼이 잠시라도 다녀갈까.

갑자기 속이 허해졌다. 점심으로 그라나다의 특산물인 가지튀김으로 만든 스테이크를 든든하게 먹었는데도 속이 헛헛해졌다. 공허함이 허기를 부른다더니, 가방을 뒤져 집에서 가져온 작은 초콜릿 두 개를 꺼내 하나를 김 가이드에게 내밀었다.

"당이 필요한 시간이네요."

"나만 느끼는 줄 알았는데……."

그녀는 작게 웅얼거리며 받은 초콜릿을 깨물었다.

분수가 있는 왼쪽 담 너머에서 웅성거림이 들려왔다. 기념사진을 찍는다고 정원수 아래에서 온갖 포즈를 잡는 이번 여행팀들의 수다소리였다. 친구들과 왔다는 사십대의 여자팀들과 여고동창들과 왔다는 오십대의 부산팀도 친정 엄마를 모시고 온 네자매팀도, 정년퇴직을 한 육십대 부부팀도 다 같이 몰려다니며 새로운 풍경 앞에서 사진 찍기에 바쁜 모습들이다. 추억을 남기기 위한 것으로 사진만한 것이 없다는 듯이 셔터를 누른다. 어제는 그런 기분에 젖어 사라진 부부를 찾는다고 투우경기장이 있는 론다에선 삼십 분을 허비했다. 기념품을 산다고, 더 좋은 풍경에서 사진을 찍는다고 자신들의 시간을 갖느라 일행을 놓친 것이었다. 비어 있던 정원의 풍경에 하나둘씩 사람들의 무리가 섞인다. 혀 안에서 녹는 초콜릿의 마지막 맛이 씁쓸하게 입안을 감돈다.

"어때요? 일정이 너무 타이트해서 힘들지는 않으세요?"

"원하던 곳에 와서인지 아픈 발까지도 즐겁게 느껴지는 걸요."

그건 사실이었다. 살면서 이렇게 큰 용기를 내본 적도 없었다. 혼자 떠난다는 것은 엄두도 못 낼 일이었다. 내가 낸 용기에 스스로가 감동을 자주하는 여행이었다. 이렇게 불쑥 뭔가를 저지를 수 있다는 게 신기할 정도였다. 욱신거리는 발의 통증도 느껴지지 않을 정도로 낯선 풍경에 푹 빠져 들곤 했었다. 나를 다른 곳에 둔다면 과연 나는 견뎌낼 수 있을까? 항상 그것이 궁금했었는데 그 낯선 곳이 신기하게도 낯설지 않아 천만다행이라고 다독거리고 있었다. 그렇다면 그 동안 나는 내가 만든 성에 스스로 갇혀 있었던 꼴이었다. 그래서 누구는 여행을 떠나봐야 자신이 보인다고 말했던 것일까.

"혼자 여행 온 나도 스스로 참 대견하다고 느껴지지만 전 김 가이드가 더 대단하다는 생각이 들어요. 아마 저라면 꿈도 꾸지 못했을 거예요. 어떻게 혼자서 이곳까지 올 생각을 했어요?"

처음부터 그것이 궁금했다.

"무모했으니까요. 아무 생각 없이 저지를 수 있는 것은 젊은 날의 특권이잖아요? 저도 지금 나이라면 엄두도 못 냈겠죠. 그리고 떠나올 수밖에 없는 상황이었고요."

"두렵지 않았어요?"

"왜 그렇지 않았겠어요? 무섭고 외롭고……. 처음 몇 년은 고생 좀 했죠. 그러다 어느 날 깨달았죠. 이렇게 살려고 이곳에 온 게 아니라고, 생각을 바꾸니 좀 편해지더라고요. 그렇게 살다보니 또 살 만하고요. 사람 사는 곳은 어디든지 다 똑같잖아요. 그렇지 않은가요?"

내 쪽을 향해 그렇지 않느냐고 물어오는 그녀의 말에 나는 아무런 이의를 제기하지 못했다.

"그렇겠죠."

"이곳에 온 지 벌써 이십오 년이 되었지만 그래도 여전히 한국이 그리워요. 남겨진 가족들도 이제 거의 없고 친구들도 소원한 관계들인데도 말이에요. 처음엔 한국분들이랑 이렇게 정들었다가 가고 나면 허전함 때문인지 며칠씩이나 몸살을 앓곤 했어요. 왠지 버려졌다는 기분이 들더라고요. 그럴 때마다 제가 이 아름다운 알함브라 궁전을 두고 떠난

무어인 같다는 생각도 들고요. 저도 익숙한 고향을 버리고 낯선 땅에서 헤매는 내가 늘 궁금해요. 무엇 때문에 이러고 사는지 왜 하필 이곳이 었는지. 내 삶이 텅 빈 궁전 같다는 생각이 가끔씩 들었죠. 허한 기분이라고 할까? 뭐 그런 기분이죠. 이곳에 오면 늘 그런 기분에 시달리면서도 또 다시 알함브라 궁전을 찾아요. 아마 나랑 같은 꼴이라서 그럴지도 모르죠."

같은 꼴이라는 말에 둘이 마주보며 조금 웃었다. 텅 빈 성 같다는 그녀의 말에 비어 있는 일산의 집이 문득 떠올랐다. 아무도 없는 집이었다. 키우던 강아지마저도 떠난 집이었다. 살아 있는 생물이라고는 찾아볼 수 없는 곳이었다. 왜 그 밤에 견딜 수 없는 기분에 휩싸였는지 질식해 죽을 것 같은 압박감이 들었는지, 그래서 미친 듯이 짐을 싸서 최대한 빨리 그 집을 떠났는지, 지금도 모르겠다. 그냥 무작정 도망치듯 떠나온 것이었다. 하지만 이 여행이 끝나면 다시 돌아가야 하는 곳이기도 하다. 이제 성인이 된 아이들은 취업과 공부를 위해 각자의 자리로 떠났고 남편은 더 늦기 전에 노모를 보살피며 살겠다고 고향과 가까운 직장으로 이직했다. 한때는 아이를 낳고 기르고 공부시키고 가족 식사와 초대한 사람들과의 만남으로 늘 북적되던 곳이었다. 잠시 그곳의 기억을 잊으려고 떠나왔건만 어디서든지 집의 이미지는 불쑥불쑥 예기치 못하게 튀어나왔다.

여행은 내가 어떻게 살아왔는가를 보기 위해 떠난다는 김 가이드의 말에 수긍할 수밖에 없었다.

"그러면 이제 한국엔 안 오시는 건가요?"

"너무너무 가고 싶은데 이제는 돌아갈 집이 없어요. 가도 아무도 없는 걸요. 오래 전에 부모님도 돌아가시고 오빠도 몇 년 전에 암으로 돌아가셨어요. 이제 한국엔 아는 사람도 몇 없고, 그렇게 또 만나고 싶은 사람도 없어요. 내 안에 담겨 있는 고향 풍경은 있는데 그걸 공유할 사람도 집도 없는 걸요."

"그래도 말년은 조국에서 보내셔야죠?"

"살다보니 정이 든다고 저는 노년을 이곳 그라나다에서 보내고 싶어요. 지금 내 곁에 있는 사람이 제일 좋은 인연이라잖아요. 날씨도 온화하고 산도 있고 물도 맑고 내가 좋아하는 이 붉은 성도 있고요. 저는 매일 아침에 일어나서 붉은 성이 보이는 곳을 제 거처로 마련할 거예요. 그러면 전 아무렇지도 않게 잘 늙을 수 있을 것 같거든요. 더 바라는 것도 없어요. 어때요? 저곳을 배경으로 사진 한 장 찍어줄까요?"

김 가이드가 가리키는 쪽은 붉은 부겐벨리아 꽃이 흐드러지게 피어 있는 정원 너머 시에라네바다 산맥이 보이는 알함브라 궁전의 동쪽 지역이었다. 남쪽 풍경이 붉은 기와가 아름다운 시내가 내려다보이는 곳이라면 동쪽은 기나긴 산맥이 병풍처럼 둘러 있는 곳이었다. 여행하기 제일 좋다는 시월의 끝자락인데도 시에라네바다 산맥 위에는 벌써 하얀 눈이 산을 덮고 있었다. 궁전이 있는 그라나다 지역은 아랍의 흔적이 제일 많이 남아 있는 지역이라서인지 아랍과 카톨릭의 만남이 묘하게 어우러져 있었다. 그녀의 말대로 그라나다에서 노년을 보낸다면 아름다운 마무리가 되는 삶일 것이다. 그녀의 희망이 이루어지면 좋겠다. 그렇다면 나는 어디에서 내 삶을 마무리하는 것이 좋을까? 아무도 없는 일산의 집일까. 아니면 남편이 있는 시골집일까.

"아뇨. 됐어요. 혼자 왔다고 정 가이드가 몰래 사진을 찍어서 저녁마다 제 휴대폰으로 보내주네요."

"그래요?"

한국에서부터 같이 온 정 가이드는 사진 찍느라고 뒤처져 있는 관광객들을 챙기느라 이제야 분수 정원을 통과해서 이쪽으로 오고 있었다. 같이 들어서는 팀은 여행팀들 중에 제일 열기가 살아 있는 여고동창팀이었다.

"어머나, 너무 멋진 정원이다."

"코스모스가 이곳에도 피었네."

즐거운 호들갑이 고요를 깨고 정원을 가로지르는 분수의 물줄기마냥 시원스럽게 품어내고 있었다. 그녀들 말대로 한국에도 피던 코스모스도 피어 있고 나팔꽃도 피어 있는 정원이었다. 장미랑 흙담 위로 자연스레 늘어져 있는 담쟁이넝쿨까지 닮았다.

여행팀들이 차례대로 모이자 우리는 벤치에서 일어났다. 인원점검을 한 뒤 다시 수신기를 통해 김 가이드는 알함브라 궁전의 누대에 걸쳐 내려왔던 역사를 간결하게 들려준다.

"여러분! 지금은 이렇게 아름답지만 원래 버려지다시피 한 이 성은 미국의 초대 스페인 대사인 워싱턴 어빙에 의해 발굴되고 복원되었습니다. 태양의 언덕 위에 자리한 이 정원은 50M 정도의 수로를 중앙에 만들어놓은 정원이었는데 나가시다 보면 잘 다듬어진 나무들이 수로를 중심으로 서 있을 겁니다. 원래는 야채와 과일을 기르던 정원이었지만 1931년에 프랑스풍으로 재조성했어요. 아마도 프랑스풍의 영향은 현 왕실의 뿌리가 프랑스의 브로봉 왕가 출신이라 그런 것일 겁니다. 여러분들이 지금 눈앞에 보고 있는 사이프로스 나무들도 그때 다듬어진 나무들이고요."

그녀는 핫도그처럼 길게 자란 나무를 가리키고 있었다.

"저기 질문이 있는데요?"

느닷없이 질문을 한 사람은 부부동반으로 온 남성이었다.

"우리는 이곳에 오기 전에 〈알함브라 궁전의 추억〉이라는 기타곡만 아는데 그 곡이 정말 이 궁전 때문인 건가요?"

"네, 맞아요. 우리나라 관광객들은 이곳에 오면 꼭 하시는 말씀이 〈알함브라 궁전의 추억〉이라는 기타곡에 대해 물어오곤 합니다. 알함브라는 아랍어로 '붉은 성'이라고 처음에 말씀을 드렸죠? 붉은 성인 알함브라 궁전을 두고 많은 예술가들이 문학이나 음악으로 표현한 작품들이 많습니다. 그 중에서도 알함브라 성의 역사를 가장 잘 표현한 것은 프란시스코 타레가의 〈알함브라 궁전의 추억〉이라는 곡이지요. 원래 타레가는 스페인 최고의 기타 연주자였는데 그의 제자였던 콘차 부인을 짝사랑했었데요. 타레가는 콘차 부인과의 이루어질 수 없는 사랑의 고뇌로 기타를 들고 알함브라 궁전의 한 귀퉁이에서 달빛을 벗 삼아 연주를 하곤 했다고 합니다. 혹시 여러분이 지금 앉아 있는 곳이나 여러분이 사진 찍느라고 기댔던 난간이나 벤치가 타레가가 앉아서 연주를 한 장소인지도 모르죠? 우리가 방금 지나온 저 문 뒤에 있는 분수대 보셨죠? 떨어지는 물방울 소리 귀담아 들어보셨어요? 우리는 예사로 스쳐가는 어떤 게 예술가들에게는 큰 영감을 불러일으킬 때도 있지요. 타레가도 저 분수에서 떨어지는 물방울 소리를 듣고 영감을 얻어 트레몰로 주법의 〈알함브라 궁전의 추억〉이라는 명곡이 탄생하게 된 것이랍니다. 너무나 역사적이고 낭만적인 곳에서 다 같이 〈알함브라 궁전의 추억〉을 어디 한 번 들어볼까요?"

그러자 정 가이드의 휴대폰에서 바로 〈알함브라 궁전의 추억〉이라는 기타 음악이 흘러나왔다. 적절한 타이밍이었다. 은은하게 들려오는 음절을 따라 옛 아랍 여인이 이 정원으로 걸어들어올 것 같았다. 붉은 레이스로 몸을 두른 여인이 낯선 이를 보고 놀란 듯 저 성의 모퉁이를 다시 되돌아가는 것같이 음은 끊겼다 다시 이어지기를 반복한다.

붉은 성은 옛 영화만 가득한 곳이다. 지나간 곳에서 무엇을 찾으려고 온 것도, 확인하러 온 것도 아니었다. 성의 이름이 기억에 남은 음절처럼 이상스레 늘 가슴 한복판에 머물고 있었다. 그 가슴이 시키는 대로 떠나온 것이라고 하면 궁한 대답에 대한 작은 변명이라도 될지 모르겠다.

그래서 누구도 아닌 내가 결정하고 내가 나를 여기까지 데리고 왔던 것이다. 서서히 밀려와 거대하게 잠식하는 새벽안개처럼 그렇게 내 마음 속에 무기력이 스며들고 있을 때 내 삶의 아우성이 시킨 것치고는 제일 잘한 짓이었다.

돌아보면 한 번도 저녁이 있는 여유로움은 없었다. 늘 헉헉대면서 허기지게 살았다. 일터에서도 그랬고 집안일에서도 그랬다. 이쪽과 저쪽을 늘 시소 타듯이 불안스레 이어가느라 옆도 뒤도 돌아볼 여유도 없었다. 조금씩 허물어지는 붉은 성의 담 모퉁이처럼 그런 균열이 일어나고 있는데도 나는 늘 씩씩한 척했다. 어쩌면 알아차리는 게 더 무서워 그냥 모르는 척했을 수도 있었을 것이다. 그냥 그런 것들을 무더기로 몰아 나이가 주는 탓으로 돌려버렸다. 때론 일을 놓으면 살 것 같다가도 놓으면 더 죽을 것 같은 끝없는 감정의 기복에 시달렸다. 새로운 환경에 나를 둔다는 게 두려웠다. 나는 아무 것도 아닌 것이 될 것 같고 지나간 세월이 억울하고 앞으로의 삶에 대한 불안으로 불면의 밤을 보내기 일쑤였다. 아무 결정도 내릴 수 없는 늪 속에서 해매일 뿐이었다. 퇴근 후 밀려드는 허기에 옷도 갈아입지 않고 마시던 맥주 한 캔과 소주 한 컵이 유일한 위안이 되어주었다. 눌러두었던 몸의 투정들이 차례대로 찾아와도 다달이 나가는 공과금과 생활비 항목보다는 덜 아프고 무서웠다.

지난 여름 붉은 반점이 등 전체로 번져 대상포진의 진한 고통을 맛보고서야 때가 되었다는 것을 알았다. 늦은 결심이었지만 바른 결정이었다. 남들은 안정적인 자리를 왜 관두느냐고 말렸지만 몸의 변화를 핑계로 대며 사표를 냈다. 여기까지가 내 한계선이라고 스스로에게 말했었다. 몸을 추스르고 나자 이제 뭐하지, 싶었다. 집안에 틀어박혀 바뀐 환경에 나를 놓아두는 일과 무기력해져가는 나를 발견하는 일만 있었다. 이제부터라도 자신을 위해 살라고, 골프를 하든지 취미생활을 해보라고, 또 공부를 해보라는 주위의 권유조차도 모두 귀찮게 느껴졌다. 가까운 곳으로 잠시 떠난 여행에서도 나는 출입구를 놓쳐 고속도로를 한참이나 달려야 했다. 만나는 친구들도 불안해하는 나의 심리를 변덕 심한 성격으로 오해했다. 오해는 오해인 체로 내버려두었다. 일일이 나의 마음을 알리고 싶지도 않았다. 나 자신도 어떻게 해야 할지 몰라 더 듬거리는 시기였기에 누구의 충고도 달갑지 않았다.

이직을 한 남편도 아이들도 자기 자리를 찾아 떠났다. 그들에게는 더이상 나의 존재가 절실하지 않았다. 그들은 그들의 길을 갔고 나에게 아무 잘못한 것이 없다. 도리어 자신의 자리를 잡은 가족들에게 고마워해야 할 일이었다. 머리로는 이해가 되지만 마음으로는 버려졌다는 피해자 같은 느낌이 드는 것은 어쩔 수 없었다. 친구 명숙은 갱년기에 찾아오는 '빈둥지증후군'이라고 친절하게 일러주었다. 설마하면서 웃고 넘겼다. 여행을 떠나오면서 남편도 아이들도 같은 도시에 사는 여동생에게조차도 알리지 않았다. 누구의 인사말도 듣고 싶지 않았다. 의사의 말대로 나 자신에게 집중하는 휴식만이 필요했던 것이다.

다시 수신기를 통해 김 가이드의 명랑한 말소리가 들렸다.

"여러분 너무 낭만에 빠지시면 곤란해요. 제가 책임을 다 질 수 없다니까요?"

가벼운 농담에 절로 웃음이 터졌다. 점점 웃음이 많아지는 내 모습에 움찔 놀랄 지경이었다.

"우린 어쩌면 다 뭔가를 두고 떠나야 하는 사람인지도 모르겠습니다. 제가 이십오 년 전 한국을 떠나오며 사랑하는 가족과 친구를 두고 왔듯이 이 아름다운 알함브라 성을 넘겨주고 눈물을 흘리며 시에라 산맥을 넘어갔다는 보아브딜 왕의 기분은 어땠을까요?

여러분 걸음을 멈추고 잠시 제 쪽으로 오세요. 네네, 이쪽이에요. 여기서 보니 알함브라 궁전의 건너편이 보이시죠. 그라나다 시의 위쪽 언덕의 동굴 집에는 아직도 이슬람인들이 거주하고 있어요. 저게 바로 옛 이슬람 거주 지역이에요. 사랑하는 백성과 추억과 사랑이 깃든 이 왕궁을 두고 떠나야 했던 보아브딜 왕의 마음이 조금이라도 느껴지시나요? 또 남아 있을 수밖에 없는 사람들의 마음은 어땠을까요? 언제까지나 그들이 사랑했던 왕조의 왕을 기억하며 저 언덕에서 이쪽 알함브라 궁전을 보며 눈물을 흘렸을까요? 저는 개인적인 생각이지만 떠나는 자보다 같이 떠날 수도, 가지 말라고, 말릴 수도 없는 남겨지는 자의 슬픔이 더 절절히 느껴집니다. 그라나다에 오면 늘 이렇게 향수에 젖는 이유는 우리 모두가 어쩌면 저 언덕 위에 남겨진 보아브딜 왕의 백성이 아닐까 싶어서입니다.

여러분은 어떤 사람들이 나를 기다리고 있나요? 어떤 사람들을 떠나보냈고, 남겨지는 자의 슬픔을 겪어보신 적은 있었나요? 다시 한국에 돌아가신다면 내 곁에 있는 사람들의 마음에 이베리아 남단의 이 온화한 바람을 그들의 가슴에 불어넣어주세요. 자, 그러면 지금부터 이 길을 따라 걸어나가서 주차장에서 이십 분 뒤에 뵙겠습니다."

푸른 오렌지가 매달려 있는 화단가에서 나는 그만 엎어질 뻔했다. 나를 버려두고 떠난 게 아니라 그들은 당당하게 그들의 길을 갔을 뿐이었다. 도리어 그들은 나를 남겨두고 떠난 사람들이 아니라 내가 버려두다시피 한 사람들이었다. 내 눈앞이 부옇게 흐려졌다. 이제 나만 남았다. 일산의 아파트에 돌아가면 이제 내가 남는 자의 자리에 앉을 것이다.

나는 무엇을 견뎌내야 할까. 어디서부터 다시 시작해야 할까. 우리 모두 남겨지는 자도 남는 자도 아닌 자신의 자리를 스스로 만들어야 할 뿐이라는 사실이 붉게 핀 넝쿨꽃처럼 퍼져 나갔다.

버스를 타고 도착한 곳은 멀리 붉은 성이 보이는 도시의 작은 호텔이었다. 창문을 열자 넓은 마당 한가운데에 있는 분수에서 물 흐르는 소리가 시원하게 들려왔다. 오늘은 김 가이드와 같은 방을 쓰기로 했다. 여행 중 방을 배정할 때 가끔씩 있는 일이었기에 굳이 일인실을 고집하지도 않았다.

이른 저녁을 먹는 자리에서 테이블을 같이 사용한 여고동창생팀 중에서 마트에 같이 가지 않겠느냐고 물어왔다. 와인과 과일을 사러간다고 했다. 여행을 한 이후 저녁 시간 이후에는 한국에서 가져온 최명희의 『혼불』을 읽고 있었다. 텅 빈 궁전을 바라보며 낡아가는 고택에서 일어나는 여인들의 이야기를 읽는 기분이란 어떤 것일까, 하는 마음으로 책 속으로 빠져들어 갈 생각이었다. 하지만 오늘은 책도 보고 싶지 않았다. 얼른 백을 들고 따라나섰다. 밝게 단장한 단층집들을 지나 천천히 주택가를 따라서 모퉁이를 돌고 작은 분수 로터리를 돌아서 마트에 도착해서는 작은 치즈와 포도 한 송이, 그리고 글을 몰라 맛도 모르는 포도주 한 병을 대충 골랐다.

침실의 커튼은 살랑거리고 호텔 분수대의 물소리는 토레가의 기타음처럼 들려왔다. 창 너머 멀리 붉은 성의 실루엣이 보이고 그 너머로 눈 덮인 시에라 산맥이 눈에 잡힐 듯 그려졌다. 알코올의 힘이 필요한 밤이었다. 검붉은 포도주는 뒷맛이 떨떠름했다. 한국에서 즐겨먹던 달달한 포도주가 아니었다. 이것도 이국의 맛이겠지 싶어 한 잔 가득 따라 마셨다. 술기운이 돌자 가슴에서부터 먹먹한 뭔가가 차올라왔다.

도대체 이 기분은 뭐지, 싶었다. 여행 전에 따라다니는 기분과는 또 다른 느낌이었다. 알코올의 힘이라도 빌려서 알고 싶은 것들이었다.

"무슨 생각을 그렇게 골똘하게 하세요?"

욕실에서 나오던 김 가이드가 지나가듯 물었다.

"모르겠어요. 그냥 갑갑하네요."

김 가이드가 의아하게 쳐다봤다.

"그래요? 그러면 같이 바람 쐬러 갈래요? 이건 공식적인 행사가 아닌 개인적인 스케줄인데."

"어디든지 가요."

그녀는 물끄러미 나를 바라보다 지갑을 챙겨 앞장선다. 나도 얼른 가방을 챙겨 그녀를 뒤따랐다. 호텔 라운지에서 택시를 불러 타고 10분 만에 도착한 곳은 알함브라 궁전이 건너다 보이는 사크라몬테 언덕 중간지역에 위치한 동굴 집이었다. '꾸에바'라고 불리는 집시들의 집이라고 설명한 곳이었다. 그 동굴 집들 중의 한 곳으로 향했다. 하얀 칠이 되어 있는 곳에 나무문이 열려 있었다. 어두컴컴할 것이라고 생각했는데 긴 동굴 안에 불은 켜져 있고 중앙 통로는 비어 있어 동굴은 깊어 보였다. 동굴 벽 쪽으로는 왼쪽과 오른쪽에 긴 장의자가 자리잡고 있었다.

동굴은 작은 소극장이었다. 흰 색으로 칠해진 아치형의 동굴 내부에는 온통 춤을 추는 여인의 사진과 청동으로 된 모형들로 장식되어 있었다. 어수선하게 보이는 게 더 어울리는 분위기였다. 사진 속의 인물들은 과거의 인물이었고 흑백의 얼굴들이었다. 춤을 추는 무희의 사진과 가족사진, 그리고 알 수 없는 인물들의 사진들로 온통 채워져 있었다. 오래 전 그녀들도 춤을 추었고 지금도 그녀들의 자손들은 이 자리에서 여전히 춤을 추고 있었다.

조용히 오른쪽 장의자에 앉았다. 각국에서 온 여행객들이 이미 자리하고 있어 문 쪽 가까운 곳에 자리했다. 옆 사람의 엉덩이의 체온이 고스란히 느껴질 만큼 가깝게 앉아야만 했다. 내가 앉은 이곳이 바로 수백 년간 떠돌이로 살며 그 어디서도 환영받지 못했던 서글픈 집시들의 정착지이자 오늘 밤 플라멩코 공연이 펼쳐질 특별한 공연장이었다. 떠나오면서 알함브라 궁전에 대한 생각만 꽉 차 있었지 공연에 대한 어떤 기대도 지식도 갖고 있지 않았다. 그냥 스케줄 따라 움직이는 게 전부인 여행이었다.

"기대해도 좋아요."

그녀는 낮게 내 쪽으로 몸을 기울이며 속삭였다.

"가끔씩 울고 싶을 때 이곳에 와요. 속풀이 굿이라도 한 판 한 듯 내 영혼이 개운해지거든요."

나도 그러기를 바란다. 벌집처럼 무수한 방을 갖고 있는 내 속의 알 수 없는 어떤 무게가 개운하게 씻어나갔으면 좋겠다. 울고 싶을 때 누군가가 나를 맵게 때려주기를 기다리는 마음처럼 기다렸다. 몸집이 비대한 이국의 여인이 내 옆으로 와서 앉는다. 그녀는 나에게 가볍게 인사를 건넨다. 나는 어색한 미소를 지으며 자리를 조금 더 내어주는 것으로 그녀의 인사에 화답했다. 웅성거리며 자리를 잡던 관객들이 조용해지자 기타를 든 남자와 또 한 남자가 중앙에 자리를 잡는다. 뒤쪽 문에서 빨간 드레스를 입고 머리에 빨간 꽃을 꽂은 여인이 걸어나왔다. 오늘밤 우리에게 공연을 보여줄 주인공들이었다. 어떤 신호처럼 그녀의 긴 손끝이 허공을 향하자 낮은 기타음 하나가 튕겨나오듯 동굴 안을 감싸돌았다.

드디어 공연이 시작됐다.

그녀는 날씬하지도, 그렇다고 뚱뚱하지도 않는 몸매의 소유자였다. 그다지 미인도 아니었다. 붉은 립스틱을 짙게 바르고 검은 머리를 올백으로 넘긴 스타일에 긴 드레스 자락을 휘감으며 중앙 통로를 걸어나왔다. 그녀가 일으키는 알 수 없는 분위기가 동굴의 공기를 서늘하게 만드는지 내 등허리를 타고 전율이 빠르게 지나갔다.

기타 소리는 〈알함브라 궁전의 추억〉보다 더 처량하게 들려온다. 세상에서 가장 처량한 기타 연주에 맞춘 끝이 보이지 않을 만큼 깊고 깊은 우물 속에서 길어온 듯 호소에 가까운 노래를 늙은 남자가 불렀다. 그건 노래라기보다 처절하고도 안타까운 하소연에 가까운 거였다. 이게 뭐야, 싶었다. 내가 기대했던 건 이런 공연이 아니었다. 내 갑갑한 마음에 더 갑갑한 장소에서 더 갑갑한 노래를 듣다니, 나는 이게 아니지 않느냐고 항의하듯 슬그머니 김 가이드를 바라봤다. 그녀는 이미 공연에 깊숙하게 빠져들어가 있었다. 몸의 힘을 모두 빼고 눈동자의 힘마저 텅 빈 몸으로 노래 속을 헤매고 있었다. 붉은 드레스 자락을 들고 검은 하이힐을 구르며 춤을 추는 것인지 어떤 이야기를 하는 것인지 모를 표현은 몸의 발악이자 저항 같았다.

춤이란 건 흥에 겨워 기분 좋게 추는 행위로만 알고 있었다. 그런데 내 앞에서 세상의 모든 고뇌란 고뇌를 모두 짊어지고 있다는 듯 두 눈썹이 한 곳으로 모이고 얼굴 가득 수심에 젖어 춤에 열중하는 그녀는 너무나 불편했다. 그녀의 빨간 드레스 자락이 허공의 공기를 끌어모아 가르듯 지나갔다. 그녀가 지나가는 공기는 그녀에게 매료된 듯 그녀의 둘레를 빠르게 다시 감싸고 있다. 다가갈 듯 멀어지는 그녀의 춤은 간절한 뭔가를 다 표현하지 못하고 끝났다.

이어지는 공연은 그녀의 파트너인 남자의 공연이었다. 검은 와이셔츠와 검은 바지에 검은 곱슬머리를 단발에 가깝게 기른 마른 집시 풍의 남자였다. 온몸으로 그의 고통을 표현하는 것은 앞선 공연보다 더 한층 불편한, 슬픈 아름다움이 느껴지는 쪽이었다. 남자의 쥐어짜내는 듯, 고통으로 얼룩진 얼굴과 몸짓에서 어떤 기미가 묻어두었던 무언가를 툭툭 건들기 시작했다. 욕정에 가까운 느낌마저 들게 한 남자의 춤은 휘둘리는 나를 계속 부추겼다. 서서히 발바닥부터 올라오는 미세한 전율의 흐름이 느껴졌다. 어떤 신기루를 찾듯, 나의 세포들이 남자를 향해 서서히 일어나기 시작했다.

남자는 여자의 손을 이끌고 나왔다. 이제 두 남녀의 공연이 시작되었다. 오늘의 하이라이트 공연이었다. 그들은 솔로 공연 때보다 더욱 풍성한 공기의 흐름을 만들어냈다. 그들이 지나갈 때마다 다가오는 공기는 달았다. 그들로 인해 데워진 공기가 내 뺨에 와닿자 여태껏 한 번도 느껴보지 못했던 신기한 감정이 일어났다. 뭉클 슬펐다가, 한없이 애달

팠다가, 가끔은 억울한 것 같기도 하고, 또 짧은 순간 벅찬 희열에 온몸이 부르르 떨려왔다. 그들의 춤과 노래의 파장은 고스란히 내 몸속으로 밀려 들어왔다.

김 가이드의 말대로 내 마음이 가는 곳으로 내버려둘 수밖에 없었다. 내 숨결 갈피마다 숨겨두었던 모든 상처와 아픔들이 떠들고 일어났다. 그건 어찌해볼 수 없는 불가한 일이었다. 그들의 춤은 이미 이쪽에서 어찌해볼 수 없는 곳으로 나를 데려다놓았다. 사는 일에만 골몰했던 내가 이토록 움직이는 감정의 변화를 느낀 게 언제였는지 기억조차 나지 않았다. 그들이 내뱉는 가사를 알아들을 수도 심연의 표정을 정확히 읽을 수도 없었지만 내 마음이 고스란히 받아들이는 것은 느낄 수 있었다. 공연자의 뒷목을 타고 흐르는 땀방울과 까만 눈동자 깊숙이까지 바라볼 수 있는 공감의 힘은 좁은 동굴 공연장이기에 가능한 것이었다.

내 등허리를 타고 더운 열기가 치밀고 올라오는 게 느껴졌다. 그들의 춤이 나의 깊은 곳에 있는 것들을 모두 끌어올려주는 것 같았다. 사는 게 그런 것이라고 묻어둔 아픔을 온몸으로 표출하는 집시들의 몸짓이 아무도 모르게, 나조차도 몰랐던 감정의 무덤을 파헤쳐버린 것이다.

숨기지 말라고, 다 안다고 그 동안 어떻게 살아왔는지 이 고통스런 춤이 다 말하지 않느냐고 그들은 대놓고 내게 말하고 있었다. 그들의 가쁜 호흡을 따라 공연이 막바지로 치닫자 더 이상 내 눈과 내 호흡으로는 쫓아갈 수도 없을 정도로 빨라지는 격정적인 스텝이 이어졌다. 춤을 추며 고통으로 일그러지는 그들의 호흡이 내 심장의 피돌기를 가쁘게 상승곡선으로 치닫게 한다. 조금 더, 조금 더, 내 몸은 절정을 찾듯 그렇게 흥분에 휘둘리고 있었다.

애타는 바람이 최고조인 순간 그만 탁, 멈췄다. 두 사람의 춤도 음악도 모두 멈췄다. 그냥 그들은 모든 걸 놓아버렸다. 일순간의 정적이 동굴 안에 감돌았다. 그렇게 격렬하게 나를 몰아붙이던 춤과 노래와 음들이 어디로 숨은 것인지 돌연 자취를 감춰버렸다.

그 순간, 어이없게도 숨 가쁜 정적 속에서 누가 볼까 속으로만 삼켰던 나의 오랜 울음이 그만 툭, 터져버렸다. 희열인지 고통인지 모를 눈물이었다. 저 밑에서부터 올라오는 물질이었다. 기다렸다는 듯이 그동안 꾹꾹 눌러두었던 모든 것들이 오늘 보았던 여름궁전의 분수처럼 쉼없이 쏟아져 내렸다.

더 이상 안 그런 척, 괜찮은 척, 숨길 필요 없다고 쏟아지는 내 눈물이 그렇게 말해주고 있었다. 흐르는 눈물을 닦을 엄두도 못 내었다. 창피하다고 느껴지지도 않았다. 그냥 내 마음이 하는 대로 가만히 내버려두었다. 저렇게 격렬하게 춤을 추다 멈추는 시간처럼 나도 지금 그 시간을 지나가고 있다고, 그러니 숨기지 말고 다 토해내라고 다독여줄 뿐이었다.

옆자리의 낯선 이국의 여인이 손수건을 꺼내 슬그머니 건넸다. 사람은 다 똑같다고, 어디에 살든 누구나 다 그런 것이라는 듯, 미소를 지으며 건네는 자잘한 꽃무늬가 수놓인 손수건이 희고도 고왔다.

짧은 정적이 끝나고 다시 공연이 시작되었다. 그녀의 스텝과 몸의 움직임이 유순해졌다.

우리 집에 가고 싶어.

낮은 웅얼거림이 들렸다. 내가 헛소리를 했나 싶어 둘러보니 옆자리
김 가이드의 목소리였다. 먼 곳을 응시하고 있는 그녀의 눈빛도 젖어
있었다. 그녀가 말한 집이 어떤 집인지 정확히 모르겠지만 나의 집이
아닌 우리 집이라고 한 것은 분명했다.

어쩌면 그녀와 나는 마음속 저 깊은 곳에 붉은 성 하나씩을 숨겨두고
있었는지 모르겠다. 나의 눈에서 문득 불꽃이 인 것은 착각일까.

동굴의 문을 나서자 건너편 붉은 성의 희미한 불빛이 길을 밝히는 가
로등처럼 서 있다. 옛 영화만 가득한 고성에서 그들이 새겨 놓은 아라
베스크 무늬처럼, 내 마음에 세세하게 수놓아져 있는 것들이 이제야 희
미하게 보이기 시작한다.

오늘밤에는 먼 일산의 내 아파트에도 작은 불빛이 하나 피어났으면
좋겠다.

그랬으면……. 정말 그랬으면 좋겠다.

내 어깨를 감싸안는 그녀의 체온이 따뜻하다. 잠시 그 온기에 기대어
어둠 속에서 뒤척이는 붉은 성을 가만히 토닥여준다.

저 푸른 뿔을 보라

아파트 상가에 있는 행복부동산 문 앞에 서면 윤은 시간부터 확인한다. 청색 바탕에 노란색으로 새겨진 간판은 호두나무 커피숍과 만복떡집과 두 개의 치킨집과 스무 개가 넘는 간판들과 함께 무뚝뚝한 회색건물 벽에 꽉 붙잡혀 있다. 언제부터인지 임차인의 역할을 인식시켜주는 간판 앞에 서면 몇 분 앞이나 뒤라도 꼭 아홉 시 반이네, 이렇게 중얼거려진다. 아홉 시 반이라는 시간은 사무원인 남편에게는 사무적인 시간이고 사춘기의 아들 녀석은 하품으로 삼각함수를 푸는 시간일 것이다. 윤에게는 그 시각이 매도인과 매수인의 어떤 요구에도 응답할 자세가 되어 있는 시간이기도 하다.

안녕하세요.

매도인과 매수인 모두가 만족하는 거래를 위해 최선을 다하는 공인중개사입니다.

어떤 집을 원하세요? 말씀만 하시면 고객의 경제적 사정과 가족 구성원에 딱 맞는 집을 구해 드리겠습니다. 매도를 원하신다고요? 당연히 정든 집에 대한 가격도 흡족하게 맞춰드리지요. 재산증식을 위해 상가나 건물에 투자를 해보고 싶다고요? 그러시다면 잘 찾아오셨습니다. 현재 투자액에 맞춤한 물건을 얼마든지 보여드릴 수 있으니까요. 조용히 차 한 잔 하시면서 말씀 한 번 나눠볼까요?

아! 그리고 고객님께서 늘 민감하게 생각하는 수수료에 관한 것은요, 먼저 저랑 거래를 하시고 싶다면 단돈 천 원도 에누리가 없다는 점을 말씀 드리고 싶습니다. 고객님이 스스로 더 챙겨주는 경우를 만들면 만들지 정해진 수수료 가지고 이러쿵저러쿵 할 정도로 일하지 않는다는 것만 알아주셨으면 합니다.

찰칵.

인사말과 함께 열쇠가 돌아가고 손보다 먼저 가방을 멘 왼쪽 어깨에 힘이 실리자 두꺼운 유리문이 조용히 안쪽으로 밀린다. 콘크리트 사각 공간에 두 발을 들여놓는 순간 부유하는 희미한 먼지 속에 눅진한 기류가 장마철의 습기처럼 섞여 있다. 왼쪽 벽면부터 시작하여 오른쪽 벽면으로 공기의 흐름을 따라가다 멈칫했다. 시선과 숨결이 동시에 멈춘 곳은 오른쪽 회의용 테이블 위쪽 두 개의 브로마이드가 붙어 있는 곳이다.

어이없게도 아파트단지 배치도 브로마이드가 반이나 떨어져나가 축 처져 있는 게 아닌가. 얌전하게 제자리를 지키고 있는 도시 안내도와는 너무나 대조적이다. 순간 얕은 주름이 자리를 잡기 시작한 윤의 미간이 순식간에 빳빳하게 일어선다.

도대체 뭐야, 오늘 계약도 있는데.

신경 거슬린다는 듯이 발걸음에 힘이 실린다. 또박또박 걸어서 배치도 앞에 삐딱하게 선다. 시비를 걸어보는 사내애들처럼 손을 뻗어 처져 있는 브로마이드를 한 번 툭, 친다. 상대도 못 된다는 듯 맥없이 픽, 꼬꾸라진다.

무슨 징조일까. 언제부터라고 확신할 수는 없지만 계약이 있는 날이면 사무실 문을 열기 전부터 긴장이 되었다. 거미를 보면 희한하게도 계약이 잘 성사되더라는 부동산 소장도 있지만 윤은 사무실 문을 열고 들어설 때 맡아지는 공기의 흐름에 이미 느낌이 오는 것이다.

애써 덤덤한 척하고 있지만 오늘 계약은 이달 들어 첫 개시다. 그 동안 여러 가지 정치적 악재들로 인해 부동산 대책들이 묶여 있는 관계로 몇 달을 공치고 월세만 꼬박꼬박 조공 바치듯이 주인에게 보낸 것을 생각하면 예민한 신경이 거미줄처럼 뻗어나간다.

너에게도 강력한 밀착의 시간이 필요하단 말이지. 그 정도쯤은 간단하다. 자기의 자리는 스스로 지킬 때 빛나는 법이거늘 고밀착 초강력 접착제 하나면 끝날 일이다. 들고 있는 검은 토트백을 책상 위에 던지듯 올려놓는다.

휘청,

뭐 하는 짓이냐는 듯 흔들거리는 샤넬의 금빛 로고 두개가 경고음을 울린다. 조심하시라는 경고에 힘입어 신고 있는 장미문양의 벨벳 힐을 벗어 책상 밑에 나란히 두고 편안한 슬리퍼로 갈아 신는다. 몇 년 전 경기가 한참 좋을 때 신상품으로 산 얇은 미색 트렌치코트와 주황색 꽃무

늬 스카프도 얌전히 걸어둔다.

지금부터 시작이란 듯이 블라우스의 소맷단을 가볍게 접어올린다. 문구를 넣어두는 오른쪽 작은 서랍부터 연다. 포스트잇과 볼펜, 클립, 투명 테이프와 가위, 지우개는 있어도 본드는 보이지 않는다. 옆자리의 김 실장 서랍까지 열어보아도 마찬가지다. 분명히 사놓았다고 생각되는데 다 쓴 것인지 처음부터 없었는지 아무리 뒤져봐도 안 보인다. 개똥도 약에 쓰려면 없다더니, 쓴웃음이 새어나왔다. 압정이라도 있으면 임시방편이라도 어떻게 해볼 수 있겠는데 그것조차도 없다.

생명 없는 것들의 무례한 반란이라니.

한 발 물러서 허리춤에 손을 얹고 잠시 노려본다. 달리 뭘 할 수 있는 일도 없다. 딱 여기까지가 폼이 서는 짓이다. 김 실장이 출근하면 바로 해결될 일이기에 사소한 것에 힘 뺄 필요도 징크스에 뒤숭숭해 할 일도 아니었다. 투명 테이프를 길게 찢어 대충 붙여두었다. 이 분위기를 바꿀 환기가 필요해 사무실 앞문을 활짝 연다.

바깥은 초봄답게 공기의 흐름이 유순해져 있다. 산바람이 건들건들 불어오는 게 이웃집 화분이 얼굴 내밀기에는 그저 그만인 봄 날씨였다. 키만 멀대같이 큰 화분을 차례대로 문 밖으로 내놓는다. 몇 해 전 개업 때 지인들이 보내온 부자 되세요, 라고 적힌 리본을 달고 온 벤자민과 잎 넓은 야자나무 분들이다. 출근 도장을 찍다시피 하는 아파트 여사님들이 보내온 화분의 메시지는 본인이 부자 되고 싶다는 무언의 압력으로 느껴졌다.

"어머나! 소장님 화분은 어떻게 이리도 이파리가 윤기가 흐르노, 우리 집 화분은 남향 베란다에 앉았는데도 시들시들한데 말이야."

어제 들른 갈빗집 박 여사가 호들갑스럽게 말했었다.

"소장님 나무는 손길만 스쳐도 잎들이 일어서겠지."

"그럼 우리집 것들은 홀랑 벗고 있어도 안 선다는 그 말씀이요?"

김 교장 사모님의 농담에 박 여사의 문신한 검은 눈썹이 발끈했다.

"박 여사, 자네하고 소장님하고는 격이 다르다는 것을 알아야지."

"하긴 뭐……. 남자 서너 명은 거뜬하게 해치우고도 남을 기세지."

순간 김 교장 사모님이 갈빗집 박 여사의 옆구리를 쿡, 찌른다.

"아, 왜에……. 말이 그렇다는 거지. 윤 소장, 물건 좋은 거 나온 거 있
나? 전세 안고 살 수 있는 작은 평수 말이다."

착 감기듯 다가오며 무안함을 덮어버리는 박 여사의 저 넉살은 타고
난 성품 더하기에 세월이 가르쳐준 체세면허증일 것이다. 윤이 사두라
고 해서 작은 평수 하나 사서 한 이 년 전세 놓았다가 되팔아서 삼천만
원 손에 쥐어준 게 육 개월 전이다. 갑으로 모실 만한 짓을 확실하게 해
주었다. 안타 치는 김에 홈런까지 만들어줄까도 싶었지만 섣불리 기대
를 갖게 하거나 괜한 언질은 소문만 키우기에 관뒀다. 천천히 기다림의
처세를 배우면서 시절인연이 되면 그때 안겨줘도 영원히 갑으로 모실
것이다.

"좀 기다리세요. 하나 나올 것 같으니까요."

짧게 대답하고 여운은 길게 둔다. 이것이 고객관리의 핵심 포인트이
며 고객의 발길을 기쁘게 하는 중개사의 덕목인 것이다.

화분이 밖에 있다는 것은 윤의 업무가 시작된다는 뜻이기도 하다. 먼지 묻은 잎을 닦고 있는데 사무실 전화벨이 다급하게 울린다. 기다림의 미덕을 전화선 너머 누군가에게도 필요한 덕목임을 좀 가르쳐 드려야겠기에 하던 일을 끝까지 마무리했다. 벨소리가 다급을 넘어 자기 성질에 깜빡 넘어갈 지경에서야 부름에 응답했다.

"네, 행복부동산입니다."

"……."

"여보세요."

"……."

전화는 머뭇거리는 낮은 숨소리만 고요히 들려준 뒤 툭, 하고 끊어져 버린다. 몇 분은 아니고 몇 십 초는 되었다. 폰섹스라고 하기에는 지나치고 잘못 걸려온 전화치고는 미심쩍다. 분명히 이쪽의 상호를 말하지 않았느냐 말이다. 윤의 접대용 목소리는 상당히 리드미컬한 쪽이라 다들 들어줄 만하다고들 하는데, 예의상이라도 잘못 걸었다고 말하든지 아니면 바로 끊으면 될 것 아닌가? 무엇 때문에 한참이나 듣고 있다가 끊는지 들려오는 숨결에서 무슨 궁금함을 찾아내기라도 하겠다는 속셈인지 모를 일이었다.

그러고 보니 잘못 걸려온 전화는 꼭 이 시간쯤이었다. 혹시 이 전화를 은근히 신경 쓰고 있었던 것일까? 몇 번인지는 정확히 모르겠지만 어쨌든 이 시간 즈음이라는 것은 확실하다. 요 몇 달 사이 주기적으로 이런 전화를 받은 것 같다. 김 실장이 받은 것까지 포함한다면 꽤 된다. 의심의 그늘이 역류하는 하수구 냄새처럼 스며든다. 정체 모를 습기는 아파트 안내도를 거쳐 윤의 자잘한 비밀의 문까지 녹진하게 녹일 것 같다. 장난전화가 자꾸 걸려오는 것으로 보아 김 실장 말대로 어떤 한가하신 인간의 번호인지 발신자번호표시가 되는 서비스를 신청해야 하나, 아니지 발신자 번호가 뜨는 전화기를 바꾸면 될 일이다. 그러면 가전마트까지 다녀와야 한다는 소리인데 사무실을 비워둘 수도 없고 오늘 따라 김 실장의 부재가 크게 느껴진다.

달달한 것이 급하게 당겼다. 싱크대 쪽으로 다가가 원두 커피를 내리려다 그만두었다. 일회용 커피 두 봉지를 뜯어 머그잔에 쏟고 정수기에서 따뜻한 물을 받아 가득 채운다. 이 시대 최고의 미인이 속삭이듯 마시자는데 어떻게 안 넘어갈 수 있느냐면서 김 실장이 삼거리 대형마트에서 사온 커피였다. 달콤한 커피향이 은은하게 퍼진다.

흠흠…….

역시 미인이 유혹하는 커피는 실망시키지 않는다. 한참이나 입안을 달달하게 달구더니 전신을 들큰하게 물들여주는 센스까지 있었다. 곤두선 신경이 몰캉몰캉해지면서 카페인의 위대함에 온순하게 길들여졌으니 이제 자리에 앉아야 할 순서다. 얇은 면 블라우스에 사무실에서 걸치는 카디건만 걸쳤더니 3월의 끝자락인데도 실내는 썰렁하다. 윤은 잊었다는 듯이 전기난로의 버튼을 급하게 누른다. 버튼을 누른 손가락을 그대로 컴퓨터의 전원 스위치 쪽으로 옮겼다.

요즘의 아파트 시세만큼 변덕 심한 것은 아직까지 만나보지 못했다. 하룻밤 사이에도 몇 백씩 널뛰기를 하는 시세를 아파트 매매 사이트에서 확인한다. 일주일에 한 번 지역신문이기는 하지만 주기적으로 아파트 가격을 올리고 있는 윤으로서는 정보에 더 민감할 수밖에 없다. 두 개의 중앙지와 지방신문까지 부동산과 연관되는 칼럼은 모조리 찾아서 읽는 것도 잊지 않는다. 맹목적인 직업적 습관이기도 했지만 무엇보다도 실수를 줄이는 확실한 방법이기도 했다.

이런 노력 덕분인지는 몰라도 윤은 이웃 도시의 전문대학 부동산학과의 시간강사 자리를 지난 학기에 이어 이번 학기도 맡게 되었다. 전공 분야도 아니고 일반적인 교양과목 정도의 실무적인 수업이었다. 별 어려움 없는 백 프로 현장경험에 의한 수업이라 다양한 예를 들면 그만이었는데도 늘 부족함이 들어 어디든지 배울 수만 있다면 배우기를 주저하지 않는다.

"자기는 부지런하기도 하지. 언제 저 능구렁이 영감을 구워삶았을까?"

올 초 신년 인사차원의 협회 모임 식사자리에서 옆 부동산의 돌싱녀 민 소장이 윤의 귀에 대고 속삭였다. 글쎄, 협회장이 능구렁이 영감이라는 말씀에는 동감이지만 80kg 거구를 구워삶을 만큼의 큰 냄비가 내겐 없다고 말하려다 관두었다. 다들 식사자리에서는 윤 소장 정도면 강의해도 손색이 없다고들 하는데 우리의 회원 민 소장은 입으로 동의할지는 몰라도 가슴으로는 전혀 동의하지 않는다는 말씀이다. 윤은 민 소장의 귀에 대고 이렇게 속삭여주고 싶었다.

민 소장, 너는 꼭 손에 쥐어줘야만 아니? 우리나라 명절의 의미를 하나만 알고 둘은 모르지? 학교 다닐 때 꼭 암기과목만 한 애들이 이래요.

창의력이 없으니 눈치도 없다는 거지. 명절의 폭 넓은 의미를 알아야 한다는 말씀이야. 조상 섬기기와 친지들에게 얼굴도장 찍어주는 게 다가 아니라는 거지. 두루두루 인사들 하라고 연휴까지 있는 것 아니겠어? 아직까지 필이 안 와? 그럴 거야. 상상력이라고는 흑설탕 부스러기만큼도 안 되니 늘 계약 마지막 단계에서 엎어져버리지. 요 앞전 그 계약도 부부부동산에 뺏겼다며? 그러니 징징대지만 말고 좀 눈치 있게 잘하라는 뜻이야.

하나를 얻으면 또 다른 하나는 포기하는 것이 세상사는 이치라고, 민소장 입으로 나불거려놓고는 기억에도 없나 보지. 질투할 걸 해야지. 라이벌도 안 되는 주제에 라이벌을 느끼는 민 소장 입장에선 인정하고 싶지 않겠지만 지금의 윤이 이렇게 자리를 잡기까지는 만만치 않은 수업을 혹독하게 받은 시간들이 있었다.

부동산중개사 자격증을 따게 된 계기는 고향의 선배 언니 때문이었다. 아이 간식을 사러 마트에 들렀다가 거의 10년 만에 만난 선배는 부동산중개사라는 명함을 당당하게 건네주었다. 명함이 없는 여자와 있는 여자의 차이를 따져볼 것도 없었다. 차려입은 옷차림에서 말투에서 이미 판가름이 났다. 따기만 하면 엄청 돈을 잘 번다는 말에 마음이 혹, 했다. 직감이 꼴까닥 넘어가며 어디 한 번 해봐, 에서 당장 해야 된다는 충동을 부추겼다. 앞뒤 잴 것도 없이 선배를 통해 알게 된 정보만 믿고 고시학원에 다닌 지 일 년 만에 자격증을 손에 쥘 수 있었다.

당장 실무를 익혀 기차게 돈을 벌고 싶었다. 실무경험이 중요한 일이었기에 먼저 자격증을 따고 영업을 하고 있던 선배 소장 밑에 들어가 월급 없는 실장 노릇부터 했다. 공교롭게도 그 지역이 재개발지역이라 하룻밤 사이 주택과 아파트 가격이 시시각각 변하다 보니 본의 아니게 손해를 입히게 되는 때도 있었다.

당신들 말 듣고 아파트 팔아서 손해봤다며 외출 중인 소장대신 붉게 충혈된 눈으로 멱살을 잡던 남자의 완강한 힘을 느끼면 지금도 목이 뻣뻣해져 온다. 기차게 돈 버는 대신 기차게 신고식부터 치렀던 것이다. 오만 정이 다 떨어지다가도 여기서 물러서면 지는 것이다 싶어 오기로 버텼다. 누가 시키지 않아도 커피 타고 서류 정리하고 때 되면 밥솥에 밥 안치고 먼저 출근해서 문 열고 청소하고 그렇게 하니 어렴풋하게나마 뭐가 뭔지 파악이 되고 고객에 대한 두려움도 좀 사그라지는 것 같았다. 계약은 많지 않았지만 은행 대출 건과 세입자와의 이사 날짜와 자잘한 뒷정리 업무까지 익혔다.

그러다가 결혼 7년 만에 장만한 아파트가 새로 입주하는 아파트단지였다. 아이의 학군도 괜찮고 공원이나 운동장까지 부대시설도 잘 갖춰져 있었기에 망설일 것도 없이 상가의 작은 평수를 세내어 부동산 사무실을 오픈 했었다.

'행복부동산' 이름으로 간판을 단 지도 벌써 6년이나 되었다. 공단지역을 끼고 있어 이동이 잦은 관계로 3,000세대의 아파트단지 내에 아파트 중개사무소가 다섯 곳이나 몰려 있다. 강 사장이 제일 먼저 개업했고 다음이 윤이었다. 윤의 뒤를 이어 돌싱녀 민 소장이 들어왔고 부부가 같이 운영하는 부부부동산이 가장 늦게 합류했다. 자매들이 하는 부동산은 작년 말에 개업을 한 신출내기들이다.

강 사장이야 원래 아버지 때부터 시내에서 부동산업에 종사했고 또 스스로가 이쪽으로는 꾼이었다. 다양한 물건을 다량 보유하고 있어 확실히 다른 부동산보다 돋보였다. 토지와 건물매매가 전문분야이기에 잔잔한 아파트 소개는 잔챙이들이나 하소서, 였다. 국가의 경제발전에 이 한 몸 바친다는 그 사명감으로 이번에도 열을 올리는 곳이 신개발지역이라 재미를 많이 본 모양이다. 상가 정도는 가끔씩 공동으로 매매를 해봐서 알지만 업무에서나 돈 계산은 잘난 척하는 만큼 깔끔했다. 그런 점이 괜찮아서 가끔씩 인사하는 목록에 넣어두고 모른 체하지는 않는다. 나머지 이웃 소장들과도 일과 연관되지 않으면 굳이 기웃거리지 않는다. 입방아 찧지 않아도 내 앞길 내가 잘 닦을 수 있다는 말이다.

인터넷 사이트 국토개발부에 들어가 실시간으로 이루어지는 아파트 가격시세를 확인하고 난 뒤, 지역의 부동산 사이트에 들어가 이웃 부동산 사무실에서 거래된 아파트 시세까지 확인한다. 거래한 부동산 이름을 보니 부부부동산이고 거래금액도 최고로 잘 받아준 것 같다. 역시 부부합심으로 해서인지 지금까지 우리 단지에서 제일 실적이 좋다. 조금 조바심이 인다.

도시의 전체 구역에서 올린 아파트 매매가격을 보니 작년보다 확실히 가격이 상승세를 타는 분위기다. 이웃 신도시와 세 개 시가 통합설이 나도는 관계로 아파트 가격이 계속 상한가를 치고 있다. 수수료 받아서 먹고 산다기보다는 사무실 유지한다는 것이 맞는 말이고, 급매로 나오는 물량 잡아서 한 이 년 전세 주었다가 가격 오르면 되팔아서 수입 챙기는 게 진짜 수입이다. 그 동안 바닥을 쳤으니 오르는 건 당연지사다. 따지고 보면 인생사나 부동산 가격이나 어쩌면 이렇게도 사이클이 같은지 돗자리 깔고 앉지 않아도 알 것 같다.

이사나 발령으로 급한 고객들 빼고는 눈치 빠른 중개인들은 혹시나 싶어 물건을 거두어들이고 있는 눈치다. 거래로 이어지지 않았는데도 매매로 낸 아파트 물량이 나날이 숫자가 줄어드는 게 그 증거이다. 가격이 오르면 중개사들이 가격 올려놓는다고 다들 야단이지만 살던 집 가격 오른 것이나 사고 싶은 집 비싼 거나 같은 상황이다. 그래도 사람 마음이 그렇지 않다는 말이다. 내 집은 비싸게 팔고 싶고 사고 싶은 집은 시세보다 좀 다운된 가격이어야만 만족한다. 그래서 늘 좋은 매매였다고 하는 것은 양쪽 다 만족시켜 주었을 때 하는 말이다. 프로란 아무나 되는 게 아니다. 이런 점이 늘 어려운 숙제이기에 오로지 성심성의껏 임할 뿐이다.

곧 크게 한 방 터진다고들 하지만 매매건수를 확인해보니 별 다른 진전은 없다. 아무리 세 개 시의 통합설이 나돌아도 부동산거래에 활기가 돌 정도의 특단의 조치가 내려지지 않으면 몇 년간의 침체기가 쉽게 돌아서지 않을 것 같다. 취득세라도 몇 프로 내리면 들불처럼 일어날 거래들인데 뭔 일인지 대선 때의 공약들은 잠자는 숲속의 공주가 된 모양들이다.

김 실장의 출근이 왜 이렇게 늦지 싶어 책상달력을 바라보다 동그라미 칠한 오늘의 날짜에 학교공개수업이라고 적혀 있다. 그렇군. 오늘 김 실장은 초등학생인 아들의 공개수업에 참여한다고 했다. 그러면 점심시간이 훨씬 지나야 얼굴을 볼 수 있다는 뜻이다. 김 실장의 성격으로 보아 또래 엄마들과 점심을 먹으면서 별별 수다를 다 늘어놓고 있을 것이다. 기대하지 않는 게 편하다. 윤은 일어나 빈 컵을 싱크대로 가져가다 문득 잊었다는 듯이 사무실 뒤쪽 창가의 내려져 있는 버티컬을 급히 올렸다.

그대로였다. 그대로인 게 다행이었다. 여전히 어미 고양이와 새끼 고양이 네 마리가 폐자재 밑의 좁은 틈새에서 놀고 있었다. 가족이라면 저래야지. 저렇게 좁은 틈바구니에서도 서로 온기를 나눌 수 있으면 된다. 넓은 집에 살아봐도 별 수도 없다. 아이들 커서 대학 가고 취업해서 집 떠나면 그 넓은 집이 강아지나 키우는 수준으로 변해버린다. 그런데도 넓은 평수 옮기려고 그렇게도 기를 쓰고 덤비니 먹고 살려면 장동건 집이라도 보여달라면 보여줄 수는 있겠지만 마뜩치 않는 것은 사실이다.

다 같이 살아보겠다고 꿈틀거리는 고양이 가족을 보니 흐뭇해진다. 저곳의 고양이 가족들이야말로 진짜 집을 가질 자격이 있어 보인다. 그래서 생각날 때마다 들여다본다. 아파트 담보대출 받아서 작은 평수 하나 사서 그저 집값 오를 때만 학수고대하는 여사님들에게 저렇게 살 비비며 지내는 고양이 가족들을 한 번 보여주고 싶다.

집이란 것은 크기에 상관없이 가족들과 부대끼면서 자고 먹고 복작거리며 사는 집이 진짜 집이라고.

가수 남진이 노래한 '저 푸른 초원 위에 그림 같은 집'은 말 그대로 그림 속의 집이다. 은행빚 잔뜩 내어서 집 사서 이자 내고 집값 오를 날만 기다리는 당신에겐 미안한 일이지만 저 푸른 초원 위의 집은 성깔이 더러워서 아무에게나 학군 좋고 집값은 해마다 오르는 그 집을 선뜻 내주지 않는다는 말씀이다. 사람이 집을 고르는 세상이 아니고 집이 주인을 선택하는 세상이다.

폐자재 더미 속의 고양이 가족을 발견한 것은 한 달 전이었다. 삼월이 시작되고 사무실 뒤쪽 우듬지에 핀 개나리가 궁금해서 겨우내 내려놓았던 버티컬을 올리자 윤의 시야에 들어온 것은 노란 개나리가 아니었다. 어미 고양이와 태어난 지 얼마 되지 않은 새끼 고양이들이었다. 출산을 해서인지 털이 수세미처럼 엉키고 살이 빠져 뼈마디가 다 드러난 어미가 새끼들의 장난질을 온몸으로 받아주고 있었다.

"어머! 뭔 길고양이들이람."

놀란 윤의 입에서 길고양이라는 말이 불쑥 튀어나왔다. 점심을 먹은 직후라 나른해 있던 김 실장도 창가로 다가와서는 같이 내다봤다.

"세상에, 저런 곳에서 새끼를 낳다니. 하긴, 생각 없는 것들은 아무 데서나 새끼를 내지르지. 화단이나 상가 화장실이나."

김 실장의 삐딱한 말투가 주인을 만난 듯 거칠어진다.

"비교할 걸 해야지. 저건 고양이잖아."

"아무 데서나 내질러 놓는 건 똑같잖아요."

김 실장의 저런 태도는 이해하고도 남는다. 그때의 충격에서 쉽게 벗어나지지 않는 모양이다.

"그래도 저건 새끼들을 버리지는 않았네."

저것이라고 김 실장이 턱짓으로 가리키는 것은 어미 고양이였다. 유리창 너머인데도 사람들의 눈길을 받자 어미 고양이는 졸음에 겨운 눈에서 순식간에 경계의 태세를 갖추었다. 장난을 치는 새끼들을 몰아 어둑신한 폐자재 구석진 곳으로 숨어버렸다.

"미친 잡것들."

김 실장이 내뱉는 욕설은 그날의 사건을 두고 하는 말이었다.

석 달 전이었다. 상가 화장실에서 낳은 지 채 몇 시간도 되지 않는 신생아를 화장실에 간 김 실장이 발견했다. 구정 앞이라서인지 손끝이 아릴 만큼 추운 날이었다. 월초에 계약 건수가 없어 조바심이 날쯤에 작은 평수의 전세를 원하는 신혼부부 고객이 찾아들었다. 의논 끝에 전세보다 급매물이 나온 게 있어 대출 조금 끼고 사두라고 해서 겨우 매매가 성사되었었다. 설 쇠고 바로 입주한다는 조건이라서 오전 중에 계약을 하기로 되어 있었다. 출근과 동시에 매도인과 매수인이 들어섰고 잔금과 대출 서류 담당인 농협의 김 과장과 법무사 고 실장도 때맞춰 와서 깔끔하게 계약을 끝낼 수 있었다.

손님들이 떠나고 한숨 돌리고 난 뒤 화장실에 다녀온 김 실장이 혼비백산한 얼굴로 사무실로 뛰어들어왔다. 더듬거리기까지 하며 윤의 손을 끌고 무작정 일층 상가의 공동화장실로 향했다.

"저기요. 저기."

문을 열고 들여다보라는 소리였다. 무슨 일인가 싶어 얼떨결에 따라

왔지만 왠지 모를 불안감이 들었든 것은 공동화장실의 문을 열자 곧바로 날려드는 비릿한 냄새 때문이었다. 가리키는 맨 안쪽 화장실 문을 손으로 슬쩍 밀었다. 파리 떼처럼 확 달려든 것은 여름날 생리대에서 맡아지는 쿰쿰한 냄새와 분만실에 들어설 때 맡아지던 피비린내와 녹슨 쇠 냄새였다. 그건 출산의 흔적이라고, 경험이 속삭였다. 숨을 멈추고 한 발 뒤로 물러섰다가 다시 상체를 숙여 안을 들여다본 것은 검은 비닐봉지 안에 둥글게 말려 있는 것 때문이었다. 비닐봉지 속에는 청소년들이 입는 폭이 좁은 패딩점퍼가 있었다. 그 안에 뭔가가 있다는 직감이 심장박동을 빠르게 했다. 빨리 열어보라고, 우뇌와 좌뇌가 동시에 드럼을 쳐댔다. 들뜬 호기심이 용기를 부추겼다. 망설여지는 손으로 슬쩍 안을 들추니 희멀건 어떤 물체가 보였다. 뭐지? 하는 의문이 다음 행동을 계속 충동질했다. 피와 끈적한 오물이 묻은 살덩이 같은 것이 보였다. 생닭인가, 억지로 그쪽으로 생각하려고 했다. 두근거리는 심장의 피돌기가 아니라는 쪽으로 몰려들었다. 기우뚱한 자세로 자세히 들여다보았다.

혹시하는 직감이 설마하는 직감을 단숨에 날려버렸다. 그것은 뭔가를 움켜쥔 손이었다. 손이라고 칭하기도 뭣한 아주 작은 신생아의 푸르뎅뎅한 주먹이었다. 그럴 리가 없는데 싶어 눈을 깜박이다가 다시 보아도 주먹이었다. 그것도 검은 패딩자락을 꽉 움켜잡고 있는 조막손이었다. 그 작은 주먹이 잡을 것이라고는 오물투성이 쓰레기통 속에서 자신을 감싸고 있는 피 묻은 옷자락이라니. 그 끈을 끝까지 놓치지 않겠다는 듯이 힘주어 잡고 있는 믿음이라니.

쿵쾅거리는 심장의 열기가 뭉쳐져 곧바로 입 밖으로 터져나왔다. 벼락을 맞으면 이럴까. 아주 센 힘으로 문짝이 닫히며 내 손가락을 찍는 느낌이 이럴까. 발끝에서부터 머리끝까지 전류가 흐르는 듯 몸이 뻣뻣하게 굳어졌다. 입은 벌어져 다물어지지도 않았다. 검은 패딩 점퍼 속에 감싸인 채 쓰레기통에 담긴 것은 새파랗게 질려 있는 핏덩이였다.

아기. 분명 아기였다.

살아 있는 것일까? 아니면?

긍정적인 생각이 비타민처럼 뛰어들었다. 살아 있다,에 힘을 실었다. 손을 뻗었다. 일 초의 망설임도 없었다. 본능적으로 그래졌다. 다리에 힘을 주어 비닐봉지를 쓰레기통에서 쑥, 빼냈다. 오물과 섞인 핏물이 뚝 뚝, 떨어졌다. 바닥과 변기 주변엔 미처 다 처리하지 못한 채 굳은 굵은 핏방울이 떨어져 있고 둘둘 말아 아무렇게나 던져진 피 묻은 휴지가 흐트러져 있었다. 급박하게 출산이 이루어진 게 분명했다. 비명이 새어나가지 않도록 이빨을 앙다물고 고통을 느꼈을 시간들이 윤의 아랫배를 저릿하게 지나갔다.

윤은 쭈그려 앉았다. 비닐봉지를 벗긴 뒤 입고 있던 점퍼를 벗어 허벅지 위에 놓고는 아기의 몸을 감싼 패딩을 다시 감싸안았다. 머리는 텅 비고 심장은 빠르게 뛰었다. 어떻게든지 온기를 전해주고 싶었다. 소장님, 어쩌고 하는 김 실장의 오버한 목소리가 지나치게 거슬릴 뿐이었다.

"아기 맞죠? 소장님!"

고개를 끄덕이는 것으로 답을 주었다. 김 실장이 휴대폰을 들고 119

에 신고해야 된다고, 흥분한 그녀의 날카로운 소리만 공동화장실을 울린다.

"그래, 아기야."

윤은 고작 이렇게 되뇔 뿐이었다. 어떤 행동을 취해야 할지 선뜻 떠오르지 않았지만 온몸으로 체온을 전해야 된다는 것만은 또렷했다. 직감이 시키는 대로 했다. 고작 몇 분 정도가 지났을 뿐일 텐데 얼마나 용을 썼던지 다리가 스르르 풀려 그만 바닥에 털썩 주저앉아버렸다. 바닥의 서늘함이 온몸으로 스며들었다. 몸이 덜덜 떨려왔다. 패딩점퍼 속에 있는 아기가 죽었는지 숨쉬고 있는지 확인할 엄두도 내지 못했다. 윤은 다시 다리를 세워 몸을 둥글게 말았다.

"무슨, 이런 개 같은 일이 다 있어."

욕지거리를 내뱉으며 "뭐해요, 소장님. 일단은 내려놓아요. 네."

김 실장의 떠드는 소리가 따갑다. 그래, 지금 우리는 빼도 박도 못하는 개 같은 일에 너무 깊숙하게 개입해버렸어. 어떡하면 이 엿 같은 일을 수습할 수 있는지 생각 좀 하게 제발 그 나불거리는 입 좀 다물라고, 고함이라도 냅다 지르고 싶었다.

"곧 119가 와요. 소장님."

김 실장, 도대체 왜 이럴까? 네가 안다면 나에게 가르쳐줘. 수수료 한 푼도 에누리 없이 받아내는 인간미 없는 게 나 맞지? 그렇다고 했잖아. 그런 내가 왜 이러는지를.

"아기 엄마는 어디로 갔을까?"

"소장님, 지금 무슨 소리하는 거예요? 딱 봐도 답이 나오는데. 어린

년이 사고 쳐놓고는 부모에게 쉬쉬하고 있다가 오늘 대박 터트린 거죠. 새끼를 낳고 보니 겁도 났을 것이고. 그래서 쓰레기통에 쑤셔 박아놓고는 도망친 거라고요."

김 실장의 추측은 맞는 말일 것이다.

내려놓으라는 말은 김 실장도 자신이 없는 모양인지 곁에 와서 쭈그려 앉는다. 김 실장은 어떤 정신나간 년이 이런 짓을 저질렀는지 모르겠다고, 그 어떤 미친년에게 계속 욕지거리를 내뱉으며 일어났다 섰다하며 서성거린다. 윙윙거리며 이명처럼 욕설이 멀어졌다 가까이 들렸다 한다. 김 실장의 외투가 떨고 있는 내 어깨에 걸쳐지고 아기를 안고 일어설 찰나에 요란한 사이렌 소리와 함께 119대원들이 들이닥쳤다.

참고인 조사를 마치고 나서도 김 실장은 계속 그 어떤 미친년의 낯짝이 궁금하다고 욕을 퍼부었다. 윤은 버려진 아기의 생사가 그 어떤 미친년의 얼굴보다 더 궁금했다. 오늘같이 추운 날 버려진 아기다. 벌거벗은 몸으로 세상에 던져진 몸이다. 축복받고 보호받아야 할 생명이 더러운 쓰레기통에서 세상과 가진 첫 만남이라니. 그런 곳에서 제 몸을 누이다니. 이 세상에 던져져 처음으로 잡은 끈이 고작 버려진 패딩 옷자락이라니. 그래도 그 끈을 놓지 않겠다고 움켜진 새파란 손이라니…….

윤은 혼이 나간 듯 어안이 벙벙해졌다가 갑자기 억제하고 있던 울분 같은 화가 치밀어올랐다.

그것도 집구석이라고,

돌아서 가던 걸음을 돌려 윤은 냅다 쓰레기통을 차버렸다. 술 취한 아버지가 나무대문을 차고 들어올 때처럼 그녀는 이 추운 날 아이를 버리고 간 어린 어미를 향해, 더 많은 이윤을 위해 약속을 뒤집는 더러운 속물들을 향해, 그런 세상에서 살고 있는 나를 향한 발길질이었다.

오물을 쏟아내고 나뒹굴고 있는 푸른 쓰레기통은 모서리가 반이나 날아가버린 뒤에야 멈췄다. 갑작스런 윤의 행동에 서 있던 경찰과 119 대원들이 놀란 눈길로 쳐다봤다. 놀라기는 윤도 매한가지였지만 휑하니 자리를 떠나면서도 화는 가라앉지 않았다. 그 순간 왜 그렇게 느닷없이 화가 치밀어올랐는지 그녀로서도 정확하게 말할 수 없는 부분이었다.

따뜻하게 날씨가 풀려 정말 다행이다 그치, 안부 인사를 건네며 우듬지의 고양이 가족을 바라본다. 사무실이 있는 상가 뒤쪽은 경사가 진 화단이다. 싱크대 쪽에서 정면으로 바라다 보이는 동쪽 언덕이다. 수령이 십 년 정도 되는 중키의 벚꽃나무와 개나리가 심어져 있고 웃자란 나무 곁가지 자른 것들이 아무렇게나 높다랗게 쌓여 있는 곳이다. 왜 폐자재더미 밑에서 새끼를 기르고 있을까, 의문이 들어 상가 건물을 돌아서 아파트 마당에서 보면 나무만 보이지 경사진 아래쪽에 있는 폐자재더미는 보이지 않는다. 어미 고양이는 그곳에서 겨울 끝자락에 새끼를 낳은 것 같다. 윤이라도 저 자리를 잡았을 것이다. 인간들의 눈에서 멀고 볕이 잠깐이라도 들어오니 새끼들을 키우는 데는 한마디로 명당인 셈이다.

새끼 네 마리를 건사하고 있는 어미 고양이가 참 억척이다 싶었다.

자식을 낳아 기른다는 것은 짐승이든 사람이든 힘든 일이다. 먹이 물어 다주는 수컷도 없이 음식물쓰레기통에 의지해 밤거리를 헤매고 다녀야 하는 생이라면 저 팔자도 그다지 유쾌한 팔자는 아닐 것이다.

그래서일까. 추위를 이겨내고 봄을 맞이한 게 기특해서 뭔가를 해주고 싶었다. 무슨 바람이 불었는지 잘 모르겠지만 윤은 그렇게 했다. 김 실장이 안다면 하다하다 이제 고양이집까지 취급하느냐고 놀릴지도 모르겠지만 윤이 하고 싶어서 저지른 짓이었다. 인터넷을 통해 알게 된 고양이용품 샵을 몇 번이나 들락거린 뒤 옥외에 둘 수 있는 집을 주문했었다. 폐자재더미는 사람들 눈에 띄지 않아 좋겠지만 비가 오면 잠자는 것이 무엇보다 힘들어 보였다. 아직 어린 새끼들이 눈에 밟혀 내린 결정이었다. 가족이 많으니 개집 정도의 크기이면 될 것 같았다. 바닥에는 발톱으로 긁는 것을 대비하여 패드를 깔아주면 녀석들이 그곳에서 잘 놀 것이다. 마음 같아서는 캣타워까지 설치해주고 싶지만 폐자재를 오르내리니 그건 사치 같아서 관두고 새끼들을 위해서 간식거리만 몇 봉지 사두었다. 봄비가 더 내리기 전에 집을 가진다면 얼마나 좋을까. 그러고 보니 택배 도착이 오늘 날짜라고 문자로 알려왔었다.

벽시계를 보니 열한 시 십 분 전이다. 열한 시는 윤의 사무실로 예약 손님이 온다는 뜻이다. 김 실장이 없으니 좀 바쁠 것 같다. 오늘 전셋집을 보러 오기로 한 손님은 아파트 부녀회에서 활발하게 활동하는 2단지 통장이다. 딸이 결혼을 하는데 친정집에서 좀 가까운 곳에 아파트를 얻어주고 싶다면서 며칠 전 찾아왔었다. 잘 부탁한다고, 인사를 하는데

이 분이 누구시더라, 싶어 더듬어보니 아파트에서 일어나는 모든 소문의 출입구 같은 그 입 때문에 조금 신경을 써야 하는 블랙커피 같은 손님이었다.

먼저 서류철을 꺼내 확인하고 수첩도 뒤진다. 그녀가 가진 물건은 두개 정도다. 전세 물건은 사무실 전면 유리창에 부착해놓은 1단지에 위치한 25평 정도면 될 것 같다. 금액과 월세를 받는다면 얼마 정도의 선에서 이루어지는 것이 맞는 시세인지 다시 확인한다.

사무실 앞 도로에 차가 와서 멎는 소리가 들리는 게 아마도 예약 손님들이 도착한 모양이다. 문이 열리고 통장과 눈화장이 요란한 딸로 보이는 20대 중반의 아가씨와 그 뒤를 따라 양복 입은 청년이 들어선다. 차분해보이는 청년이었다. 윤은 일어나서 인사를 하며 책상에 놓인 명함부터 먼저 건넨다. 이 명함이 곧 나,라는 뜻이다. 언제든지 전화주세요, 라는 입에 밴 말도 빠트리지 않고 했다.

"소장님, 아무래도 전세보다는 집을 사야겠어요."

아침에 커피는 마셨다면서 녹차 잔을 만지작거리며 통장이 말했다. 이런 일은 늘 있는 일이기에 얼른 매매로 내놓은 아파트와 금액을 짚어본다.

'쉽게 사겠다고 덤빌 사람이 아닌데 어디서 들은 말이라도 있었나.'

1동 지역의 25평이 매매로 나온 것은 한 곳이다. 다들 전세로 돌리고 월세를 얼마씩 받으려고 한다. 그게 은행이자보다 훨씬 낫다고 선호하는 매매 건이다. 대출 좀 안으면 전세보다 사는 게 앞으로 아파트 시세가 오를 가능성이 있기에 자신 있게 권할 수 있다.

"돈이 되면 사시는 게 앞으로 괜찮을 겁니다. 신혼이니 한 25평 정도로 알아볼까요?"

"아유! 소장님. 내 말이 그 말이에요. 사돈집에서 내놓은 돈하고 저희가 좀 보태면 작은 평수 정도는 살 수 있는데 굳이 우리 딸애가 30평대를 원하지 뭐에요. 친구들도 그 정도 평수에서 다들 시작한다면서 애기 낳고 이사 다니면 아기 정서상 좋지 않다고 저렇게 고집을 부리잖아요. 우리 집 양반 알면 난리가 나지만 들어보면 일리가 있는 말이기도 해서 제가 몰래 조금 보태려고요."

웃으면서 말하는 통장의 목소리가 도넛 위의 설탕처럼 녹진하다. 묵묵히 앉아 차만 홀짝거리고 있는 예비 사위는 아무런 말도 없다.

"사위 되실 분이 인물도 좋고 점잖으셔서 좀 보태주셔도 아깝지 않겠어요."

통장은 미소를 머금고 사위를 한 번 쳐다본다.

"자랑 같지만 우리 사위는 공무원이에요. 대학 졸업하고 그 힘든 공무원 시험에 합격하고 이제 겨우 발령을 받았는데 무슨 돈을 모았겠어요. 힘들어도 어떡해요? 자식들 일인데. 부모들이 좀 도와줘야죠. 안 그러면 어느 세월에 집 사겠어요."

그건 아무리 사위가 공무원이라도 결국 내 자식 힘들게 사는 꼴 보기 싫어 내 돈 좀 풀겠다는 소리이며 치장하기 좋아하는 딸자식 둔 어미의 업이며 받을 복 타고난 딸네미의 늘어진 팔자로 밖에는 안 보인다.

누가 되었든 형편이 되는 쪽에서 자식들 시작할 때 좀 보태면 일어서기가 수월한 줄 모를까만은, 요즘 젊은이들 대부분이 결혼할 때 집 장만 비용을 당연하다는 듯이 부모에게 요구한다. 명품을 두른 예비 신부가 될 통장의 딸도 마찬가지다. 얼굴 성형은 기본으로 했겠고 가방도 최고급 브랜드를 들었다. 구두와 폭스가 섞인 코트를 보아도 몇 백은 될 것 같다. 긴 손톱에 관리를 받는지 별 모양의 반짝이가 무수히 뿌려져 있다. 저 손톱을 해가지고 무슨 밥이라도 짓겠는지. 남편이 가져다주는 공무원 월급으로는 품위유지하기도 힘들어 보인다. 보나마나 아침저녁으로 밥 먹겠다고 친정집을 제 집처럼 들락거릴 것이고 손자라도 낳는 날이면 골병드는 줄 모르고 애까지 업어서 키울 통장의 고생이 눈에 선하다.

"다음에 잘 살면 아들도 없는 처갓집 모른 척하겠어요?"

사위 쪽을 힐끗 보면서 하는 말에 힘이 들었다.

'어머나! 통장님, 무슨 그런 야심찬 욕심을 다 가지십니까? 예의와 공경은 박물관에 진열된 토기그릇 옆에나 있는 물건이라고 생각하면 됩니다. 내가 좋아서 했으면 그게 끝이라고요. 그래야 다음에 안 섭섭할 걸요.'

다행히도 혀가 목구멍에서만 한 말이었다.

"어떻게 서른 평 정도의 괜찮은 집 나온 게 있는가 모르겠네."

그 평수 대는 사무실을 자기 집 화장실인 줄 알고 들락거리는 민아엄마 집하고 선희 씨 집이 떠오른다.

"네. 두 집이 나와 있는데 한 번 보시지요."

윤은 긴 자를 들고 아파트 배치 구역도 앞에 선다. 임시방편으로 유리 테이프를 붙여놓은 게 불안해 조심스럽게 1단지 내 1동 민아네와 선희 씨가 사는 3동의 위치를 짚어준다.

"두 집 다 관리는 아주 잘 되어 있어요. 1동은 남향으로 앉은 동이라 햇빛이 오후까지 들어와서 겨울에 난방비가 10만 원 정도밖에 안 나오고요. 3동의 이 집은 동향이지만 배란다가 산을 보고 있어 전망이 단지 중에서 최고예요? 층수도 20층에서 딱 중간 로열층입니다."

"동향보다는 남향이 좋지만 층수는 3동이 낫네. 그러면 일단 들러보고 자기들이 좋다고 하는 집으로 해야죠. 애들 시간 내어서 나왔는데 지금 볼 수 있게 해주세요."

"그럼 잠깐만 기다리세요. 연락해보고 바로 방문하는 걸로 하지요."

방문하기로 약속한 집에 취소 전화를 넣고 폰에 저장된 민아 엄마의 전화번호를 찾는다. 아들 녀석의 동창엄마라는 이유로 유난히 친절하게 다가오는 학부모 고객이다. 집에는 당연히 없을 것이고 휴대폰으로 연락하자 벨이 몇 번 울리고서야 퍼진 음성이 들린다.

"어머! 소장님, 원일이세요."

"웬일이긴요. 집 좀 보여드리려고 그러죠."

"어머, 그래요?"

음성이 급하게 상승한다.

"지금 집에 계시죠?"

"저, 지금 마사지숍이에요. 왜 하필 오늘이에요?"

오늘 아니면 언제 집구석에 박혀 있기나 하는지 말씀 참 예쁘게도 하신다.

"아! 그래요? 그러면 안 되겠네. 나는 민아네 먼저 보여드리려고 했는데 주인이 없으니 곤란하다고 할게요."

"어머머, 소장님! 잠깐만요."

비염 섞인 목소리에 다정함과 다급함이 묻어 있다.

"소장님이 너무 연락이 없으셔서 제가 좀 섭섭해지려고 하던 참이었는데. 이렇게 신경써주시면 제가 너무 고맙죠. 우리 집 비밀번호 가르쳐 드릴게요. 제가 없어도 보여드리면 안 될까요?"

"그럼, 그럴게요."

들리는 목소리만 가지고도 민아 엄마 애가 타서 벌떡 일어나 앉았을 것이다. 질투가 살림 늘린다는 옛 말처럼 뭐든지 먼저 해봐야 되고 겪어봐야 적성이 풀리는 성격이다. 아마 이 집도 분양가보다 더 높게 몇 천 떠워 팔아주면 잠시 전세로 옮겼다가 또 다시 분양하는 아파트로 이사 갈 것이다. 민아 엄마 말대로 유목민의 피를 따라 철따라 움직인다는 족속의 근성을 속일 수는 없는 것이다.

"근데 소장님, 집이 엉망인데 어떡해요. 미리 연락을 주셨으면 청소라도 좀 해놓았을 텐데."

"무슨 살림살이 구경 가나요?"

"그렇죠? 잘 부탁드려요."

집을 보러 가겠다고 하면 다들 이렇게 덧붙인다. 겸손에서 나오는 말씀이겠거니, 하고 가보면 정말 언행일치인 집도 있다. 현관문을 열고 딱 들어서면 안다. 이집 오늘 아침 메뉴가 뭔지, 청소와 환기는 제때 잘

하고 있는지, 이불 빨래는 세탁이 잘 되어 있는지. 눈매 매운 매입자가 구경한답시고 베란다 창고 문이라도 열면 곰팡이가 새카맣게 벽에 붙어 있는 집도 가끔씩 만난다. 그 모습을 보면 다들 기함을 한다. 그럴 땐 정말 속 뒤집어진다.

미리미리 환기를 시키든지 아니면 물에 락스 좀 풀어서 걸레질 몇 번만 하면 될 것을 그게 안 된다. 뒷 베란다에 발 디딜 틈 없이 놓여 있는 술병들만 나뒹구는 집은 주말부부이거나 부부간에 불화가 있는 집으로 보인다. 세탁기는 폼으로 있는지 앞 베란다 구석에 철 지난 이불을 차곡차곡 쌓아두는 집은 그 집 안주인이 정신적인 문제가 있나 싶기도 하다. 설거지도 못해놓고 출근한 집이나 벗어놓은 옷가지들이 침대 위나 식탁 의자 위에 아무렇게나 걸쳐져 있는 모습은 차라리 인간적이다. 그 정도야 다들 그렇게 편하게 사니간 애교로 넘어가고도 남는다.

문제는 늘 화장실이다. 화장실 청소는 설 명절과 휴가철에만 하는지 변기에는 누런 때가 끼여 있고 물 빠지는 배수구 구멍엔 머리카락이 뭉쳐서 말라비틀어져 있다. 거울은 세수하고 닦은 물 묻은 수건으로 한번만 닦으면 될 것을 그대로 두어 부옇게 물방울 튄 얼룩이 눌어붙어 있다. 늘 이런 사소한 것들이 일을 그르친다.

집을 내놓으면 언제 누가 집을 방문하더라도 깔끔하게 보이게끔 정리만 해놓으면 된다. 딱 그게 기본이다. 시장 난전에 파는 고등어 한 마리를 살 때도 물 좋고 때깔 좋은 놈을 고르는데 하물며 집을 사겠다는데 고등어와 비교가 되나 이 말씀이다.

민아 엄마네는 방문해봐서 대충은 안다. 이 집도 안주인이 야무지게 살림하는 집은 아니다. 앞 베란다 화분에는 물을 안 주어 말라붙은 화분이 놓여 있고 뒷 베란다에는 제때 분리수거하지 못한 종이박스와 쓰레기봉지가 나뒹굴고 있었다. 몇 번 지나가는 말로 정리가 필요하다고 지적했던 기억이 있다.

민아 엄마, 말인들 뭘 못할까. 그 싹싹한 입으로 청소를 하면 파리도 미끄러질 정도일 텐데…….

얼른 선희 씨 전화번호를 뒤진다. 서너 번의 울림이 간 뒤에야 힘없는 목소리가 흘러나온다. 번호는 맞는데 딴 사람 같다.

"여보세요. 선희 씨, 행복부동산입니다."

"네. 소장님. 잘 계시죠."

"저야 늘 그렇죠. 어디 아프세요? 목소리가 변한 것 같은데."

"그냥 좀……. 감기기운이 있어 그래요."

말끝을 흐리는 선희 씨의 여린 마음이 전류를 타고 전해온다. 평소에 해보지도 않았던 식당일을 하려니 몸살도 날 만하다. 자그마한 사람이 마음도 추스르기도 전에 생활고 땜에 일하러 나간다고 얘기한 것이 올해 초였다. 작년에 남편이 교통사고로 어이없게 돌아가셨다고 한다. 그럴 사람이 아닌데 무엇 때문인지 모르겠지만 음주운전을 한 게 원인이었다. 아이들은 커가는데 학원비와 생활비라도 벌어야겠다며 시내 한정식집 주방에서 일하고 있다고 했다.

"아픈 사람 집에 가도 되는지 모르겠네. 급하게 집을 좀 보자고 하시는 손님이 있어 그래요."

"괜찮아요. 소장님 지금 바로 오세요."

"그럼 한 10분 뒤에 찾아뵐게요."

아무래도 대출금이 부담스러워 지금 아파트를 팔고 오래된 아파트라도 작은 평수로 옮겨 가야겠다고 말한 게 한 달 전이었다. 남편도 없이 직업도 뚜렷한 게 없고 재산도 없는 40대 여자가 자식들 데리고 살아간다는 것은 검투사의 심정이 되어야만 살아갈 수 있는 세상이다. 그나마 집이라도 있으니 불행 중 다행이다. 내 마음 같아서는 선희 씨 집이 먼저 성사 되었으면 좋겠다. 시세도 상향 추세에 맞추어 한 장 정도 더 불러 받아주고 싶다. 물론 민아 네처럼 집 걱정은 안 한다. 언제 한번 집 구조를 볼 겸해서 들렀더니 집안을 참 깔끔하게 정리해놓아 집도 사람도 마음에 들었던 기억이 있다.

역시나 민아 엄마 말대로다. 문을 열자 현관을 가득 채우고 있는 신발들과 엎어져 있는 서너 개의 우산이 먼저 인사를 한다. 그 참에 반갑지도 않은 신발장 안의 오래된 땀 냄새까지도 덤으로 끼어든다. 이러면 첫인상부터 안녕 못 하신다. 중문을 열고 들어서자 거실 중앙에 빨래 건조대가 턱, 하니 자리잡고 있다. 주방엔 설거지할 그릇은 삼층탑을 이루었고 가스레인지 위엔 냄비만 해도 세 개나 놓여 있다. 욕실 하수구 깔판 위엔 머리칼이 뭉쳐져 엉켜 있고 뒷 베란다에 재활용품들이 박스에 담겨 그대로 쌓여 있다. 아침에 일어나면 베란다 문이라도 열어두면 집안에 냄새도 없을 텐데, 김치찌개라도 끓였는지 아직도 양념 냄새가 거실 안을 떠돌고 있다.

"남향이라 볕이 오후까지 들어와요."

얼른 베란다 쪽으로 나가 문을 슬쩍 연다. 이럴 땐 참 환장할 노릇이지만 어쨌든 내 손님이다. 이 집의 단점이 많더라도 적게 보이게 하는 게 윤의 업무다. 통장의 눈이 날카롭게 빛난다.

"이 아파트는 기본 구조로 되어 있고요. 아이들 방 두 개만 베란다 확장했어요. 싱크대는 아직 새 것 같고요. 화장실도 아직 상태가 좋아요. 벽지와 장판만 신혼이니 교체하시면 될 것 같네요."

들을 것도 둘러볼 것도 없이 구경 다했다는 듯이 통장의 표정이 시큰둥해져 있다. 거실 한 벽면을 차지하고 있는 가족사진 속의 민아 엄마 얼굴을 뚫어져라 보는 게 집 상태가 궁금한 게 아니고 이 집에 사는 여편네의 얼굴이 더 궁금하다는 표정이다.

"이 집 엄마 맞벌이야?"

"그냥 좀 많이 바쁜 사람이에요."

"집구석 해놓은 꼬락서니하고는……."

뒤돌아서며 기어이 내뱉고야 만다. 혼자서 하는 말이지만 소개하는 입장에서 보면 별로 유쾌하지 않다. 집만 보면 되지 사는 사람 평가까지 하는 건 좀 그렇다. 사는 게 다들 그렇지 뭐, 늘 긴장되게 정리정돈하고 사는 집이 몇이나 될까. 누가 집에 온다고 해야 급히 치우고 사는 게 보통 사람들이다. 하지만 민아네는 기본이 좀 안 되어 있기는 했다. 방문자에 대한 예의가 없는 것에 대해 통장이 흠을 잡아도 어쩔 수 없는 일이다.

어차피 계약은 물 건너갔다. 사위와 딸도 더 볼 것 없다는 듯이 남의 집 베란다에서 서로 얼굴 들여다보고 속닥거리기에 바쁘다. 이럴 땐 환기가 필요하다. 슬쩍 통장 옆에 다가가서 시계를 보는 척하면서 다음 집과 약속이 잡혀 있으니 빨리 나가자고 재촉한다.

선희 씨 집은 들어설 때부터 감이 온다. 현관문 앞에 신발 하나도 놓여 있지 않다. 현관의 중문을 열자 집안에서 은은하게 향기가 배어 있다. 향수를 뿌린 게 아니라 그 집 고유의 향기라고 해야 할 냄새다. 놓여 있는 가구까지 심플하다. 산을 바라보고 있는 앞 베란다에 예쁜 화분들이 놓여 있고 통풍도 잘 되어 공기도 청량하다. 휘 둘러보던 통장은 어느새 앞 베란다 창고 문을 연다. 그곳도 곰팡이 흔적 하나 없이 모든 공구나 물품들이 가지런히 진열되어 있다.

화장실 거울에는 물 한 방울 묻은 흔적 하나 없이 말갛고 싱크대의 흰색 무늬에 흠집 하나 없다. 설거지한 그릇은 모두 깨끗하게 손질하여 진열장에 들어 있고 벽지와 바닥도 새 것처럼 환하다. 놓여 있는 물건이 있을 때 있고 넘치지 않고 단출하니 집안이 더 넓고 훤하게 보인다. 동향이라도 두 시까지는 햇살도 들어온다. 층수도 로열층이다. 도배장판 교체 없이 바로 들어와 살아도 될 정도다. 어디 하나 흠잡을 게 없다. 일하러 다니면서도 집안 정리해놓은 센스는 집주인의 성격과 인품까지 느껴지게 한다.

통장 혼자서 자기 집처럼 안방으로 베란다로 창고로 다니더니 앞 베란다에서 산을 바라보고 있는 게 만족해하는 모습이다. 말하지 않아도 저 능청스런 통장은 훤하게 꿰뚫고 있을 것이다. 그러니 입 아프게 여러 말 덧붙일 필요도 없다. 차 한 잔 들고 가라는 선희 씨에게 다음에 하겠다고 하고 물러나왔다. 엘리베이터 앞에서 통장은 내 귀에다 대고 속 삭였다.

"소장님, 제가 인사할 테니 알아서 좀 해봐요."

손가락 하나를 까딱거리는 걸로 봐서 한 장 정도 깎아보라는 뜻이다.

"시세대로 해야죠. 그 집 보고 간 앞 손님과 지금 조율 중에 있거든 요."

이럴 땐 조금 튕겨두는 것이 순서다. 통장은 그 집이 마음에 든다는 신호다. 딸과 사위될 사람도 마음에 들었는지 살림살이 놓을 것을 벌써 의논하고 있다.

"그러니깐 제가 이렇게 소장님한테 부탁하잖아요. 소장님만 믿어 요."

안다. 잘 알고 있다. 재산과 관련된 일이다. 정확하게 하는 게 말썽이 안 생기는 비결이다. 이건 윤이 처음 이 업을 시작하고부터 스스로에게 다짐하는 불문율이기도 했다. 눈앞에 보이는 작은 욕심에 섣불리 덤볐 다간 뒷감당은 어마어마하게 온다는 것을 체험으로 느꼈기 때문이다.

처음 사무실을 오픈하고 의욕도 앞섰고 욕심은 두말 할 것도 없었다. 급한 마음에 어설프게 양쪽 손님을 대하는 바람에 소송 건에 휘말려 혼 쭐이 난 적이 있었다. 서민들이 사는 단지였기에 재산의 전부라고도 할 수 있는 게 집이다. 그러다보니 사소한 일까지도 신경전을 벌이는 일이 허다하게 생기게 마련이다. 어느 쪽이든지 계약을 파기하면 계약금을 두 배로 배상해야 된다는 점을 계약 전에 설명해주어도 사기 운운하면 서 멱살을 잡고 흔들어대던 남자의 핏발선 눈빛을 잊을 수가 없다. 윤

197

은 늘 붉은 눈빛이 등 뒤에서 넘어다보는 것 같아 내 집이라면 어떨까, 하는 심정으로 매매를 성사시킨다. 매도인과 매수인에게 도움 되는 정확한 정보와 솔직한 마음이 이 업계에서 살아남는 길이라는 것을 늘 실무에서 겪고 또 배운다.

"바로 연락드릴게요."

원하는 대로 해드릴 순 없지만 고객이기에 성실하게 답변했다. 내려오는 엘리베이터 안에서 다들 말이 없다. 말이 많다는 것은 흠을 잡겠다는 것이고 거래로 이어지지 않는다는 것이다. 딸과 사위는 벌써부터 벽지 색깔과 침대의 위치를 생각한다면 101동 통장은 가격을 얼마나 후려칠 건가를, 중개자인 윤은 섭섭함 없이 양쪽 다 만족할 만한 거래를 생각하는 시간이다.

"소장님, 많이 바쁘셨죠?"

머그잔을 씻는데 유리문이 급하게 열리며 김 실장이 검은 봉지를 들고 들어선다. 부산스런 김 실장이 공기를 일으켜 세우는지 피부가 다시 긴장을 한다. 표정을 정리하고 흔들거리는 문을 밖으로 밀어 유리문을 고정시킨다. 싱크대 쪽에서 서성거리더니 김밥과 유부초밥이 든 도시락을 회의용 탁자 위에 놓는다.

"오늘 어땠어요? 전세 계약 하셨어요?"

김밥을 하나 넣어 씹기도 전에 말이 먼저 씹힌다.

"아니. 전세 말고 집을 사고 싶다고 해서 두 군데 봤어."

"누구네 집요? 혹시 민아네와 3동인가요?"

"이제 보니 김 실장, 독립해도 되겠어."

"아유, 소장님도. 아직 멀었어요. 어느 집으로 하겠대요?"

대답하기 참 숨가쁘다.

"마음은 3동인데 역시 가격이지. 나 보고 알아서 해달랜다. 통장님께서."

"어머! 미친 거 아냐. 깎기는요. 요즘 완전히 상향추세인데. 근데 민 아네 약오르겠다."

"그러게 말이야."

할 수 없는 일이다. 집도 인연이 되어야 되는 것이다. 억지로 갖다붙인다고 성사되는 건 아니다. 때가 되면 자연스레 되는 것이다.

근데 학교 공개수업에 갔다면 일찍 올 김 실장이 아닌데. 어떻게 식사도 하지 않고 왔는지 궁금해질 찰나에 무슨 일이 있으면 숨기지 못하는 김 실장이 먼저 말을 꺼낸다.

"나랑 코드 안 맞는 사람은 어디에 가도 꼭 있어요."

"보기 싫은 학부모라도 만난 거야?"

"네. 3학년 때 나랑 계속 마음이 어긋났던 애 엄마가 글쎄 이번에도 같은 반이더라고요. 그것도 같은 모둠 애 엄마로요."

"기분 별로였겠네."

"같은 모둠 엄마들끼리 밥 먹으려다 그냥 와버렸어요. 체할까 봐서요."

생각만으로도 체하는지 정수기에서 물을 두 잔 따라와서 놓는다.

"근데 소장님, 아까 보니깐 민 소장님 다녀가는 눈치던데 공동으로 할 물건 있어요?"

"그건 아니고. 그냥 내 이름이 너무 궁금해서 왔다네."

"소장님 이름을 왜요?"

"본명이냐고 묻더라. 자기 이름이 남자 이름 같아서 싫다고 하고서는 내 이름이 진짜 본명 이냐고."

"민 소장님 이름 민기남 씨 아니에요."

"알고 있었어?"

"이름은 핑계고 이번에 내놓은 독서실 건 때문에 소장님 떠보려고 온 것 아니에요?"

"그런가? 누구든지 먼저 매매 성사시키는 놈이 돈 버는 것 아닌가? 질투가 나면 자기가 매매 성사시키든지."

"안 되니까요? 그러니까 질투나 하죠. 술술 풀리는 소장님이 얼마나 얄밉겠어요."

저번 달 상가에 있는 당구장을 좋은 가격으로 매매를 성사시켰다. 흡족한 상가 주인이 이번엔 독서실까지 내놓아 지금 추진 중에 있는 건이다. 어떤 부동산이든 간에 원하는 가격이면 누구든지 계약을 하면 되는 것이다.

키득거리며 웃는 김 실장이 때 마침 울리는 사무실 전화를 받으러 일어선다.

"네. 행복부동산입니다."

"여보세요?"

김 실장의 목소리가 커진다. 전화를 끊으면서 장난전화 같다고 한다.

"발신자번호가 뜨는 전화기로 바꿔야겠는데요."

"그래. 영업집에 자꾸 그런 장난전화 오면 안 되니깐, 김 실장 나가서 접착제랑 전화기 하나 사오고 오늘은 일찍 퇴근하셔."

유리문 밖으로 보이는 하늘이 착 내려앉았다. 저녁쯤에 비가 내린다고 하더니 바람도 멎고 왕래하는 사람도 없다. 곧 한 줄기 크게 쏟아질 태세다. 비 오는 날에는 집 보러오는 사람도 없다. 일단 멈춤이다. 불을 켜도 사무실 안이 어둑하게 느껴진다. 탁자 위에 접착제와 전화기 박스는 그대로다. 김 실장이 설치하고 가겠다는 것을 기어이 놔두고 닦달하다시피해서 퇴근시켰다. 바깥의 빗소리가 제법 소란스럽게 들린다.

윤은 차를 가지러 아파트 상가 지하주차장으로 향했다. 남편의 귀가는 늦고 아이는 학원을 순례하고 나면 열 시가 넘는다. 강의나 수업이 없는 날 헬스장에서 가볍게 몸이라도 풀고 난 뒤 귀가하는 것이 윤의 저녁 일과였다.

윤이 차를 몰고 지하 차도를 나와 이차선 도로를 향한 내리막에 접어들자 앞 유리창에 물방울이 고여 앞이 희뿌옇게 보였다. 가로등을 켰어도 비가 오는 날씨라서 그런지 어둑했다. 윤이 윈도브러시를 켜고 속도를 내자 차가 울렁거리듯 파도를 탔다. 속도를 제어하려고 만든 과속방지턱을 미처 생각 못했던 것이다. 아차, 싶어 발을 브레이크에 옮기려는 찰나였다. 번개의 불빛처럼 강렬한 푸른 빛이 윈도브러시가 지나간 자리를 스쳐갔다. 동시에 자동차타이어가 물컹한 뭔가의 위를 지난다는 느낌이 들었다. 브레이크로 가는 발이 후들거릴 정도로 급하게 페달을 밟았다. 차의 속도를 제어하고 앞을 내다보니 블록 밑을 잽싸게 지나가는 작은 새끼 고양이가 보였다.

곧바로 내릴 수가 없었다. 타이어 밑에 있는 것이 무엇인지 어렴풋이 느껴졌기 때문이었다. 멍했다. 멍한 채로 핸들을 부여잡고 가만히 있었다. 윤이 겨우 정신을 수습한 것은 차 유리문을 두드리는 소리에서였다. 창 밖에는 우산을 든 경비원 김 씨가 서 있었다. 허리를 숙이는 걸 보니 창문을 조금 내리라는 신호였다.

"아이고, 이게 무슨 일입니까?"

윤이 묻고 싶은 말이었다.

"저도 잘 모르겠어요."

"우리 소장님 얼이 다 빠져버렸네. 허 참."

김씨는 손짓으로 차를 후진하라고 지시했다. 차를 후진하다 앞을 보니 빗물에 붉은 핏물이 섞여 도로를 적시고 있었다. 화단 옆으로 바짝 차를 붙여 주차시키고 차에서 내려 김 씨가 서 있는 곳으로 걸어갔다. 우산을 건네주고는 김 씨는 아무 말 없이 경비실로 향했다.

어미 고양이였다. 그것도 사무실 뒤편에 머무는 늘 바라보는 고양이였다. 몸과 머리가 분리되어 몸 부분이 거의 알아볼 수 없을 만큼 짓이겨져 있고 머리 부분은 약간 틀어지듯 윤을 향해 있었다. 부릅뜬 푸른 눈에서는 아직까지도 푸른 광채가 빛나고 있는 게 살아 있는 그 모습 그대로였다. 환하게 윤을 쏘아보고 있는 그 빛이 몸속으로 들어와 낱낱이 치부를 들추어낼 것 같았다. 소름이 돋고 다리가 후들거렸다.

경비실 쪽에서 걸어오는 김 씨 손에는 빗자루와 쓰레받기가 들려 있다.

"비 온다고, 내가 도로 건너지 말고 밥을 먹으라고 연산홍더미 밑에 저녁밥을 놔두었는데 새끼들이 자라니깐 통제가 안 되는 모양인지."

도대체 지금 무슨 일이 일어난 것일까. 윤은 이 상황이 쉽게 납득이 되지 않았다.

"어미가 자식을 위해 목숨을 버렸네."

김 씨는 혀를 차며 고양이 시체를 쓰레받기에 쓸어 담았다. 오늘 고양이의 집이 온다. 비가 와서 택배가 좀 늦다고 문자가 와 있었다. 조금만 더 일찍 왔다면 이런 참변도 겪지 않고 너희들은 따뜻한 집에서 행복하게 살 수 있었을 텐데……

"소장님뿐만 아니라 이 자리에서 몇 번이나 새끼들이 차에 치여 죽었어요. 블록 밑으로 이것들이 지나가다가 내리막길이라 차 안에서는 안 보이니깐 이런 일들이 생기는 거라요."

애써 윤을 위로하는 김 씨는 우두커니 서 있는 윤을 내버려두고 물통에 물을 받아와서는 비가 내리는데도 피와 오물을 씻어 내린다.

"아저씨, 어미는 저기 화단에 묻어주세요."

"그럽시다. 이 어미는 참 내가 좋아했는데. 쉽게 새끼들을 버리는 다른 어미들하고는 달랐거든요. 사람보다 나은 어미였어요. 소장님 슈퍼에 가서 소주나 한 병 사다주이소."

김 씨는 화단가에 쓰레받기를 두고 삽을 가지러 다시 경비실 뒤쪽으로 사라졌다. 윤은 사무실 옆 편의점에서 소주와 참치캔을 샀다. 편의점을 나와 사무실 쪽으로 오다가보니 문 앞에 택배기사가 비를 피해 서서는 휴대폰을 들여다보고 있었다. 배달 왔다가 문이 잠겨 있으니 윤에게 전화를 넣는 중인 것 같았다.

"왜 이렇게 늦게 오셨어요?"

가라앉은 목소리로 물었다. 쳐다보는 택배기사의 머리카락이 비에 젖어 축축해져 있다. 사인을 하고 종이박스를 발로 밀어 사무실 안에 넣어두었다.

너무 늦게 도착한 집이었다.

평생 남의 집 문간방만 돌다가 겨우 장만한 산꼭대기 슬레이트 지붕 밑에 채 일 년도 살아보지 못하고 돌아가신 아버지처럼, 보일러 빵빵하게 돌려 한 번도 뜨뜻하게 등허리 지지며 살지 못하고 돌아가신 엄마처럼.

그녀가 필요한 집은 늘 이렇게 한 박자씩 늦게 도착했다.

비닐 봉투를 건네며 삽을 들고 서 있는 김 씨에게는 소주 한 잔 하시라고, 지폐 몇 장을 호주머니에 넣어주었다.

"아저씨께 너무 죄송하네요."

"허 참, 섭섭하기도 하고. 어린 새끼들은 오늘밤에 어떻게 보낼 것인지 모르겠네. 1동 물받이 옆에 있는지 철쭉덩굴 속에 있는지 놀래서 어디 도망이라도 쳤는지……."

죄송하다는 말로 겨우 마무리를 하고 윤은 다시 사무실로 돌아왔다. 불도 켜지 않은 채 문을 잠그고 소파에 쓰러지듯 누웠다. 이 갑작스러운 혼란에 윤은 정신이 멍해졌다. 방금 전에 일어났던 일을 생각하지 않으려 해도 머릿속을 떠나지 않는다.

윤을 바라보는 어미의 눈은 푸른 섬광이 뿜어져 나오는 성난 눈동자였다. 지금껏 살면서 그렇게 무서운 눈은 처음이었다. 뇌리에서 지워지지 않았다. 어디를 가도 늘 그 푸른 눈동자가 따라다닐 것 같았다. 전신의 촉수들이 다 일어나 아우성대고 있는 이 전류들을 그대로 둘 수 없었다. 냉장고 문을 열자 아래 칸에 소주병이 보였다. 머그잔에 반이나 부어 들이켰다. 저릿하게 온몸을 훑고 내려가는 게 스스로가 내린 힐난 같았다.

문 앞에 놓인 박스를 가만히 바라보다 일어서서 불을 켜고 박스를 뜯었다. 박스 속에는 윤이 원했던, 너무 늦게 찾아온 집이 있었다. 고양이들의 집이었다. 어미를 잃기 전 새끼들과 어미가 오순도순 재미나게 살게 될 것이라고 상상했던 집이었다.

늦게 왔지만 그렇다고 잘못 온 것은 아니다. 새끼들이 있잖아. 이 집은 그 새끼들의 집이 될 수 있고 그 새끼들의 자식들이 살 수도 있는 집이다. 아픔이 쉽게 사라지지 않더라도 지금부터 가족을 만들고 지켜나가면 된다. 그러면 되는 것이다. 그러려고 집이 존재하지 않는가.

윤은 뒷문을 열고 나가 폐자재더미 쪽으로 고양이집을 들고 걸어갔다. 비에 젖은 흙들이 질퍽거렸다. 파랑색과 하얀색이 섞인 뾰족지붕의 플라스틱 집을 놓은 곳은 폐자재와 어미의 무덤 딱 중간지점이었다. 정말 언덕 위의 예쁜 집이었다. 어디서 본 듯한 집이었다. 바닥은 폭신한 패드가 깔려 있다. 주문한 간식도 넉넉하게 들어 있다. 비도 새지 않고 바람도 들지 않는 곳이다. 꿈의 집이었지만, 내 눈앞에 있는 현실의 집이기도 했다. 폐자재더미 앞에 웅크리고 앉았다.

"애들아, 집이야. 너희들 집이 왔어. 엄마의 일은 너무너무 미안해."

폐자재 안쪽에서 부스럭거리는 소리가 들린다. 고개를 숙여 안을 들여다보니 반짝거리는 눈빛들이 오글오글 모여 있다. 엄마를 잃은 어린 마음들이 서로 등을 기대고 체온을 나누는 모습이라니……

"이 집이 마음에 들었으면 해. 집이란 게 그래. 정 붙이고 살면 다들 정이 들어. 크다고 좋은 집은 아니잖아. 세상에서 제일 좋은 집은 어떤 집인지 아니? 그건 바로 지금처럼 서로의 온기 비비면서 살고 있는 집이 제일 좋은 집이야."

누구에게 하는 말인지 모를 말들이 줄줄 흘러나왔다. 어떤 말도 위로가 될 수 없지만 집을 마련해주었다는 것이 윤에게 조금의 위안이라면 위안이었다. 으슬으슬 한기가 들 만큼 빗방울이 차게 느껴졌다.

사무실에 돌아와서 수건으로 비에 젖은 머리카락을 말리는데 사무실 전화가 요란하게 울린다. 받을까 말까 망설이다 전화에 손을 뻗었다.

"행복부동산입니다."

"여보세요."

낮은 남자의 목소리였다.

"네. 말씀하세요."

"행복부동산? 그 집에서 집 사면 행복해지요?"

남자의 말투는 술에 취한 듯 어눌하게 들렸다.

"아, 네. 뭐 그렇게 되면 좋겠다는 뜻이죠."

"그러면 내 집 하나 구해주소. 행복해지는 집으로 말이오."

가끔씩 이런 손님을 만나지만 지금은 늦은 밤이고 더구나 오늘은 힘든 하루였기에 길게 대화할 기분은 아니었다.

"저기요, 손님. 조금 취하신 것 같은데 내일 다시 전화주시면 안 될까요?"

"아, 취하기는 누가 취했다고 그래? 집 사겠다는데."

"그러면 몇 평 정도의 집을 원하세요?"

"오늘처럼 춥고 비 오는 날, 따뜻하게 잘 수 있는 집이면 되지 뭐가 더 필요해? 행복도 평수 따라 다른가?"

시비를 거는 말투였다. 남자는 집이 필요한 게 아니라 누군가 얘기를 하고 싶은 듯했다. 하지만 오늘은 아니다. 갑자기 피곤이 밀물처럼 밀려들어 건네는 말투가 까칠해졌다.

"손님이 어떤 집을 원하시는지 정확하게 잘 모르겠어요. 내일 다시 전화주면 알아봐드릴게요."

"아! 씨발, 집 파는 년이 그것도 모르면서 행복, 행복 하고 있어? 도대체 그 행복은 몇 평이면 사는데, 좆도 모르면서 까불고 있어?"

남자의 이죽거리는 말소리가 조용한 사무실에 울려퍼진다. 수화기를 내려놓는 팔에 힘이 빠졌는지 순간 몸이 휘청, 흔들렸다. 책상에 몸을 기대며 수북하게 명함철에 놓여 있는 빳빳한 명함을 바라봤다.

남자의 말대로 여태껏 행복도 모르면서 집만 팔았던 것일까? 내 명함에 적힌 행복한 집은 있기는 있는 것일까?

스물스물 온몸을 차례로 점령하는 듯 차가운 기운이 의문처럼 퍼져나갔다. 조용히 스카프를 두르고 사무실 전원을 내렸다. 키 큰 회색 건물에 악착같이 붙어 있는 행복부동산 간판은 다른 빛나는 간판들 속에서 초라하게 녹슬어가고 있다.

지금은 행복도 잠시 잠을 자는 시간이지, 윤은 낮게 중얼거리며 계단을 내려섰다. 거리에는 그 많던 사람들도 차들도 보이지 않는다. 왼쪽 대로로 방향을 틀자 기다렸다는 듯이 비바람이 급작스럽게 몰아쳐와 윤은 넘어지지 않으려고 있는 힘껏 우산을 움켜쥐었다.

나아갈 수도 뒤돌아설 수도 없는 순간, 파랑색이 바다의 물결처럼 흐르고 있는 어느 마을의 담벼락이 느닷없이 떠올랐다. 그곳은 담을 타고 흐르던 파랑의 꿈틀거림이 끝없이 이어지는 모로코 북서부 산악지대의 어느 마을이었다. 아이들의 웃음소리와 따뜻한 온기가 살갗을 간질이던 그 마을에는 마주치는 고양이들마저도 모로칸 블루색의 눈을 가진 곳이었다. 한가로이 고양이들과 어슬렁거리며 걷던 그 좁은 골목에서 맡아졌던 민트향이 온 몸을 휘감았다. 멀리서 깜박거리는 자동차의 불빛처럼 윤은 갑자기 그 도시의 이름이 무엇이었는지 그 도시가 정말 있기는 있는 것인지 그게 미치도록 궁금해졌다.

1단지와 2단지 사이를 가로지르는 텅 빈 도로 위에서 네온사인에 푸르스름하게 젖어가는 두 개의 성난 뿔처럼 솟은 아파트 단지를 막막하게 바라보며, 윤은 그 이름을 떠올리려 안간힘을 썼다.

물미해안에 잠들다

1

남자의 얼굴을 그렇게 가까이서 보기는 처음이었다.

오후 들어서부터 일기 시작한 바람이 밤이 되자 제법 거칠어졌다. 도로에는 오가는 차들도 없어 적막했고 편의점 안의 TV에선 뉴스 시간을 알리는 시그널이 행진처럼 울려 유리문 밖으로 지나가는 바람이 몰래 볼륨을 올린 듯 소란스러웠다. 편의점 문을 닫을까 어쩔까, 망설이며 통유리창의 버티컬을 내리려고 창가에 다가섰을 때였다.

감나무 그림자를 등지고 편의점 앞 마당가에 한 남자가 주춤하게 서 있는 것이 보였다. 보름달이 통유리 가까이 와 있어서 그런지 집중해서 보지 않아도 바로 알아차릴 수 있었다. 방파제에 머무는 남자였다. 눈에 익은 검정색 패딩점퍼 차림 그대로였다.

방파제 남자가 이 시간에 그녀의 편의점에 오는 것은 좀 의외의 일이었다. 필요한 물품이 있으면 아무리 늦어도 일몰이 지는 저녁 전에 들르곤 했었다. 늦은 시간에 나타났다고 남자를 이상스레 생각한다든지 경계한다는 것은 아니다. 여태 자잘한 생활용품을 구입해가면서도 제대로 눈 한 번 맞추며 계산한 적 없었다. 무엇이 있냐고 묻지도 않고 주섬주섬 집어서 건네는 몇 개의 물품을 받아 봉투에 담아주면 남자는 무언가에 떠밀리듯이 가게 밖으로 나가곤 했었다. 남자는 해안의 마늘밭을 지나가는 이월의 바람 쪽보다는 고스란히 바람을 맞는 풋마늘 쪽에 가까운 사람이었다.

통유리문을 사이로 아주 짧은 순간이었지만 서로를 빤히 바라보는 민망한 꼴이 되어버렸다. 남자는 그녀의 편의점에 처음 들른 것도 아닌데도 늘 저렇게 주춤거린다. 서 있는 남자 곁으로 짧은 바람이 지나가는지 순식간에 앞 머리카락을 헝클어놓는다. 동시에 그것이 신호인 듯 이쪽으로 향했다.

성큼, 들어올 때와는 달리 남자는 일순간 다른 세계에 들어온 듯 우두커니 문 앞에 서 있다. 무릎까지 내려오는 두툼한 사파리 점퍼 위로 검은 머플러를 휘감았고 흐트러진 머리칼에선 금방 한겨울을 걸어나온 듯 서늘한 냉기마저 품어져 나왔다.

자세히 보니 남자의 외양도 처음 볼 때보다 많이 변해 있었다. 머리카락은 더부룩하게 자라 귀를 덮었고, 얼굴은 해풍에 지친 듯 거칠고 어두웠다. 이렇게 늦은 밤에 들른 것이 남자도 내심 불편한지 소리가 들리는 TV 쪽으로 시선을 주고 있다.

그녀는 기다린다.

남자에겐 숨의 결을 고를 시간이 필요한 것 같았다. 창밖으로 또 한 차례 바람이 지나가는지 처마 끝에 매달아둔 풍경이 다급하게 흔들렸다. 거친 바람소리는 사람을 한 없이 외롭게 만든다. 바람소리에 서늘함이 몰려와 목에 두른 미색 스카프를 손으로 여민다. 그때야 남자도 헝클어진 머리칼을 손으로 빗어넘기며 조금 더듬거리는 목소리로 물어왔다.

"혹시……, 해열제가 있을까요?"

처음 듣는 남자의 목소리는 의외로 낮은 저음이었다. 뭔가에 눌린 듯 먼 곳에서 힘겹게 끌어당긴 활시위같이 위태하게 들렸다.

"약은 취급하지 않아요. 근데 해열제는 왜?"

갑자기 해열제란 말에 뭔가 짚이는 데가 있었다. 그래서 되물어본 것이다. 하지만 남자는 그녀의 물음에 별다른 반응을 보이지 않는다. 이해를 못했다는 건지 아니면 건성으로 들은 건가 싶어하는 순간, 고개를 숙이고 있던 남자에게서 깊은 기침이 터져나왔다. 연속적으로 해대는 기침소리에 그녀의 목 안도 컬컬해져와 마른침이 절로 삼켜졌다.

"애가 열이 많이 올라서……."

겨우 기침이 멎고 웅얼거리듯이 말했다.

애라면, 훈이? 훈이는 남자의 아이다. 일곱 살 사내아이치고는 제비꽃같이 키 작은 아이였다. 그러고는 남자는 천천히 문 쪽으로 돌아섰다. 남자의 뒷모습을 보는 순간에서야 옆집 성호가 불현듯이 떠올랐다. 느슨하게 풀어진 급소를 한방 맞은 듯 허둥거려졌다. 성호는 훈이와 같은 나이 또래라 집에 해열제와 같은 간단한 처방약은 늘 상비해두고 있다.

왜 이제야 그 생각이 떠올랐는지……

"잠깐만요."

그녀는 남자를 다급하게 불렀다.

"잠시 기다려보세요. 옆집에서 구해볼 수 있을 것 같아요."

그녀는 묻지도 않고 따뜻한 원두 커피를 머그잔 가득 담아 남자 앞으로 내밀었다. 남자도 얼떨결에 받았다는 듯 머그잔을 들고 엉거주춤하게 서 있다. 열에 들떠 있는 아이의 얼굴이 떠올라 다급하게 뒷문을 밀자 차가운 바람이 맵차게 얼굴을 때린다. 그녀의 무심함에 질타를 가하듯 단 한방인데도 숨이 멎을 만큼의 위력이었다.

고요한 그녀의 일상에 변화가 온 것은 남자의 아이를 만난 올해 봄부터였다. 꽃샘추위 끝에 반짝 볕드는 포근한 날이어서인지 나들이객이 꽤 있는 토요일 오후였다. 뎅그렁, 종이 울리며 유리문을 밀고 들어온 손님은 어린 남자아이였다. 차가 서지 않았으니 손님의 아이는 아닐 것이고 과자를 사러온 동네 어느 집의 손자이겠거니 하며 주방에서 손님이 주문한 음식 만들기에 바빴다. 주문한 음식을 가져다주면서 보니 그때까지 아이는 뭔가를 고르지 못하고 있었다. 아이스크림 케이스 앞에 섰다가 다시 과자 진열대 앞으로 오가며 서성대고 있을 뿐이었다. 일어서는 손님을 따라 카운터에서 계산을 하고 난 뒤에도 그대로였다.

먹고 싶은 것이 있으면 망설임 없이 잡는 또래 아이들하고는 조금 다른 면이 있었다. 그녀는 호기심이 일어 돈이 모자라느냐고, 아니면 먹고 싶은 게 여기에 없느냐고 물었다. 아이는 얼굴을 붉히며 고개만 저었다. 달리 할 말도 없어 그럼 이름이 뭐냐고 물었다.

'훈이.'

아이의 이름을 듣는 순간이었다. 아주 작은 새가 사뿐히 나무에 앉듯이, 그녀의 심장을 둘러싼 갈비뼈 하나를 뭔가가 스쳐갔다. 꾹꾹 눌러 담은 봉지 속의 푸성귀들처럼 물기가 닿기도 전에 저절로 아우성치듯이 오랫동안 그 이름을 불러온 것 같은 느낌이었다.

그래서였을까? 그녀는 그날 아이에게 과자를 팔지 않았다. 대신 그녀의 옆집에 사는 또래인 성호를 불러와 셋이서 유리문 너머 바다가 보이는 탁자에 앉아 간식을 나눠 먹었다. 오지랖 넓게도 성호를 불러온 것은 그녀 자신보다 따뜻한 우유 한 잔보다 또래 친구가 더 필요한 자리일 것 같아서였다. 그녀의 의도대로 쑥스러워하던 아이들은 만난 지채 한 시간도 되지 않았는데 금방 친해져 노을이 질 때까지 그녀의 정원에서 들쥐처럼 몰려다니며 키득거렸다.

해거름쯤 집으로 돌아갈 때에야 알았다. 훈이가 방파제에 머무는 남자의 아이라는 것을. 그녀는 방파제로 내려가는 아이를 혼자 보내지 못했다. 주춤주춤, 뒤따라 걸으며 감나무 아래까지 내려갔다. 마늘밭 담옆으로 접어들자 아이는 무슨 생각을 하는지 고개를 숙이고 느릿느릿 걸었다. 좀 전의 친구와 뛰어놀던 모습과는 달리 시무룩한 표정이었다. 아이의 뒷모습이 지는 노을과 함께 방파제로 기웃하게 기울고 있었다. 어디서 많이 본 듯한 풍경이 그녀의 눈앞에 펼쳐졌다. 그녀도 아이처럼 그렇게 빈집을 향해 걸어갔던 날들이 있었다.

생각해보면 복어 독 같은 기억이었다.

주물공장에서 일하던 아버지는 단골 술집에서 마신 술기운에 도랑가 둑에서 실족사하여 돌아가셨다. 그녀가 초등학교 입학 후 얼마 지나지 않아서였다. 가장이 된 젊은 엄마는 산 사람은 살아야 되지 안 되겠냐며 하루 24시간 운영하는 어시장 끝자락 해장국집 주방에서 복어국 끓이는 일을 시작했다. 친구 엄마들처럼 수출자유지역 내 가발공장이나 신발공장이 아닌 해장국집을 택한 것은 순전히 엄마의 유별난 후각 때문이었다.

고무 냄새와 본드 냄새는 굶어죽는 한이 있어도 못 맡겠다며 하루 만에 그만둔 직장들이었다. 직장 경험도 없이 순전히 시골처녀로 자라 아버지에게 시집 오면서부터 도시살림을 시작한 엄마로서는 기함할 경험이었다.

다행히 엄마는 양념 냄새는 종일 맡아도 싫지 않은지 잔업수당과 특근수당이 없어도, 1년 365일 하루도 쉬지 않고 복어국을 끓이러 나가셨다. 복어국 냄새에 돈 냄새도 같이 맡으셨는지 명절 연휴에도 국솥 앞에 서 있느라 엄마는 언니와 그녀를 내버려두다시피 했다.

빈 집을 향해 혼자 걸어가본 사람은 안다. 인기척이 얼마나 그리운지를. 그녀는 느닷없이 아이의 이름을 크게 불렀다.

내일도 이곳으로 놀러와. 꼭!

그녀의 말에 아이의 표정은 소나기를 한 차례 맞은 풋마늘 잎처럼 푸릇푸릇 되살아났다. 아이에게 외친 소리는 어쩌면 그녀가 그때 누군가에게 듣고 싶었던 얘기였는지도 모른다.

다음 날부터였다. 아이는 새가 둥지에 깃들듯이 그녀의 편의점으로 찾아들었다. 아이가 세수를 않고 올라올 때나 머리에 땀내가 나면 그녀는 사정을 뻔히 알면서도 아이고, 이 녀석아! 하며 따뜻한 물을 받아 머리를 감기고 세수를 시켰다. 아이의 보드라운 살을 부비며 연한 살 냄새가 맡아지면 그녀는 코끝이 절로 매워졌다.

그녀가 마당 수돗가에서 얼갈이배추김치나 깍두기를 담그는 날에는 곁에 앉아 맛을 봐주었고 붉은 토마토를 썰어넣은 스파게티를 누구보다도 맛나게 먹어준 것도, 둥글게 만든 감자크로켓을 최고라고, 맛 품평을 해준 것도 남자의 아이였다. 서툴렀지만 누군가를 먹이기 위해, 그것도 어린 아이를 위해 무언가를 만든다는 게 어떤 의미인지 그녀는 처음으로 알게 되었다.

초저녁잠이 깊은 성호 할머니를 깨워 주황의 액체 약과 혹시나 싶어 열 내리는 흰색 좌약도 챙겼다. 뒷문을 통해 급히 편의점에 들어서니 남자의 시선은 유리문 밖을 향해 있었다. 텔레비전에서는 자살한 여배우에 대해 저마다의 추억을 둘러앉아 지껄이고 있고 바깥의 어둠을 응시하는 남자는 풀어내야 할 어떤 끈을 찾는 골똘한 표정이다.

아픈 아이 때문일까?

가까이 다가서도 남자는 쉽사리 그녀를 인식하지 못하고 있다. 그녀는 남자를 부를까 어쩔까 하다 그냥 마주보는 의자에 슬그머니 앉았다. 약봉투는 탁자 한 쪽 위에 놓고 남자를 가만히 바라봤다. 남자의 얼굴을 손을 뻗으면 닿을 수 있는 이렇게 가까운 거리에서 보는 것은 처음이었다. 불빛 아래에서 보니 남자는 수염을 정리할 엄두를 내지 않았는지 일부러 다듬지 않았는지 둥근 턱선을 따라 난 짙은 수염이 인상적이었다.

잘 생긴 얼굴도 아니었지만 고생하며 산 얼굴도 아니었다. 보통의 평범한 중년의 모습이지만 왠지 세상일에 더 이상 관심 없다는 체념 같은 표정은 어쩔 수 없이 나타나보였다. 창백하면서도 푸석한 남자의 얼굴에 드리운 검은 어둠 같은 수염만 걷어낸다면 그나마 좀 나아보일 것 같았다.

그녀의 인기척 때문인지 무심히 고개를 들어 그녀를 응시하는 남자의 눈빛은 깊었다. 검은 바윗돌 하나 깊숙이 담고 있는 듯했다. 항상 남자의 눈빛이 궁금했었는데 막상 두 눈을 마주하자 어떤 위압감이 느껴졌다. 더 이상 다가갈 수 없는 경계의 선이 분명해 보이는 저 눈빛은 친구들과 고향 앞 바다의 작은 섬에 들어선 위락시설에 나들이를 갔을 때 본 공중그네를 타던 소녀의 눈빛 같았다.

처녀적이었다. 서커스 공연장 앞을 지나갈 때 친구 중 누군가가 어머! 신기하게도 서커스공연이라니, 하며 빨리 이곳부터 들어가보자고 했고 누군가는 더운 지방에 사는 동물들을 먼저 구경하자고 했다. 그게 명쾌한 은아의 의견이었는지, 신중했던 명아의 생각이었는지는 모르겠지만 그날 고대하던 서커스 공연은 보지 못했다. 매표소 안내문에서 보니 서커스 공연은 이미 끝난 시간이었다. 돌아서기에 미련이 남아 객석에서 서성이던 처녀들은 연습 중인 소녀를 보는 것으로 아쉬움을 달래야 했다.

넓은 그물망이 쳐져 있는 그네 위에 앉아 공중그네를 타는 소녀는 혼자였다. 채 스물도 되지 않은 야윈 몸매의 서커스 소녀는 어느 시점에 자신의 몸을 던져넣어야 되는지 흔들리는 공중그네에 앉아서 오래도록 앞을 응시하고 있었다. 팔을 뻗어 바람의 결을 헤집다가 짧은 주름 스커트가 팔랑하고 건너편으로 날릴 때마다 그네를 따라가는 눈빛은 지독한 몰입이었다.

소녀의 찰랑대던 단발머리의 단정한 가르마처럼 남자의 눈빛도 그러했다. 남자는 어떤 해답을 찾는지 그 눈빛 속으로 가만히 들어가보고 싶은 욕망을 지긋이 눌러야만 했다. 남자의 두 눈동자가 그녀를 인식한 듯 흔들리자 몰래 본 비밀 일기장처럼 황급히 눈길을 거두며 약봉투를 끌어당겼다.

"시럽으로 된 해열제거든요. 한 숟갈씩만 먹이면 돼요."

무안함 때문인지 처방전을 일러주는 말투가 절로 더듬거려졌다. 남자는 약봉지를 받아들고는 주춤하니 일어선다. 몇 초의 짧은 침묵 끝에 그녀에게 가벼운 목례를 하고는 유리문을 민다. 남자는 어쩌면 고맙다는, 그런 인사말을 하고 싶었을 것이다.

인사를 받으려고 약을 구해준 것은 아니다. 그렇게 해야만 되니깐 그렇게 한 것이다. 남자는 해열제를 구할 수 있을까요, 라고 그녀에게 물어왔지 않은가.

마을보다 위쪽에 있는 그녀의 편의점 앞 공터를 가로질러 휘청거리듯 밭둑길을 걸어내려가는 남자를 유리문 너머로 가만히 지켜본다. 바람이 그의 힘겨운 발걸음을 떠밀고 있었다. 남자의 뒷모습이 저 검은 바다 속으로 그대로 걸어갈 듯이 위태롭게 보였는지, 처마 밑에 달아둔 풍경이 경고음을 울리듯 뎅뎅거린다. 푸른 마늘밭 위에 떠 있는 보름달이 내리막길을 걷는 남자의 고개 숙인 뒷모습을 조용히 뒤따르며 어둠을 짚어주고 있다.

2

물미해안도로에 위치한 그녀의 편의점 이름은 '밤배'이다. 그녀의 편의점 이름이 어떻게 '밤배'가 되었는지 이름을 지은 그녀도 가끔씩 의아스러웠다. 그녀가 물미해안도로 가에서 편의점을 하겠다고 낡은 옛 집을 고치는 보수공사를 할 때였다. 막상 공사라고 벌이고 보니 손볼 게 하나둘이 아니었다. 페인트칠만 하고 비틀어진 앞문을 허물고 유리문만 교체한다고 시작한 것이 이것저것 고칠 것이 보여 아예 집을 헐고 새 집을 짓는 것이 나을 뻔했지 않나 싶을 정도였다.

간판만 새 것으로 바꾸는 것으로 벌여놓은 공사를 대충 마무리하기로 하고, 읍내에 있는 간판집에 전화를 넣었더니 주인이 대뜸 어떤 이름으로 할 거냐고 물어왔다. 간판비 깎을 엄두보다 이름 짓는 것이 더 힘든 숙제일 것 같아 곧 알려드린다고 하고서는 연락을 미루었다. 생각해두었던 이름도 없고 딱히 떠오르는 이름도 없었다. 차일피일 미루고 있었는데 전화로 몇 번이나 채근하는 주인 때문에 무심결에 그러면 뭐

'밤배'로 하지요, 라고 했다. 말해놓고도 내가 정말 그렇게 말했나 싶어 재차 이름을 주인에게 되물어보았으니 말이다.

'밤배'라니? 생각도 못한 일이었다.

언니의 채근으로 여행 가방 하나 간신히 꾸려 무작정 이곳에 왔을 때였다. 지도의 끝자락인 남해 해안마을에 몸은 왔지만 마음까지 다 오지 않은 나날이었다. 잠시 쉬러왔을 뿐이라고 생각했지만 낯선 곳에서의 일상들은 그녀에게 휴식이 아닌 적응을 요구했다. 그녀가 한다는 일이란 고작해야 창밖으로 보이는 바다만 지치도록 바라보는 것이었다. 그렇게 혼자이기를 원했으면서도 막상 혼자가 되었을 때 그 변화를 견디는 것은 감당하기 버거운 일이었다.

무기력한 나날의 연속이었다. 이렇게 보내겠다고 이곳으로 온 것은 분명 아니었다. 온종일 이불 속에서 시체처럼 누운 날과 아무 것도 먹지 않고 멍하니 창밖만 바라보는 날들이었다. 화장실 거울에 비친 자신의 얼굴에 스스로 놀랄 정도로 몸은 수척해가고 있었다. 그즈음이었다. 돌아가신 친정엄마가 자주 꿈에 보였다. 위암으로 고생하다 눈이 무릎까지 내린 겨울에 집도 아닌 대학병원 암병동에서 돌아가신 엄마는 드시지도 못 하면서 보드라운 쑥국 한 그릇이 먹고 싶다고, 그렇게도 노래를 불렀다.

이봐라, 너거들 아나? 모르나? 아마 모를끼다. 우리 집 복어국이 다른 집 복어국보다 왜 그렇게 맛있는지. 그건 바로 이 김복자의 청춘을 몰래 양념으로 썰어넣어서 맛있다 아이가?

복어국에 들어갈 푸른 미나리를 듬성듬성 썰면서 능청스럽게 말했던 엄마였다. 농담이라고 했지만 듣고보면 가슴 저미는 말이기도 했다. 새파란 청춘을 복어국에 양념으로 넣었다던 엄마치고는 유별난 식성이었다. 일생을 양념으로 바쳤다는 복어국을 찾으면 모를까? 이 한겨울에 웬 쑥국이냐고 도리어 타박을 주었다.

생각해보면 엄마 말대로 인정머리라곤 눈곱만큼도 없는 딸년이었다. 엄마에게 자식이라도 많나. 달랑 딸 둘뿐인데 헛말이라도 한 번 구해서 꼭 끓여드릴게, 하든지 말린 쑥이라도 구해 조개와 들깨 보드랍게 갈아넣고 끓여서 국물이라도 한 번 맛보게 해드릴 걸. 그게 뭐 그리 힘든 일이라고 못해드렸는지…….

그녀가 그랬다면 엄마는 쑥국이 대수였겠나? 엄동설한에 얼음 목욕도 할 분이 그녀의 엄마였다. 소원대로 쑥국 한 그릇 끓여드리지 못한 것이 그녀는 세월이 흐를수록 후회스러워 명치끝이 쓰라렸다.

그래서일까? 돌아가신 엄마의 식성이 그대로 전해졌는지 처음으로 뭔가가 먹고 싶다는 생각이 들었다. 그것도 쑥국이 먹고 싶었다. 그녀는 택시를 불러 타고서는 기사에게 여기서 제일 가까운 곳에 있는 뜨거운 국을 끓이는 해장국집에 데려다 달라고 했다.

생각하고 말고도 없이 대뜸 기사는 춘삼월에는 도다리쑥국이 마 최고지예, 하면서 몇 분을 달려 읍내 삼거리 식당 앞에 내려주었다. 그녀는 만 원을 주고 바다가 보이는 작은 식당 방 테이블에 앉아 뜨끈뜨끈한 쑥국을 입천장이 데이도록 급하게 먹었다. 쑥 향기가 베여 있는 도다리 살점은 부드러웠고 국물은 뜨겁고도 시원했다. 푸릇푸릇한 쑥이 고명처럼 얹어 있는 넓적한 쇠대접 속에 담긴 도다리쑥국을 국물 한 방울 남김없이 깨끗이 비웠다.

쑥국 때문이었을까? 그녀는 방문을 열고 신발을 신고 마당가에 설 수 있었다. 발길이 가는 방향으로 천천히 걸어보았다. 걸을 만했다. 처음엔 남자가 머물고 있는 방파제까지 걷다가 그 다음엔 다랑이논둑길을 따라 걸었다. 조금 지나서는 독일마을을 거쳐 원예마을을 기웃거리기도 하고 금산의 동쪽 계곡에 있는 편백휴양림에서는 종일토록 맨발로 쏘다니기도 했다. 더 욕심을 부려 생수병을 넣은 작은 백을 메고는 해안길을 걸어서 미조항까지 갔다오기도 했다.

봄날의 물미해안은 가는 곳마다 벚꽃과 유채가 피어 있는 길이었다. 때론 걷다가 지쳐 버스를 탈 때도 있었고 늦은 밤 길눈이 어두워 택시를 불러 타고 오기도 했다. 물미해안 길 위에서 보낸 시간들이 길어질수록 그녀의 마음속에 치받치어 있는 것들이 조금씩 가벼워지기 시작했다. 기갈이 멎은 듯 사계절이 훌쩍 다 지나가는 시간을 보내고 나니 먹먹했던 것들이 조금씩 누그러졌다.

창밖으로 보이는 방풍림 너머 먼 바다에 불을 밝힌 밤배 한 척이 유유히 서쪽으로 가고 있었다. 이른 봄 언저리였으니 멸치잡이 배였을 것이다. 밤배를 따라 한참을 그렇게 마음이 흘러가다가 문득 그녀는 자신이 밤배 같다는 생각이 등대의 불빛처럼 환하게 마음을 비추었다. 어디로 가는지는 모르겠지만 저렇게 흘러가는 밤배처럼 그렇게 나 홀로 가는 것이라고, 그러니 괜찮다고. 저 밤배도 지친 몸을 이끌고 흘러가다가 낯선 항구나 이름 모를 포구에 닻을 내리듯이 그녀도 물미해안가 작은 포구 마을에서 피곤한 닻을 이제는 내려야 되지 않겠느냐고, 그녀 스스로에게 되묻고 있었다. 그것이 무슨 인연이었는지, 아니면 물미해안의 밤배가 노를 저어 그녀에게로 왔는지 그녀의 입에서 뜻하지 않게 노랫소리가 흘러나왔다.

'검은 빛 바다 위를 밤배 저~어 밤배…….'

노랫말처럼 그녀는 그렇게 물미해안가에 닻을 내렸다. 편의점 이름을 무심결에 '밤배'라고 지은 것은 우연이 아닌 그렇게 불리게끔 정해져 있는 것을 그녀가 늦게 알아차린 것뿐이었다. 이름을 정한 지 이틀 만에 '밤배' 간판이 내걸렸다. 하얀 색 간판 위에 검은 색으로 단정하게 쓴 글씨체였다. 정갈한 글씨체가 마음에 들었다. 늦은 밤까지 그녀는 간판 불을 올려두고 해안도로 끝까지 걸어가서 다시 '밤배'를 따라 걸어오기를 몇 번이나 했는지 모른다. 어두운 밤 등대처럼 '밤배'에서 풍겨져 나오는 불빛을 따라 걸으면 절로 눈물이 그렁그렁하게 차올랐다. 이제 저 '밤배' 때문에 길을 잃을 일은 없을 것이라고, 다시는 자잘한 미풍에 흔들려 낯선 곳으로 출항하지 않을 것이라는 각오가 때를 만난 그물 안의 은빛 멸치 떼처럼 튀어올랐다. 어둠속의 밤배처럼 그렇게 당당히 혼자서 밤길을 가야겠다는 열망이 그녀가 살아온 햇수보다 몇 곱절 더 무겁게 그녀를 눌렀다. 다시는 물미해안을 두고 떠나지 않겠다고 그녀 스스로 다짐한 밤이었다.

언니의 시댁 동네이기도 한 이곳은 아름다운 해안선을 따라 펜션이 들어서는 다른 지역과는 달리 개발이 덜 되었다. 작은 포구는 번잡스럽지 않아 평온했다. 해안을 끼고 구불구불 이어지는 물미해안 길에 있는 그녀의 편의점은 평범하다. 멋지게 장식한 외관도 아니고 이름 있는 프렌차이즈도 아닌 그냥 편안한 밥집으로 보이는 쪽이다. 그게 바로 그녀가 원하는 바이기도 했다.

그런 그녀의 '밤배'에도 늘 누군가가 찾아들었다. 한 번 들른 손님이 민박을 신청하면 방값을 받은 그녀는 못내 미안해져서는 아침이라도 해먹여야겠다 싶어 이른 아침 포구에서 받아 온 싱싱한 생 멸치로 국을 끓이느라 부엌과 뒤란 텃밭을 들락거렸다. 멸치의 뼈를 추려내고 텃밭에 지천인 봄동과 남해의 갯바람을 맞으며 자란 햇마늘과 된장을 풀어넣고 비린내 없이 담백하게 멸치국을 끓여냈다. 그녀는 봄이나 가을이면 그녀의 텃밭에서 자라는 봄동과 얼갈이배추로 국을 끓이고 여름이면 애호박을 듬성듬성 썰어넣고 멸치국을 끓였다. 그녀의 손끝에서 만들어진 상큼한 장아찌와 풋마늘쌈장이 겨우내 잃었던 입맛을 되찾아주었는지 손님이 부탁하면 거절 못하고 또 풋마늘을 어슷어슷하게 썰어넣고 조린 멸치조림에다 텃밭에서 갓 솎아온 상추와 쑥갓으로 상을 차렸다. 장아찌가 맛나다고 하면 돌아갈 때 조금씩이라도 골고루 담아 맛이나 보라며 건네는 것도 잊지 않았다.

계절이 바뀌어도 그녀의 손맛을 못 잊어 단골 숙박 손님들이 철마다 찾아들었다. 별 특별한 음식도 아니었다. 뒤란 텃밭의 푸성귀로 버무린 생 멸치무침과 멸치조림과 국을 낼 뿐인데도 그녀의 밥상 앞에서는 생의 한 무게를 내려놓은 듯 다들 평화로웠다. 물미해안의 흙과 물에서 나는 것을 먹고 잠자고 숨 쉬면서 그렇게 자연스레 섞여 들다보니 그녀는 저절로 물미해안의 풍경이 되어 있었다.

일찍 가게 문을 닫고 간판 불만 두고 스위치를 내렸다. 철없는 어린 사내아이처럼 패악을 부리는 바람소리도 이제 할 만큼 했다는 듯이 유순해졌다. 안채로 들어가려다가 유리문을 통해 방파제를 내려다보니 텐트의 불빛이 희미하게 보였다. 아이가 아프다는데 감기인지 아니면 체해서인지 걱정이 되었다. 매일 매일 들르는 아이가 안 오면 그녀라도 한 번 챙겨볼 것을 무엇하느라고 무신경했는지 요 며칠 사이의 일정을 더듬어보았다.

아! 그랬구나. 봄가뭄에 대비하여 옥상의 물탱크를 좀 큰 것으로 교체하느라 아이의 일을 순간 잊고 있었다. 어제 오늘 바람이 좀 심하게 불어 그냥 아빠 곁에서 머물고 있나 보다고 생각했었다. 달리 연락할 수도 없었는데도 아이가 아픈 것이 꼭 그녀의 탓인양 그녀는 스스로 자책했다.

기침도 없이 열이 오른다는 게 영 마음에 걸린다. 아이가 마지막으로 온 날 성호가 야외 소풍을 가는 날이라 할머니 대신 작은 미니 김밥을 말아주었다. 남은 재료로 점심 때 김밥을 말아 둘이서 같이 먹었다. 급하게 먹는다고 말리기까지 했는데 그게 탈이 났는지 어쩐지 자꾸 눈길이 남자가 머무는 방파제 쪽으로 향했다.

남자는 이른 초봄에 와서 봄이 깊어지도록 서쪽 방파제 가로등 밑에 머물고 있다. 남자가 타고 온 푸른 승합차를 보면 아예 이곳에 둥지를 틀 작정을 한 것처럼 보였다. 처음 남자의 아이를 볼 때 이 동네를 찾아온 누구네 손자인 줄 알았다. 하지만 손등이 갈라지고 머리에서 쉰내가 나는 것을 미루어볼 때 아이는 전혀 돌봄이 없다는 것을 알게 되었다. 아이가 입고 온 겨울 점퍼 안에 무슨 유치원이라는 마크가 새겨진 원복만 봄철 내도록 입고 있었다. 어느 날 그녀는 세탁기를 돌리려다가 아이를 불렀다. 아이의 옷을 벗기면서 보니 오랫동안 목욕을 하지 않았는지 허연 각질이 몸에 있었다. 허벅지와 엉덩이에는 아토피 같은 피부 알레르기까지 보였다. 무턱대고 먼저 아이를 씻기고 나서 보니 아이에게 입힐 옷이 없었다. 생각도 없이 벌인 일이었다. 어쩔 수 없이 커다란 셔츠를 둘둘 말아 입히고 밥이라도 따뜻하게 먹일 요량으로 아이에게 무슨 반찬 좋아하냐고 물었더니 계란말이요, 했다.

시원한 굴국과 호두와 같이 조린 멸치와 계란말이로 차려진 저녁밥상 앞에서 아이의 식성은 좋았다. 젓가락질이 서툰 아이의 숟가락 위에 반찬을 놓아주며 같이 밥을 먹는 시간은 보일러가 돌아가는 아랫목처럼 따뜻했다. 아이는 이빨이 시원찮은지 밥과 반찬을 오래도록 씹었다. 따뜻한 굴국을 먹다 말고 느닷없이 아이가 고개를 숙이고 가만히 있었다. 왜 그러는지 궁금해서 물어보니 아빠 때문이라고 말했다.

맛있는 음식을 먹을 때 생각나는 사람이 진심으로 사랑하는 사람이라고 하더니 혼자 있는 아빠를 생각하는 아이의 마음이 그대로 느껴졌다. 밥을 먹는 속도가 처음보다 느렸다. 그 마음이 예뻐서 이 밥을 다 먹으면 아빠에게 갈 때 따뜻한 굴국을 갖다드리자며 달랬다. 아이는 가만히 그녀의 두 눈을 바라보다 느닷없이 그녀의 볼에 소리가 나도록 입맞춤을 했다.

그녀는 순간 좀 멍했다. 이런 풍경은 그녀가 늘 꿈꾸어오던 것이었지만 한 번도 이루어지지 않았던 일이기도 했다. 느닷없는 입맞춤에 그녀의 얼굴이 붉어졌다. 그녀 평생에 처음 느껴보는 아주 힘센 입맞춤이었다.

저녁식사가 끝나도 창밖으로 지나가는 바람소리는 잦아들지 않았다. 도시의 창으로 지나가는 바람은 차가워도 사납진 않았다. 바닷가에서 맞는 바람소리는 그녀의 속내를 다 들어내 듯이 전신을 흔들어대는 소리였다. 언니는 바람이 불 때마다 유배를 당한 선비의 한이 바람이 되어 부는 바람이니 얼마나 슬프겠니 라고 말했었다. 언니의 말대로 유배의 바람 속으로 아이를 보낼 수는 없었다. 재워보내야 되지 않나 싶어 아이에게 남자의 휴대전화 번호를 물었다.

"없어요."

대답하는 아이의 말에 설마 싶기도 했고 아이라서 숫자를 못 외우는가 싶어 다시 문자 번호를 모르는 게 아니라 아예 없다고 했다.

"그럼. 어쩌지? 아빠가 걱정하실 텐데."

그녀가 좀 곤란한 표정을 짓자 아이가 조심스레 물어왔다.

"근데요. 아줌마, 아줌마는 나 같은 아이 없어요?"

그렇게 묻는 녀석의 얼굴이 궁금해 죽겠다는 표정이었다.

"그래. 아줌마는 아이가 없어. 훈이가 아줌마 아들 할래?"

그녀는 조금 장난스러워지고 싶었다. 너무 진지한 이야기를 할 때 때로는 아무렇지도 않게 말하는 것이 편할 때가 있기 때문이다.

"그건……."

아이는 미간에 주름을 지으며 좀 심각해졌다.

"아저씨도 없어요?"

내친 김에 궁금한 것 다 물어보자고 작정이라도 한 듯 눈을 동그랗게 뜨고 묻는 말에 그녀는 조금 뜨끔했다. 어린 아이에게 이런 질문을 받을 거라고는 예상치 못한 부분이었지만 아이의 표정이 심각한 게 도리어 재밌게 느껴졌다.

"응, 아줌마는 아이도 아저씨도 없어. 그래서 심심해."

서로에게 물어보나 마나한 얘기를 묻는 자리였지만 꼭 필요한 대화이기도 했다. 창밖으로 바람은 불었지만 그녀의 마음은 도리어 차분하게 가라앉았다. 설거지를 마치고 긴 쿠션을 들고 누워 TV를 보는 아이 옆에 나란히 누웠다. 그냥 그렇게 하고 싶었다. 방안이 따뜻해서인지 눕자마자 몸이 노곤하게 풀어졌다. 아이가 보고 있는 프로그램은 와자하게 떠드는 주말의 개그 프로였다. TV를 보며 같이 깔깔거렸다. 언제 잠이 들었는지 아이는 프로가 채 끝나기도 전에 잠들어 있었다.

그녀는 잠든 아이의 팔을 바로 펴서 이불 속에 넣고 흐트러진 머리칼을 손빗으로 넘겨주고 가만히 바라보았다. 낮 동안 팽팽하던 긴장이 풀어진 얼굴은 평화스러웠다. 절로 희미한 미소가 지어졌다. 아이에게서 풍겨오는 비누 냄새가 달았다. 그녀는 아이 곁으로 바싹 다가가서 목덜미 밑으로 왼팔을 밀어넣었다. 팔에 안긴 아이를 가만히 끌어안았다. 잠결인데도 아이는 그녀의 가슴팍으로 파고들었다. 아이의 몸은 작은 짐승처럼 포옥, 안겼다. 혹시 잠이 깰세라 숨결에 맞춰 절로 야윈 등과 엉덩이를 토닥였다. 아이를 이렇게 끌어안고 누운 것은 처음이었다. 어색했지만 평화로웠다.

아이의 낮은 숨소리가 자장가처럼 느껴져 깜빡 잠이 들었나 보다. 티브이의 시끄러운 어떤 기척에 깨어나서 보니 밤은 깊어 있었다. 늦은 밤인데도 남자는 아이를 찾아오지도 않았고 어떤 연락도 없었다. 알려야 되나 어쩌나 망설이다가 어쩔 수 없이 잠든 아이를 다독여놓고 방파제를 향했다.

희미한 가로등만 켜진 텅 빈 방파제엔 잦아든 바람소리 대신 파도소리만 들렸다. 낮 동안에 보이던 낚시꾼들은 다들 집으로 돌아갔는지 조용하다 못해 적막했다. 가까이 다가가서 보니 텐트 밖에는 소주병과 라면을 끓여 먹었는지 양념이 말라붙은 냄비가 일회용 가스레인지 위에 아무렇게나 놓여 있었다. 검은 봉투 밖으로 나와 있는 소주병이 짐작으로 헤아려 봐도 열 병이 넘었다. 며칠 전에도 남자는 편의점에 들러 소주만 몇 병 사갔다. 아이의 말대로 남자는 빈속에 소주만 들입다 부어대고 있는 것 같았다.

텐트 안은 불도 켜져 있지 않아 굴 속같이 어두웠다. 그곳에 남자는 이불도 없이 입은 옷 그대로, 한 마리의 짐승처럼 웅크린 채 잠들어 있었다. 한 차례 지나가는 바람의 소리를 들으며 동굴 같은 텐트에서 잠든 남자를 보자 그녀는 순간 흠칫했다. 보지 말아야 될 것을 본 당혹스러움이라고나 할까. 텐트 속에 아무렇게나 웅크리고 잠든 남자의 모습 위로 예전 그녀의 모습이 또렷이 겹쳐졌다. 저렇게 어둠 속으로 땅 밑으로 가라앉고만 싶은 나날들이 그녀에게도 있었다.

하지만 남자에게는 아이가 있다. 혼자라면 얼마든지 저러고 있어도 된다. 너무나 여리고 작은, 아직은 품안에 두고 보듬어주어야 될 어린아이였다. 따뜻한 그녀의 방에서 곤하게 잠들어 있는 아이가 떠오르자 그녀는 울컥, 화가 치밀었다. 바람에 텐트천이 흔들리는 것을 빈 병으로 눌러주고 일어섰다. 여린 솜털 같은 아이가 동굴같이 어두운 곳에서 사나운 바람소리를 들으며 잠든다는 것은 생각만 해도 가슴이 저렸다. 그것도 그녀가 만들어주는 음식을 달게 먹고 그녀를 웃게 하는 아이가 말이다. 그녀는 바람이 들락거리는 텐트의 지퍼를 올렸다. 아무렇게나 놓여 있는 병들을 검은 봉지에 대충 담아두었다.

살다보면 소낙비처럼 쏟아지는 불운에 속수무책으로 당할 때가 있다. 휘청거리며 첫 발걸음을 뗄 때까지 견뎌내야 하는 동굴의 시간은 누구에게나 필요하다. 그런 동굴의 시간이 남자에게 찾아온 것이다. 언제일지 모르겠지만 남자도 그녀가 그랬던 것처럼 두 다리에 근육을 일으켜 동굴 밖으로 나올 때가 있을 것이다. 그녀는 조용히 돌아섰다.

3

구불구불하게 휘어지는 해안을 돌아 언덕을 넘어서자 작은 포구마을이 나타났다. 늦은 밤이었다. 가로등이 켜져 있는 숫자를 세다보니 선착장이 둥글게 휘어져 있는 것이 꼭 어머니 품같이 아늑했다. 그 생각이 무슨 신호인 것처럼 주유기에 빨간 불이 들어왔다. 주유소까지 좀 더 갈까, 여기서 설까 망설이다가 어쩔 수 없이 해안마을로 들어선 것은 때마침 잠에서 깨어나 소변이 마렵다고 칭얼대는 아이 때문이었다.

해안 쪽으로 난 길로 접어들면서 보니 방풍림이 있는 방파제 쪽에 수도시설과 화장실이 있다는 안내 표시가 보였다. 가까이에서 보니 낚시꾼이나 여행객을 위해 군청에서 새로 지은 건물이었다. 그나마 다행이었다.

도시를 떠나오면서 어떤 계획이나 생각도 하지 않았다. 그냥 갈 데까지 가보자는 마음뿐이었다. 네비게이션도 켜지 않았다. 이미 고장이 난 지 오래라 업데이트고 뭐고 다 귀찮아서 그대로 내버려두었다. 무작정 아이를 어린이집에서 데리고 나와 그냥 남쪽으로 향해 달렸다. 가다보면 내가 있을 곳도 있겠지. 그곳이 바다든 산 속이든 그냥 발길 닿는 대로 간다고 나온 길이었다. 그런데 이상하게도 마음속에서 끊임없이 철썩이는 파도소리가 들려왔다. 마음이 시키는 대로 달려왔을 뿐이었다.

늘 차 안에는 낚시용품이 들어 있고 텐트와 침낭과 코펠도 있으니 어디를 가더라도 먹고 잘 준비는 되어 있는 것이다. 문제는 아이였다. 아이가 어려 마음에 걸렸지만 갑갑한 학원이나 내돌리는 것보다 아빠와 같이 여행한다고 생각하면 위안이 되는 것이다. 처음에는 아이를 당분간 누군가에게 맡길 생각도 해보았다. 하지만 피붙이라고는 한 분뿐인 형님도 오래 전에 돌아가시고 형수님 혼자 장사하느라 바쁜데 그럴 수는 없는 노릇이었다. 힘든 상황이지만 내 자식이니깐 내가 데리고 있어야 된다고 생각하니 차라리 마음 편했다. 고속도로를 벗어나 국도에 접어들자 더 이상 도시에 대한 미련도 사라졌다.

국도를 달리다 휴게소에서 아이에게 김밥과 음료수를 하나 사준 것 빼고는 멈추지도 않고 달려온 길이었다. 아이를 화장실에 데리고 갔다와서 버너를 찾아내 라면을 끓여 햇반에 말아먹이고 물을 데워 수건으로 얼굴과 손을 닦이고 차 트렁크에서 침낭을 꺼냈다. 늦은 밤이라 텐트 대신 승합차 뒷좌석을 눕히고 아이와 누웠다.

물결에 자갈돌이 씻기는 소리가 무슨 리듬처럼 간격을 두고 들려왔다. 아이는 곧바로 잠이 들 것 같더니 훌쩍거린다. 아무 것도 묻지 않고 품안으로 끌어안았다. 가만 가만히 어깨를 토닥였다. 짐작은 간다. 주말에만 집에 오는 24시간 돌보아주는 어린이집에서 일 년을 견딘 아이였다. 한 달에 서너 번 보는 아빠를 따라 집도 아닌 이곳에 온 것을 그냥 여행이 아니라는 것은 아무리 어려도 알 수 있을 것이다. 아닌 게 아니라 사실 걱정도 된다. 내년이면 학교에도 가야 하는데……

그런 생각에 미치자 갑자기 머리가 복잡해진다. 골치 아픈 것들 좀 그만 생각하고 싶다. 그건 그때 가서 생각하고 싶었다. 오늘만이라도 그냥 곤하게 잠들고 싶어 아이를 깊이 껴안았다.

차르르 차르르……

끊임없이 자갈돌 씻는 소리가 들려온다. 이곳에서만 들을 수 있는 소리지만 내 귀에만 들리라는 듯이 유독 크게 들린다. 검은 몽돌이 물결에 씻기는 소리를 듣고 있자니 두고 온 일들이 병상의 차트처럼 차례대로 넘겨진다. 지금쯤 하 선생은 어떻게 하고 있을까? 월급이 가장 많이 밀린 하 선생에게 제일 미안했다. 그래서 어떻게든 몇 명의 아이라도 데리고 있으면서 누가 와서 하겠다고 하면 시설비라도 조금 건져서 월급에 대신하라고 했다. 얼마 남지 않은 전세금에서 월세를 제하라고 건물 주인과도 이미 얘기를 해둔 상태였다. 가망 없는 학원을 하 선생에게 떠안기듯 안기고 도망치듯 떠나온 길이다. 하루라도 그곳에 더 머무른다면 아마 극단적인 생각을 행동으로 옮기든지 아니면 미쳐버렸을 것이다. 숨이라도 쉬고 싶었다. 피하는 것이 아닌 정말 하루라도 제대로 숨을 쉬고 싶어서 뛰쳐나온 길이었다.

헤아려보니 입시학원을 경영한 지는 10년의 세월이 흘렀다. 처음 시작할 때 그 열정과 다짐이 떠오른다. 아침 먹고 출근해서 손수 강의실 청소하고 강의 재료 챙겨 복사하고 어떤 문제집이 좋나 싶어 이틀이 멀다 하고 서점에 들렀다. 학부모들 구미에 맞게 수시로 안부 인사와 아이가 치른 시험 결과를 통보했다. 저녁이면 직접 학교 앞이나 집 앞에서 아이들을 태워오고 더우면 아이스크림을 돌리고 추우면 떡볶이를 손수 해서 먹였다. 시험기간이 다가오면 각 학교마다 몇 년 전부터 치른 시험지를 입수해놓고 몇 십 장을 복사해 나눠주고 원하는 점수가 나올 때까지 닦달했다. 열두 시가 넘어야 집에 들어가는 시절을 몇 년 동안이나 보냈는지 모르겠다. 시간들이 빠지는 머리칼처럼 뭉텅뭉텅 흘러가버리는 그런 시절이었다.

입시 위주의 학원에서 프렌차이즈 단과학원으로 옮겨가는 유행의 흐름에 맞춰 확장 이전까지 했다. 한 몇 년 성실하게 운영하다보니 이름도 났고 돈도 좀 모였다. 은행 대출도 갚았고 아파트도 넓혀 사는 것도 서서히 자리가 잡혔다. 그러다가 어떤 한계점이 왔는지, 아니면 권태기였는지 코흘리개들과 사춘기에 막 들어선 질풍노도의 녀석들을 다스리는 게 조금씩 지겨워지기 시작했다. 좋은 일엔 마가 낀다고 살만할 때를 늘 경계하라던 돌아가신 어머니의 말씀을 좌우명으로 삼아야 했던 시기였다.

그렇게 되려고 그랬는지 회식 차 들른 술집에서 친했던 대학동창을 우연히 만나 몇 번 술자리를 같이 했다. 서로 안부를 묻고 성공했다고 추켜세우는 친구에게 하는 일에 싫증이 난다고 좀 너스레를 떨었더니 그러면 고깃집을 해보라는 권유를 받았다. 자기도 일을 좀 배워 고향에서 한 번 해볼 생각이라고 했다. 들어보니 괜찮았다. 그래서 직접 프랜차이즈 설명회에 참석하고 또 몇 군데 성공한 가게를 방문했다. 한 번 해볼 만하다 싶어지자 마음이 급회전하듯이 기울어졌다. 나이도 들어가는데 별난 엄마들의 닦달과 철없는 녀석들과 실랑이하며 버는 돈보다 이쪽이 더 낫지 않나 싶어졌다.

생각 끝에 내린 결론은 투자만 하고 당분간 운영은 친구가 경험삼아 하기로 했다. 그런데 심사숙고 끝에 이웃 신도시에 점포를 임대하고 시설을 갖추고 개업을 하고 나자 예상 밖의 일들이 벌어졌다. 신도시라서인지 빨리 상권이 형성되지도 않았고 들어선다는 관공서도 이런저런 정치적인 문제로 계속 미루어지는 상황이었다.

나름대로 알아보고 큰 마음먹고 도전한 신도시였는데 내 뜻대로 되는 게 하나도 없는 결과였다. 아내와 충분히 상의하지 않고 통보만 하고 저지른 게 더 큰 화근이었다. 준비된 자본도 없이 대출에만 의지한 탓으로 학원에서 이익을 내어 고깃집에서 까먹는 식이었다. 친구도 눈치가 보였는지 자기 사업을 한다는 핑계로 고향으로 내려가버렸다. 아르바이트생을 두고 겨우 해나가는 사업은 보나마나한 것이었다. 그러다보니 어쩔 수 없이 학원보다 고깃집에 머무는 시간이 늘었다.

원장의 마음이 떠나자 아이들은 귀신처럼 알아차렸다. 소문은 더 큰 소문으로 확대되어 열성 학부모들이 제일 먼저 아이들을 뺐다. 남아 있는 아이들도 친구 따라 강남 간다고 무더기로 빠져나갔다. 마침 건너편 빌딩에 새로 들어온 수학, 과학 전문학원이 호황을 누렸다. 아차, 싶어 학원의 현재 상황을 파악하니 잘 되던 시절의 학원생들의 반에 반도 안 되는 인원만 남아 있었다. 그것도 학업 성적이 우수한 아이들보다 중간 이하의 아이들과 문제를 일으키는 녀석들이었다. 다른 운영 방법이 필요했다. 하지만 한 번 잃어버린 명성은 되돌리기가 힘들었다. 학원을 리모델링하고 이름을 다시 바꿔도 별 소용이 없었다.

그 와중에 학원파파라치가 우리 학원을 찍었는지 어떤 학부모가 상담을 하고 간 며칠 후 교육청 단속에 걸렸다. 마음이 급해 주말특별반을 신설해서 수업료를 올린 것을 희한하게 알고 신고가 들어간 모양이었다. 어쩔 도리가 없었다. 정말 손을 들 수밖에 없는 일이었다. 보름간 문을 닫는다는 것은 그냥 학원 폐업 신고를 하라는 말이기도 했다.

고깃집도 학원도 두 개 다 안 되는 진퇴양난의 길이었다. 한 우물을 파야 됐었다고 다그치는 아내와는 끝없는 실랑이가 벌어졌다. 고깃집은 손들고 나가고 싶어도 전세 계약 기간이 있어 울며 겨자 먹기 식으로 버텨야 했다. 고스란히 전세금을 까먹는 신세였다. 은행의 이자 독촉에 시달려 아파트와 본원을 서둘러 매매한 돈으로 은행 빚을 대충 갚았다. 집까지 전세로 옮기고 나니 초등학교 앞의 작은 분원만 겨우 남았다.

한순간이었다. 정신을 차려보니 가졌던 모든 게 사라지고 아무 것도 가진 것 없는 아내를 처음 만났던 그 시절로 돌아가 있었다. 하지만 아내와의 사이가 계속 틀어지고 학원에 얼굴보이는 날이 점점 멀어지자 아내도 학원에 나가지 않았다. 강사들에게 모두 맡긴 꼴이었다. 결국 주택가의 작은 셋집으로 옮긴 집에는 아내는 오지 않았다. 어디서부터 잘못되었는지 다시 되짚어보아도 내 과한 욕심 탓이었다. 아내의 마음을 되돌리기에는 너무나 멀리 가버린 상태였다.

아내를 만난 곳은 임용시험에 매달리며 아르바이트를 하는 입시학원에서였다. 지방의 사범대학을 졸업하고도 매년 치르는 임용시험에 계속 떨어지자 궁여지책으로 낮에는 공부하고 밤에는 근처 입시학원에서 중학생을 상대로 수학을 가르치며 생활비를 버는 시절이었다. 그녀 역시도 대학을 졸업하고 임용시험에 몇 년째 계속 실패하고 학원에서 일하며 생활비를 벌고 있었다. 아내나 나나 똑같은 입장이었다. 대학을 나와도 자기 자리를 찾지 못하는 일회용 인생이었다. 학원에서 마주칠 때마다 인사 정도만 나누는 사이였다. 인사만 하고 지냈던 그런 아내와 인연을 맺게 되리라곤 생각도 못했다.

그날은 연말이었고 연휴 시작의 앞날이었다. 모두들 들뜬 분위기였다. 원장은 사십이 갓 넘은 중년의 남자였다. 오랜만에 선생님들과 회식이나 하자면서 크리스마스 전날 학원 수업을 마치고 우루루, 삼겹살집으로 몰려갔다. 논술 담당인 원장 부인과 아내와 또 이과 담당인 두 명의 여선생, 그리고 나이 지긋해 보이는 사회 과목 전담인 김 선생님, 이렇게 일곱 명은 삼겹살집 제일 넓은 방을 차지했다. 술잔이 오고가면서 분위기가 익어갈 때쯤 서로 얘기를 나누며 아내와도 정식으로 인사를 하게 되었다.

처음에 아내는 술잔을 받아놓기만 하고 가만히 있었다. 큰 잔에 부운 찬 생수만 들이키며 원장의 무궁한 학원의 발전과 선생들의 높은 급료를 위해 지화자를 외칠 때도 그녀는 조금씩 나누어 마시던 술잔이 2차로 간 노래방에서 속도가 좀 빨라지더니 3차로 간 생맥주집에서 그녀는 3차의 순례답게 3분이 멀다하고 잔을 비웠다.

술집을 나온 것은 나이 어린 여선생들이 나이트행을 원해서였지만 막상 거리에 나서자 다들 술기운에 의해 끼리끼리 슬그머니 사라져버렸다. 마지막으로 원장 부부가 사라지고 남은 아내와 나는 집이 같은 방향이라 택시를 탔다. 도시의 중심에서 한참이나 벗어난 변두리 원룸이 내 집이었지만 아내가 조금 술이 된 것 같아 돌아가더라도 내려주고 가면 되었기 때문이었다.

택시에서 아내는 추운 날씨인데도 창문을 조금 내려달라고 했다. 속이 울렁거리는지 재개발지역의 공원 입구에서 차를 세웠다. 아내가 토악질을 하는 사이 미터기의 돈보다 조금 더 얹어주며 택시를 보냈다.

왠지 시간이 필요할 것 같았기 때문이었다. 때마침 성긴 눈발이 조금씩 흩날리기 시작했다. 술기운도 있었지만 눈 내리는 날 누군가와 걷고 있다는 게 기분을 조금 들뜨게 했다.

"눈이 오네요."

"그게 무슨 상관있어요?"

시큰둥한 대답에 좀 무안해졌다. 저 나이 또래의 처녀라면 조금 감상적이어야 되는 것이 아닌가 하는 생각이 들었다.

"왜요? 좋잖아요. 열두 시가 지났으니 이제 크리스마스네요. 그러면 화이트 크리스마스가 될 텐데……. 오늘 누구 만날 약속 없어요?"

나보다 두 살이나 많은 아내는 그해 크리스마스 이른 새벽에 그렇게 말했다.

"나 혼자 살기도 힘든데. 찌질한 연애는 해서 어쩌려고요."

솔직하다 못해 시건방지기까지 한 그녀의 말이 마음에 들었다. 내가 하고 싶은 말이기도 했기에 피식, 웃음이 터져나왔다.

그녀는 사회생활을 먼저 시작한 경륜이 말해주는지 세상에 대해 달관한 태도였다. 나란히 걷던 걸음을 조금 더디게 걸으며 앞서 걷는 그녀보다 조금 뒤처졌다. 갑자기 왜 그랬는지는 모르겠지만 그녀의 어깨가 문득 보고 싶어졌다. 숄더백을 오른손에 쥐고 어깨의 힘을 뺀 채 가방을 끄는 것처럼 걷는 그녀가 이상스레 마음이 쓰였다. 그날 나는 그녀 쪽으로 내 마음이 기우는 것을 느꼈다. 그 마음이 한다는 것이 고작 그녀의 백을 뺏다시피 해서 대신 들어주는 것이었다. 그것이 시작이었다.

아내는 내 집에서 그날 밤을 보냈다. 내가 먼저 손을 뻗어 그녀의 손을 잡았다. 아내도 희미하게 웃으며 그래요, 술이나 한 잔 더하죠, 라고 했던가. 차를 한 잔 해요. 라고 했던가, 둘 중에 하나였을 것이다. 그날 이후 아내와 나는 매일 만났고 그러다 몇 달 후엔 내 집에서 같이 지내게 되었다. 훈이가 생기는 바람에 둘이 서둘러 결혼식을 올렸다. 사는 것은 그대로 원룸에서 지내기로 하고 전세 얻을 돈을 둘이 합쳐 재개발 지역의 건물 2층에 입시학원을 차렸다. 처음 몇 달은 이웃집 아이들인 초등학생 몇 명만 데리고 겨우 운영했다. 버텨야 하나, 접어야 되나 싶어 초조해 하는데 다행히 아이들 성적이 오르는 바람에 소문이 조금씩 나기 시작하더니 일 년이 지난 시점에는 제법 원생들이 모여들었다.

그러다가 3년이 지난 후에는 강의실이 모자라는 정도였다. 중학교 근처 건물에 학원 2호점을 내자고 제안한 것은 아내였다. 아내는 학부형들과도 적정한 거리를 유지하며 잘 지냈고 아이들 관리도 철저하게 했다. 쟤네들 머리가 다 돈으로 보인다며 성적과 출석 관리에 지나치다 못해 사납기까지 했다. 그래서인지 2호점 역시 일 년 안에 아내의 예상대로 유지를 넘어 이익을 냈다. 아내는 2호점을 관리했고 나는 본관 학원을 운영했다.

그렇게 흘러갔어야만 했다. 하지만 욕심을 내어 투자한 고깃집 때문에 아내는 노이로제에 걸려 밤잠을 설쳤다. 은행 대출을 하여 투자한 것이 고스란히 빚으로 남았다는 사실을 알고 난 뒤 아내는 말을 잃었다. 어차피 이 학원도 팔아서 고깃집에 밀어넣어야 된다는 것을 알고 난 후로 늘 술의 힘에 기대어 살았다. 그땐 나도 제정신이 아니었다. 아내의 마음을 챙겨준다는 것은 생각도 못한 일이었다. 아내는 잃어버린 돈보다 나에 대한 신뢰와 믿음의 문제라고 닦달했다. 나는 도리어 돈밖에 모른다고 아내를 몰아세웠다. 그 와중에 폭력을 행사한 것도 몇 번 있었다. 결국 아내는 처형이 있는 도시로 가버렸다. 아내의 빈자리는 컸지만 차라리 마음은 편했다. 아내에게서 이혼 서류를 받은 것은 일 년 뒤였다. 아무런 이의를 제기할 수 없는 요구였다. 인정하는 것이 최선의 방법이었다.

4

봄 바다의 변덕은 어디서 시작했는지도 모를 해무를 풋마늘밭까지 끌고 왔다. 갓난아기를 목욕시키는 손길같이 조심스레 물결을 일으키며 방풍림 가까이서 기웃거린다. 낯선 냄새를 끌고온 갯바람은 뿌리 깊은 방풍림을 넘지 못해 일렁이는 마음으로 해안마을을 서성거린다. 해안을 따라 길게 늘어선 숲에는 나이테 깊은 느티나무, 이팝나무, 팽나무, 상수리나무, 후박나무들이 서 있다. 그 사이로 키 작은 나무들이 섞여서 길고도 우묵한 숲을 이루고 있다. 가만히 귀 기울이면 방풍림이 바람에 시달리는 소리가 먼 데서부터 들린다. 바닷가 쪽에서 밤새 불어오는 바람을 온몸으로 막아내는 처절한 몸부림 같았다. 우는 소리인지 고통을 견뎌내는 신음소리인지 모를 정도로 나무는 부는 방향 그대로 자신의 몸을 휘어지도록 내주고 있었다. 과연 유배의 바람다웠다.

그녀는 처음 이 마을에 와서 방풍림이 우는 소리에 잠을 이루지 못했다. 밤새 뒤척거리다 이른 아침 방풍림이 있는 해안가에 가보면 큰 나무는 몸살을 앓고 난 수척한 몸 같았고 여린 나무들은 곳곳에 생채기가 나 있었다. 방풍림은 꼿꼿하지 않고 부드럽게 바람을 달래면서 오래도록 이 해안을 지키고 있었다. 유연함과 부드러움이 결국 세상을 평화롭게 한다는 것을 물미해안가 방풍림에게서 처음으로 알게 되었다.

얼굴을 씻고 들어와서 스킨을 바르며 가만히 거울 속의 그녀를 들여다본다. 썬크림을 바르지 않아서 그럴까? 시골에 들어오니 햇볕 쬘 일이 많아서인지 얼굴이 많이 그을렸다. 이곳에 와서부터는 아예 얼굴이나 몸에 치장을 하는 것을 생략하고 살았다. 그냥 물미해안에 자연스레 스며들도록 내버려두었던 것이다. 수술 후 가끔씩 들르는 대학병원 담당의사는 어떻게 관리하셨기에 이렇게 깔끔하냐고 되물었다. 그 말은 재발 위험에서 멀어졌다는 얘기이기도 했기에 그녀는 겉치레에 아무런 흥미를 느끼지 못했던 것이다.

올 초에 그녀가 사는 물미해안에 1년 만에 들른 언니는 그녀의 까칠한 얼굴을 쳐다보곤 혀를 찼다. 언니는 늘 그녀의 최근 근황을 그녀의 몸치장을 어떻게 하느냐로 짐작하곤 했었다.

"그래도 애, 몸 생각하면서 좀 살살해. 죽기 살기로 이게 뭐니? 사람이 나이 든다는 게 천천히 늙는 게 아니다. 한 번 무슨 일이 생기면 왕창 늙는다니깐."

그녀로서는 늙는다는 게 그다지 실감나지 않았다. 이렇게 물미해안가에서 세월을 보낸다 한들 요만큼도 억울한 마음은 없을 것 같았다. 그녀에게 나이 든다는 것은 늙어간다는 것이 아니라 도리어 하루하루의 삶을 성숙하게 처리해나간다는 뜻이었다. 봄 햇살 마냥 화사한 언니는 작년보다 더 젊어보였다. 언니는 스물을 넘기고 고작 몇 해가 지난 뒤 여덟 살이나 나이 차이가 나는 형부와 이른 결혼을 하고 남쪽 지방의 공장지대인 신도시에서 쭉 살았다. 언니는 한 번도 자기 일을 해본 적 없는 전형적인 중산층 주부였다. 형부가 언니에게 살림만 하기를 원해서기도 했지만 언니도 살림하는 것을 즐겼다. 좀 보수적이지만 언니를 끔찍이도 아끼는 형부는 의료기구를 만드는 나이 많은 사촌형의 회사에 오랫동안 근무했다. 직책은 기억나지 않지만 형부는 회사의 대표나 마찬가지라는 것을 언니로 통해 알았다. 회사가 더 커지면서 인건비와 공장부지 문제로 베트남으로 공장을 이전했다. 회사가 그곳에서 정착할 때까지 형부는 그곳에 머물러야 했다. 언니도 자연스레 형부를 따라 베트남으로 간지 햇수로 이 년이 넘었다.

언니는 내가 남편과 마지막으로 서류 정리를 하자 언니 시댁인 물미 해안가 집에 내 거처를 정하는 것이 어떠냐고, 물어왔다. 형부도 그랬으면 한다고 언니가 말해주었다. 어차피 우리 두 자매 늙으면 같이 마늘밭 가꾸며 살 것인데 먼저 가서 터 잡고 살면 좋을 것이라며, 안채 지붕과 씽크대와 보일러까지 새 것으로 교체해주었다. 처제가 와 있으면 집이 얼마나 깨끗하겠어, 집은 사람이 없으면 금방 잡풀들이 점령해버리니 비워두는 것보다 낫다는 것이 형부의 뜻이었다.

불을 끄고 누우니 창으로 달빛이 들어와 감나무 그림자를 길게 방안까지 끌고 왔다. 이따금씩 바람이 부는지 나뭇가지가 조심스레 흔들거린다. 그녀가 유난히도 좋아하는 보름달이었다. 봄밤에 보름달이 떠서인지 피곤함은 저 멀리 달아났다. 천천히 서쪽으로 가는 달을 따라 몸을 뒤채다가 지금은 마실 수 없는 술을 마시던 옛 기억들이 떠오른다. 보름달이 뜨는 봄밤이면 매실주가 생각나고 여름은 차디찬 맥주가, 가을은 국화주가 겨울에는 포도주가 마시고 싶어졌다.

혼자 술 마시는 버릇이 있는 그녀에게 가끔 집에 들른 언니는 뒷 베란다에 놓인 빈 술병을 보며 넌 무슨 재미로 혼자서 술을 마시니, 친구들 불러내어 같이 마시며 사는 이야기도 듣고 좀 그래라. 넌 애가 사교성이 없어 큰일이다, 라고 말했었다.

그녀의 비사회성을 지적했지만 그녀는 늘 혼자였다. 아이가 없는 그녀로서는 친구나 동네 새댁들과의 만남이 불편했다. 처음에는 몰랐는데 어느덧 시간이 흐르고 다를 아이가 생기자 모두 아이의 시간표대로 움직이고 대화 흐름도 그렇게 흘러갔다. 그저 멍하니 앉아 그녀들 얘기에 고개 끄덕이는 게 고작이었다.

모임의 성향이 돌잔치와 유치원 자모회로 옮겨갈 즈음 그녀의 모임은 올드미스 친구 몇이 모이는 모임으로 서서히 옮겨졌다. 그녀는 그것이 차라리 편했다. 처음엔 그녀가 눈치를 보았지만 시간이 흐르자 친구나 이웃 새댁들이 그녀의 눈치를 보는 것이 느껴졌다. 이사를 핑계로 그녀가 먼저 멀어졌다. 그것이 서로에 대한 예의라고 그녀는 생각했다.

옷가지 몇 벌을 넣은 가방을 들고 이 집에 온 첫 날도 그랬다. 언니와 둘이서 첫 밤을 보낸 날도 보름달이 떠 세상천지가 다 환한 봄밤이었다. 언니는 막상 시골집에 그녀를 데리고 왔지만 마음이 편치 않는지 술상을 차렸다. 그날 밤 언니가 해준 말들은 다시는 맛볼 수 없는 술의 위안 같은 것이었다.

"얘, 김 서방 말이다. 아이만 있었다면 달라졌을까?"

술을 몇 잔 마시다 말고 느닷없이 언니는 아이 얘기를 꺼냈다. 술이라도 들어가야 나올 수 있는 얘기이기도 했다. 언니가 말하는 아이는 어렵게 임신을 하여 5개월 만에 사산된 아이였다. 낳았다면 사내아이였을 것이다. 그녀는 대답대신 창가를 바라보고 있었다. 정말 남편은 아이라도 있었으면 헤어지자는 말에 그렇게 쉽게 응했을까? 만약 자궁을 들어내지만 않았다면 남편은 미련을 가지고 결혼생활을 계속 유지했을까?

"모르겠어."

그녀는 유산을 하고 난 뒤 그렇게 공을 들이며 자주 찾던 산부인과를 몇 년 동안 찾지 않았다. 그러던 그녀가 어느 날 느닷없는 하혈이 시작되었다. 산부인과를 찾았던 것은 생리인줄 알고 몇 주를 그렇게 하혈을 하고 난 다음이었다. 의사는 검사를 하고 나서 암인 것 같다며 대학병원에 가서 정밀검사를 받아보기를 권했다. 그해 겨울 그녀는 남쪽 도시의 대학병원에서 자궁적출 수술을 받았다. 그 겨울 몇 달 동안 그녀는 병원과 집을 오가며 항암치료를 받았다. 일주일씩 주기적으로 집과 병원을 오가는 생활이기도 했다. 그녀는 매번 혼자 운전을 해서 병원을 오갔고 원무과에서 내미는 영수증을 훑어보고 그녀의 카드로 치료비를 계산했다. 남편은 늘 바빴고 그녀의 수술 이후로 더욱 바빴다. 3대 독자인 남편은 더 이상 그녀의 남편이 아니었다.

링거 병을 빼고 평상복을 갈아입고 병원 문을 열고 나갈 때 일어나는 현기증을 그녀는 몸의 탓만은 아니라고 생각했다. 남편 쪽보다는 그녀 쪽에서 먼저 헤어짐을 원했다. 그렇게 하는 것이 어느 쪽에서 보아도 모양이 괜찮은 것이었다. 그녀의 선택은 아무런 의견이나 반대 없이 이루어졌다. 재산이라고 해봐야 남편이 사업한다고 반 토막이나 대출해 먹은 32평 아파트와 내 명의로 된 토스트집 전세가 전부였다. 합의이혼이니 서로의 이름으로 된 돈만 챙기자고 남편이 말했다. 깨끗한 결정이었기에 따르기로 했다.

"그러고 보니 언젠가 네가 끓여주던 쑥국 말이다. 더운 지방에 살아도 가끔씩 더운 국물이 그리울 때가 있거든. 그러면 꼭 네가 끓여주던 국이 생각나."

언니는 아이 이야기에 침울해지는 그녀를 쳐다보다 음식 이야기를 꺼냈다가 갑자기 식당 이야기로 말머리를 돌렸다.

"애, 몸이 괜찮아지거든 여기서 식당 하면 어떨까? 지금이야 아직 그럴 정신이 아니겠지만 마음이 추슬러지면 천천히 생각해봐."

언니는 이상하게 그녀가 수술한 이후부터 말이 많아졌다. 원래 내성적인 성격의 그녀보다 언니가 더 말을 많이 하는 편이었지만 요즘 들어 수다스럽다 싶을 정도로 변한 언니였다. 술기운 탓만은 아니었다. 그녀의 기분을 상하지 않게 하기 위해서라는 것을 모르는 그녀가 아니었지만 언니의 말은 이제 창밖에서 부는 바람소리에 가까웠다. 또 내 생각인데, 하면서 물미해안에 많이 나는 멸치로 쌈밥집을 하면 괜찮지 않을까, 했다.

"그러고 보니 여기는 멸치를 며르치라고 불러. 그러면 멸치국이 아닌

며르치국이라고 불러야 해. 며르치, 라고 불러보니 멸치보다 훨씬 부드
럽네 뭐."

언니는 물미해안에선 멸치를 며르치라고 부른다고 여러 번 고쳐 말
해주었다. 그날 언니의 수다라도 없으면 서로가 견딜 수 없는 무게감에
울음보라도 터트렸을 것이다.

보름달이 서쪽으로 많이 기우는지 감나무 그림자가 반이나 없어졌
다. 잠은 이미 대기권 밖으로 사라져 데려오기에는 까마득했다. 달을
따라서 몸을 뒤척이다가 그만 일어나 앉았다.

아이는 어떻게 하고 있을까? 열은 좀 내렸을까?

여름 휴가철도 아닌 사월이면 아직도 바닷바람이 차가운데 아이를
데리고 와서 저러고 있는 것이 무슨 사연이 있나 싶다고 늘 걱정을 한
사람은 옆집 성호 할머니였다.

"아무리 봐도 성호 애비 나이는 돼보이는데 하는 꼴이 꼭 성호 애비
꼴이다. 마누라도 없을끼고 직장도 없는 꼴이다. 그래도 아이는 어미
가 데리고 가든지 어른들한테 맡기지 우짤라고 어린 아이를 데리고 여
기서 저러고 있는지 모르겠다. 저번 참에 이장이 보니깐 아침에 멸치배
가 들어올 때까지 밤새 방파제에 앉아 있더라 하네."

그렇다고 애를 데리고 왜 이러고 있냐고 나무랄 수도, 이 동네를 떠
나라고 말할 수도 없는 문제였다. 다만 지켜볼 뿐이었다.

"빈 방이라도 있으면 저 부자를 저렇게 던져놓고 볼 게 아니라 동네
에서 살 곳을 마련해 주어야 되는 것이 사람 도리가 아닌가 싶다. 편의

점에는 바깥채에 빈방도 많은데 하나 주면 안 되겠나? 아이도 잘 따르던데."

그녀는 묵묵히 듣고만 있었다. 뭐라고 달리 할 말도 사실 없었다. 성호 할머니가 먼저 당부의 말을 하지 않아도 그녀는 민박을 놓는 방 하나를 그냥 남자에게 있으라고 하고 싶은 마음이 있었다. 하지만 그녀는 그렇게 말을 할 수가 없었다. 그렇게 쉽게 말할 수 있는 말도 아니었기 때문이다.

꼭 해야 할 말은 이렇게도 늦도록, 오래도록 익혀야 되는지…….

그녀는 그날 온종일 일에 집중할 수가 없었다. 한 번이라도 말을 건네보는 게 도리이지 않았나 싶기도 해서 마음이 심란했다. 손님이 주문한 커피를 내리면서도 구입한 손님의 물품을 셈하면서도 머릿속은 온통 그 생각이 꽉 차 있어 손님이 먼저 셈한 돈을 더 많이 받았다고 돌려줄 때에야 아차, 싶었다.

그녀는 창고에 가서 매달아놓은 마늘을 작은 소쿠리에 한가득 담아왔다. 혼자 생각할 일이 있을 때나 여러 생각들이 떠올라 심란해지면 그녀가 곧잘 하는 버릇이다. 하얀 속살이 나올 때까지 단단하게 붙어 있는 마늘 껍질을 벗겨나가면 밑도 끝도 없이 솟아나는 마음의 결들이 조금씩 사그라졌다. 깐 마늘을 담는 통에는 반 통이나 흰 마늘이 담겨 있다. 하얀 속살을 드러낸 마늘을 손으로 한 주먹 쥐었다가 다시 편다. 우두두, 떨어지는 마늘들을 물끄러미 들여다보고 있자니 느닷없이 그때 그녀의 입에서 불쑥 생각지도 않은 말이 튀어나왔다.

'훈이 때문에라도.'

남자에게 찬 물수건으로 몸의 열을 닦아내주라고 일러주지 않았다는 생각이 들었다. 일어나서 불을 켜고 두꺼운 패딩점퍼를 꺼내 입었다. 가게 문을 밀고 나오려다가 다시 들어와서 뜨겁게 끓인 유자차를 보온병에 담고 그녀가 조제해서 먹다 남은 기침약과 매실 엑기스와 작은 생수병을 챙겼다.

5

아이는 약기운인지 먹은 게 없어서 그런지 혼곤하게 잠에 빠져 있다. 아픈 것이 좀 덜한 것인지 어떤지 알 수는 없지만 아이는 핏기 하나 없는 얼굴이다. 머리카락이 제멋대로 자라 앞이마를 덮고 있다. 손으로 이마를 짚어보니 열은 내렸지만 아이는 숨소리만 얕게 내고 있었다. 감기 기운도 있는 것 같아 보였다. 바닷가에서 자니 목도 많이 부었을 것이다. 가로등 불빛을 받고 희미한 텐트 안에서 잠든 아이를 바라보고 있자니 혼자가 아니라는 생각이 문득 든다. 어쨌든 아이는 살려야 되는 것이다. 부모 잘못 만나 저 고생이지 싶어 측은한 마음이 앞서지만 어떻게 하지도 못하고 있는 자신이 무력하게 느껴진다. 아이가 계속 아프면 내일은 병원에 들렀다가 읍내 찜질방에라도 거처를 잠시 옮겨 있어야겠다는 생각이 처음으로 들었다.

처음 무작정 길을 나설 때 목적지가 없었다. 그냥 발길 가는 대로 가보자는 것이었다. 고물인 저 차의 기름이 떨어져 서는 곳까지였다. 얼마 없는 가진 돈이 모두 떨어지고 나면 어떻게 되겠지, 하는 마음이었다. 매 순간 마지막인가, 싶었지만 아이가 아프니 지금 이 순간이 정말 마지막인가 싶어진다.

해안마을에 도착해서 검은 바다를 보았을 때 그만 저 일렁이는 물속으로 아이와 같이 손을 잡고 걸어들어가고 싶다는 강렬한 충동을 느꼈다. 이제 다시 시작하기에는 너무 지쳤고 다시 그러고 싶은 의욕도 일지 않았다. 아이의 손을 꼭 쥔 채 해안의 자갈밭으로 향할 때 느닷없이 아이가 잡은 손을 빼냈다. 그리고 내 몸을 힘껏 끌어안았다. 그 절박한 따뜻함에 마음을 접을 수밖에 없었다.

가로등 그림자가 있는 걸 보니 보름달이 뜬 모양이다. 아주 맑고 둥근 달이다. 아내는 저렇게 둥근 달을 싫어했다. 꽉 차 있으면 갑갑하다고 했다. 나는 좋은데, 하면 그러니 발전이 없지, 하며 타박을 주곤 했다. 반달이나 초승달을 보면 날렵하고 세련되어 보인다고 했다. 뭔가를 채워넣어야 할 이유가 있다고도 했다. 아내는 지금쯤 그녀의 공간에 무엇을 가득 채우고 있을까? 아내가 좋아했던 그 달을 오래도록 바라본다면 나도 아내처럼 저렇게 꽉 채우고 싶은 뭔가를 발견할 수 있을까? 마음이 기울어지니 끝없이 생각이 흘러간다. 아이가 아프니 일렁이는 마음이 더 없이 축축해진다.

저녁 즈음에 불어대던 바람은 다행히 조용해졌다. 소주 생각이 간절해진다. 편의점에 갔을 때 소주라도 몇 병 사다놓을 걸 그랬나 싶다. 주말에 온 낚시꾼들이 남기고 간 소주를 마신 것이 마지막이었다. 밥을 제대로 먹은 지가 언제인지도 모르겠다. 라면으로 때운들 어떨까 싶다가도 훈이가 먹는 모습을 보면 미안할 뿐이다.

바깥에서 발자국 소리가 들린다. 낚시꾼인가, 아니면 산책을 나온 동네 어르신인가. 아이에게 이불을 잔뜩 끌어당겨 덮어주고 나서 텐트 밖으로 나간다. 가로등 불빛을 등지고 선 사람은 뜻밖에도 편의점 여자였다. 긴 머리가 바람에 날려 얼굴을 가렸지만 금방 알아볼 수 있었다. 화장기라곤 찾아볼 수 없는 둥근 얼굴의 여자였다. 두터운 점퍼를 입었고 왼쪽엔 플라스틱 소쿠리를 끼고 있었다.

이쪽을 확인하고는 여자는 텐트 쪽으로 성큼 다가왔다. 다가선 여자에게서 따뜻한 주방을 떠올리게 하는 양념 냄새가 맡아졌다. 처음 이곳에 와서 자고 일어나 보았던 것은 푸른 바다도 아닌 방풍림 너머 밭에 심어진 푸릇푸릇한 마늘이었다. 그 작물이 처음에는 보리인 줄 알았다. 하지만 물을 길러 갔을 때 보니 마늘이었다. 둥글게 휘어진 이 동네는 편의점이 유일하게 도로가에 들어서 있고 그 밑으로 해안까지 온통 마늘밭이었다. 그때야 이곳이 마늘의 주산지구나 싶었다. 해풍의 냄새에 섞이듯이 날아오는 그 냄새에 쉽게 익숙해지지 않았다. 산바람이 내려올 땐 더 심했다.

어느 날 동네에 놀러갔다 오는 아이의 손에 뭔가가 들려 있었다. 편의점 여자가 주었다는 반찬통에는 처음 보는 음식이 들어 있었다. 풋마늘장이래요, 하는 아이의 말을 듣고 한 입 먹어보았다. 처음 맛보는 음식이었다. 풋마늘이야 물미역 위에 과메기를 사먹을 때 먹어보고는 처음으로 느껴보는 맛이었다.

잘게 썬 풋마늘에 된장과 고추장, 국간장 조금 그리고 참기름을 넣고 버무린 것이 전부였다. 양념장 위에 뿌려진 통깨 때문인지 씹기도 전에 고소하다는 생각이 들었다. 푸릇하게 씹히는 풋마늘 때문인지 처음으로 밥 생각이 간절하게 일었다. 도시를 떠날 때 사라졌던 식욕이 느닷없이 여자가 보내온 풋마늘 양념장에 되살아났다. 푸른 상추에 밥과 같이 한 입 가득 싸서 씹고 싶다는 생각이 처음으로 들었었다.

여자가 보내온 풋풋한 마늘장의 기억 때문인지 까칠한 헛바닥 밑으로 묻어두었던 시장기가 돌았다. 음식의 맛을 잃은 지가 언제인지도 모르겠다. 있으면 먹고 없으면 그만이었다. 먹는다는 게 별 의미도 없었다. 목안에서 넘겨주지 못하는 날이 허다했다. 뭔가가 목 주위를 꽉 누르고 있는 듯 음식을 삼키기조차도 어려웠다. 편도가 부어서 그렇겠거니 생각했다. 그렇다고 약을 먹을 만큼 생의 애착도 없었다. 그런데 여자의 편의점에 들를 때마다 맡아지는 고소한 양념 냄새만은 이길 방법이 없었다. 그곳에서 조금만 느긋하게 지체해도 두고온 도시의 그리움이 일어나서 늘 허겁지겁 뛰쳐나오곤 했었다.

"훈이는 좀 어때요?"

여자는 아이 약을 구해가니 마음이 쓰였는가 보다. 밤도 깊었는데, 이렇게 내려올 것까지는 없는 일인데 미안한 마음이 들었다.

"예. 해열제 먹이고 나서 잠이 들었습니다."

"뭘, 좀 먹던가요?"

뭘 좀 먹었냐는 말에 퍼뜩 정신이 든다. 밥을 먹인 지가 언제인지 모를 정도다. 내 생각에 빠져 아이에게 신경을 못 쓰고 있는 것은 사실이다.

"아무 것도 먹지 않고 잠만 자네요."

"혹시 감기가 아니고 체한 게 아닌가 싶네요."

"제대로 먹은 것도 없을 텐데……."

"며칠 전에 제가 김밥을 말았어요. 그런데 훈이가 급하게 먹더라고요."

아이가 잘 먹더라는 말에 고맙기도 하고 미안해져 고개가 절로 숙여진다. 여기 와서 지내면서 한 번도 밥을 해먹이지 않았다. 고작 햇반이나 사서 먹이는 게 전부였다. 가끔씩 동네로 놀러가는 아이를 찾지 않았는데 아이는 아무런 말없이 아이의 본능으로 친구를 찾아 동네로 다녔던가 보다. 그 동안 여자는 아이에게 늘 밥을 챙겨 먹였다는 것을 알고 있었다.

여자는 들고 있는 소쿠리에서 잊고 있었다는 듯이 뭔가를 꺼냈다. 불쑥 건네주는 것은 약봉투였다.

"기침약인데 집에 있어서……. 아빠가 먼저 건강해야죠."

생수병과 같이 건넨다. 여자는 조금 머뭇거리는 것이 내가 약을 먹는 것을 지켜보겠다는 눈치였다. 약봉투를 들고 가만히 서 있기가 불편했다. 여자는 움직이지 않고 시선을 고정한 채 바라보고 있었다. 여자의 눈길이 거북해서라도 약을 삼켜야 되겠다는 생각이 들었다. 뒤로 돌아서서 작은 봉지를 찢어 알약 서너 알을 입안에 털어넣었다. 여자는 약을 먹는 모습에 안심이 되었는지 텐트 밖에 소쿠리를 내려놓고는 아이가 잠든 텐트 속으로 들어갔다. 뒤따라 들어서니 여자는 아이의 얼굴을 만지고 이마를 짚어보고 또 손을 잡아본다. 여자가 아이의 이름을 거듭 부르자 찬 기운을 느꼈는지 겨우 눈을 뜬다.

"엄마."

아이의 입에서 나온 첫 말은 내 귀를 의심할 만큼 선명한 엄마라는 낱말이었다. 순간 아찔한 현기증이 일었다.

"그래 나야. 아줌마 알아보겠어."

"엄마."

"으응……, 엄마야. 너 며칠 못 보아서 보고 싶어서 왔어. 많이 아팠구나. 어디가 제일 많이 아파."

"전부…… 다요."

전부 다 아프다는 말은 진짜인지 모른다. 어린 마음에 이렇게 열악한 환경에 놓여 있는데 어떻게 병이 나지 않을까. 여기까지 견뎌준 것만도 고마울 따름이다. 아이의 마음을 헤아릴 만큼 마음의 여유도 없었다. 그냥 일어나면 낚시대 앞에 앉고 술에 취하면 눕고 아이에게 저지레를 하지 말라고도 하라고도 하지 않았다. 그냥 내버려두었던 것이다. 마음이 일렁거려 서 있을 수가 없었다. 텐트 밖을 나와 방파제 쪽으로 걸어나갔다. 아이 옷을 가져오는 핑계로 이 무안함과 미안함을 피하고 싶었다.

여자에게 고마운 마음이 든 것이 오늘만은 아니다. 이곳에 와서 아이는 처음엔 방파제에서만 머물렀다. 낯설었고 친구도 없었기에 아빠 곁을 맴돌다가 조금씩 동네 구경을 하러 갔다 오곤 했다. 어느 날은 과자를 파는 편의점을 발견했다면서 신기해했다. 편의점에 가서 자주 놀다 오는 눈치였다. 편의점 옆집에 또래 친구가 있다며 친구가 오후에 어린

이집에서 오면 같이 논다고 했다. 늘 밥까지 먹고 오는지 저녁에 방파제에 내려오면 아무 것도 먹지 않으려고 했다. 아침부터 저녁까지 세끼를 여자의 편의점에서 다 해결하는 것 같았다. 그래서 필요한 것이 있을 때 몇 번 가게에 들렀다. 아이에게 밥을 챙겨주는 것이 고마워 뭘산다는 핑계로 가서 인사라도 해야지 하다가도, 막상 여자를 대하면 무어라고 입을 열 용기가 사라져버렸다.

어느 날 아이는 저녁이 지나 밤이 깊었는데도 방파제로 내려오지 않았다. 아차, 싶어 아이를 찾아나섰던 적이 있었다. 방파제에서 바라보니 여자의 편의점 간판에 불이 들어와 있었고 멀리서도 푸릇푸릇 잎이 돋아난 감나무에 걸린 연등의 불빛이 고왔다.

언덕 위에 있는 편의점 이름이 밤배여서 한참을 바라보았다. 도시에 살 때 아무런 생각 없이 들락거리던 곳을 이렇게 바라보고 있자니 도시에서 보냈던 나날들이 무슨 오래된 전생처럼 느껴졌다. 그러고 보니 컴컴한 시골 동네에 그녀의 편의점은 밤배처럼 우뚝하니 서서 아래를 내려다보고 있는 것이 신기하기까지 했다. 낚시를 드리우고 하염없이 생각에 젖어 있다가 밤이 이슥하여 일어나보면 그녀의 편의점은 집어등같이 불을 밝히고 있었다. 어느 쪽이 바다에 뜬 진짜 밤배인지 헷갈릴 정도였다.

돌아가신 어머니도 초파일이 다가오면 연등을 달러 남자를 데리고 절을 찾곤 했다. 어머니가 단 연등의 숫자만큼이라도 이루어놓은 것이 있는지 마음이 축축해지곤 하는 밤을 몇 번이나 맞이하기도 했다. 어쩌다 이곳까지 흘러왔는지 저 밤배를 타고 바닷가 끝자락 동네에 닻을 내렸는지 모를 일이었지만 가만히 생각해보면 오로지 아이 때문이었다. 아이가 아니었다면 남자는 극단적인 생각을 했을 것이다.

불이 켜져 있는 여자의 편의점 간판을 물끄러미 바라보았다. 간판 불은 그대로 켜져 있었지만 가게의 문은 닫혀 있었다. 하지만 작은 창으로 새어나오는 불빛 사이로 아이의 맑은 웃음소리가 여자의 경쾌한 목소리와 섞여 들렸다. 무슨 개그 프로를 보는지 웃음소리는 연속적으로 터져나왔다. 아이의 웃음소리를 내 집도 아닌 낯선 여자의 집 창가에서 듣다니, 참 생경스러웠다. 훌쩍이며 울음을 참던 얼굴과 심통한 표정의 아이 얼굴만 떠올랐는데 여자의 집에서 흘러나오는 명랑한 목소리는 너무나도 낯설었다.

그 해맑은 웃음소리 때문에 남자는 콧등이 시큰해지며 눈가가 축축해져서 발길을 돌리지도 다가서지도 못했다. 여자의 뜰에 놓인 의자에 앉아 아이와 여자가 잠들 때까지 남자는 오래도록 어둠에 물드는 창가를 지켜볼 뿐이었다.

6

남자는 넋을 놓고 있었다. 아이의 얼굴을 들여다보고 있는 남자의 얼굴은 세상 모든 고민을 혼자 짊어졌다는 듯이 그늘져 있었다. 텐트 속은 던져놓은 여행용 가방 위로 아무렇게나 던져놓은 옷가지와 쌓아놓은 두루마리 화장지와 서너 개의 라면봉지와 한데 뒤섞여 있었다. 빨래감에서 나는 냄새인지 이불에서 나는 냄새인지 오래된 땀 냄새가 텐트 안에 가득하다. 아이의 잠든 얼굴을 보자 왈칵 눈물이 쏟아졌다. 어린 것이 몸도 아픈데 이렇게 차디찬 곳에 누워 있다는 것이 그렇게 마음이 아플 수 없었다. 빨리 와볼 것을 뭐했나 싶은 자책마저 들었다. 이마를 짚어보니 싸늘하다. 손을 잡으니 차갑다. 아무리 보아도 체한 게 분명했다. 그날 아이는 제대로 씹지도 않고 급하게 먹은 게 화근이 된 것 같았다. 텐트 속에 누워 있는 훈이를 보자마자 끌어안았다. 밖의 찬 기운에 정신이 들었는지 아이가 눈을 슬며시 떴다.

"엄마."

처음엔 잘못 들었나 싶었다.

"그래, 아줌마 왔어."

"엄마."

두 번째 다시 엄마, 라고 부르는 소리에 그녀의 마음은 매듭이 풀리듯이 스르르 풀어졌다. 애가 마음이 아프구나, 얼마나 어린 마음에 아팠으면 그녀를 보고 엄마, 라고 부를까.

"그래, 엄마야. 어디가 얼마나 아픈 거야."

"전부⋯⋯ 다요."

"그랬구나. 훈이가 이렇게 아픈 것을 엄마가 모르고 있었네. 미안해."

아이는 그녀의 품에 파고들었다. 아이의 입에서 단내가 맡아졌다. 너무 그리워서 애가 타서 단내가 난다는 어른들 말처럼 그리움의 단내였다. 그녀는 아이가 그녀를 아줌마인 줄 알면서도 엄마, 라고 불렀는지 아니면 엄마, 인 줄 알고 불렀는지 그게 중요한 게 아니었다. 그녀에게 스스로 엄마, 라고 불러주었다는 것이 중요했다. 이렇게 어린 것을 품에 안고 아픈 것에 애닳아 하는 것을 느낀 것만으로도 그녀는 충분했다. 아이를 바싹 끌어안았다. 주춤하게 서 있던 남자는 텐트 밖으로 슬 그머니 나가버린다.

그녀는 아이에게 가져온 소쿠리를 끌어당겨 체해서 그렇다고 매실 엑기스를 먹이고 손바닥과 등을 문지른다. 조금 지나자 아이가 긴 트림 을 했다. 따뜻한 보리찻물을 먹이고 아이와 같이 나란히 누워 자장가를 부르며 아이를 토닥였다. 들려오는 물결소리에 귀 기울이고 있자니 갑 자기 아이를 데리고 집으로 가서 죽이라도 끓여 먹여야겠다는 생각이 들었다. 이렇게 아픈 아이를 동굴 같은 이곳에 내버려둔다는 것은 그녀 의 마음이 용납할 수 없었다.

"훈아, 오늘 우리 집에서 자자."

아이는 말없이 고개만 끄덕인다.

"그러면 여기 좀 누워 있어. 아빠에게 말해서 우리 집에서 자도록 허 락 맡을게."

아이는 그녀에게 눈을 떼지 않는다. 사람의 정이란 게 이렇게 무서운 거구나 싶어져 그녀는 텐트 밖으로 나와서도 잠시 멍하니 서 있었다. 남자에게 화라도 내보고 싶지만 그럴 수 도 없다. 인기척에 돌아보니 남자는 차가 서 있는 그물막 쪽에서 걸어오고 있었다. 무슨 옷인지 이 불인지를 들고 오는 것이 보였다.

그녀는 들고온 플라스틱 바구니를 들고 텐트 앞에 쭈그리고 앉았다. 남자는 그녀를 가만히 지켜보다 야외용 돗자리를 들고 와 그녀 앞에 펼 친다. 차가운데 앉지 말라는 뜻이었다. 그녀는 남자가 펼쳐준 자리 위 에 앉았다. 그리고는 바구니를 당겨 보온병 뚜껑을 열었다. 남자는 들고 있는 담요를 여자의 무릎 위에 덮으라는 듯 발치에 놓는다. 그녀는 남자를 잠시 바라보았다. 바다만 바라보는 남자의 옆얼굴은 파랗게 경직되어 있었다. 남자에게 보온병에서 더운 김이 나는 차를 보온병 뚜껑에 가득 채워 건넸다. 남자는 잔을 받아들고 그녀에게서 조금 떨어진 자리에 앉는다. 그녀도 가져온 컵에 차를 조금 따른다. 공기를 통해 유자차의 알싸한 맛과 향이 퍼진다.

"유자차에요. 제가 직접 담았어요. 유자차 좋아하세요?"

그녀는 평소보다 더 명랑한 톤으로 말했다.

"네⋯⋯."

남자는 겨우 말을 이어가는 것 같았다. 바다 위에 뜬 보름달이 귓속말이라도 듣겠다는 듯이 성큼 그들 쪽으로 다가왔다. 환한 거울을 앞에 둔 것처럼 그녀는 헝클어져 날리는 앞머리를 쓸어넘겼다. 물결은 달빛에 젖어 유순해지고 몽돌의 몸 씻는 소리가 간지럽게 들린다. 남자는 두 손을 모으고 유자차를 조금씩 마신다.

"변덕 심한 이곳 바람이 잠시 휴업을 한 모양이네요."

남자가 느릿하게 대답했다.

"그런 것 같네요."

또 긴 침묵이 이어졌다.

"편의점 이름이 왜 '밤배'인 줄 아세요?"

그녀가 물결소리보다 한 박자 먼저 침묵을 깼다.

"글쎄요."

"제가 밤배, 노래를 되게 좋아하거든요. 그렇다고 뭐, 남 앞에 나설 만큼의 실력은 아니고요. 혼자서 즐겨 부르는 노래죠. 그래서 지었어요. 어때요? 이름이 괜찮아 보여요?"

그녀는 누군가에게 그렇게 밤배에 대해 얘기를 길게 한 적이 없었다. 손님이 물으면 이름이 예쁘잖아요, 정도로 마무리했었다. 쉽게 자신의 얘기를 꺼내지 않는 그녀였다. 그녀는 이 순간 조금 풀어지고 싶었다.

저 남자 앞이라면…….

이런 얼토당토 않는 생각이 불쑥 들었기 때문이다.

"네. 밤배…….. 늦은 밤 방파제에서 바라보면 바다에 떠 있는 밤배보다 더 밤배 같다는 생각이 가끔씩 들었어요."

"어머, 그래요? 그렇게 보아주니 고맙네요. 그러고 보니 저도 밤배를 타고 어떻게 여기까지 오게 되었어요. 여기 물미해안에 온 지 한 오 년다 되어가요. 그때 아무 것도 없이 그냥 빈손으로 왔어요. 그런데 살다 보니 좋아져서 이렇게 정박하게 되었어요."

어쩌면 그녀는 남자와 같은 동질감을 느껴 동지의식이라도 심어주고 싶은 의도에서 나온 말인지도 모른다. 언니가 이런 그녀를 보았다면 아주 신기해했을 일을 그녀는 아무렇지도 않게 하고 있었다. 남자는 아무런 말이 없었다. 그녀는 다시 남자의 빈 잔에 유자차를 따른다.

"저기 언덕 너머 있는 독일마을과 원예마을에는 가 보셨어요?"

"아뇨……."

"한번 가보세요. 첫발을 내딛는 처음이 힘들지 그 다음은 아무렇지도 않아요. 저도 그랬거든요. 아무 것도 못하고 누워만 있었어요. 그러다 가 어느 날인가 살아야겠다 싶어 일어났죠. 한 일 년을 남해에 있는 마을과 산과 해안길을 미친 사람처럼 돌아다녔어요. 그랬더니 거짓말같이 마음과 몸이 가벼워지더라고요. 정말 거짓말 같이요."

여자의 말투는 낮은 불에 오래도록 끓이는 탕처럼 깊었다. 기회가 된다면 여자의 말처럼 그렇게 한 번 다시 걸어보고도 싶다. 까짓 것 뭐, 하며 눌러앉아 일손이 필요한 멸치배라도 탈 수 있다면 더욱더 좋을 것 같다. 그러면 친구가 보고 싶다고, 심심하다고 졸라대는 훈이 녀석에게 어린이집이라도 보내주고 또……. 언덕 너머 독일마을에 들러 독일이모의 흔적도 수소문해보고도 싶다. 혹시 그럴 수만 있다면 말이다.

엄마의 하나뿐인 동생이면서도 나의 후원자이기도 했던 미스 독일이모. 독일마을이라는 단어를 들었을 때, 이모보다 이모가 보내온 물건들이 먼저 떠올랐다. 크리스마스가 다가오면 질감이 좋으면서도 무늬가 단순한 옷들과 학용품과 계절마다 풍경이 바뀌는 카드 속의 고성도 함께 보내왔다. 넓게 펼쳐진 포도밭 위로 우뚝 솟은 성은 늘 이모가 사는 독일을 떠올리게 했고 이모와 독일과 고성은 하나의 그리움과 부러움을 넘어 어떤 신기루였다. 동화에서만 보았던 곳에 이모가 산다고 생각했다. 이층집을 배경으로 푸른 잔디밭에서 찍은 사진을 보내왔을 땐 동화는 이야기가 아니라 사실이라고 확신마저 들게 했었다.

파독 간호사로 간 이모는 돌아가신 어머니와 다정하게 찍은 흑백사진은 아직도 옷장 사진첩에 들어 있을 것이다. 콧대가 유난히 반듯했던 이모는 첫눈에 보아도 미인이었다. 차라리 보통 미모에 강인한 정신력을 가졌다면 이모는 어땠을까. 독일의 병원에서 환자의 뒷까지 닦아주면서 독일어를 배웠고 두 번의 이직 끝에 환자였던 독일 남자와 결혼했다. 하지만 아기는 생기지 않았고 이모의 행복은 그렇게 오래가지는 않았다.

이모의 친구 남편이 그때 공단의 어떤 방위산업체 회사의 기술직 이사로 있을 때였다. 한 달간 독일 출장 끝에 라인 강변을 따라 유람선 여행을 했을 때 가이드가 일러준 포도밭을 끼고 높이 서 있는 어떤 성에 들른 적이 있었다고 한다. 그때 가이드가 들려준 이야기는 한 달에 한 번 꼭 실성한 한국 여인이 나타나서는 관광객들에게 이 성에 사는 연희 공주라고 하면서 안내를 한다고 했다. 설마 싶어하다 혹시 하며 더 알아보니 이름이 오연희라고 했다. 어찌어찌 그 말을 전해들은 엄마는 자기 탓이라고 하면서 그렇게 한탄을 할 수가 없었다.

어머니가 그렇게도 애를 태우던 독일 이모는 결국 한국에 오지 못했다. 이모부인 한스의 말에 의하면 병세가 호전되었다가 다시 심해지는 정도에 따라 입원과 퇴원을 번갈아 한다며 끝까지 보살피겠다고 전해왔다. 피붙이여서인지 정신이 들면 가끔씩 언니를 찾아내라고 소동을 벌이기에 한스가 힘들어 죽겠다고 하소연을 한 적도 있었다. 한스의 나이도 이제 팔순이 훌쩍 넘었을 텐데 돌아가시기라도 한다면 이모는 이곳으로 당연히 모셔와야 된다.

이곳이라면 좋겠는데. 저 언덕 위의 있다는 독일마을에 이모를 모셔올 수 있다면 그 옛날 세라복을 입은 사진 속의 이모처럼 건강한 미소를 다시 지을 수 있을까. 그렇게만 할 수 있다면 이 무거운 마음의 짐이 조금이나마 가벼워질 수 있을 것인데…….

이모가 꿈꾸듯 라인 강변의 성을 헤매고 다닐 때 나는 어땠는가? 아내와 신도시 학원에서 어쨌든 자리잡아 보겠다고 학원과 집과 거리를 밤 늦도록 헤매고 다녔다. 좀 형편이 나아졌을 때도 이모를 생각해본 적 없었다. 가만히 짚어보면 누구에게도 방풍림이 되어준 적 없는 내 앞가림에만 급급한 생이었다.

"무슨 생각을 그렇게 하세요?"

여자의 밝은 목소리가 듣기 좋았다. 그래서인지 끝없이 추락하던 마음이 조금 누그러진다.

"아…… 네, 잠시 독일마을이 있다는 말에 이모님을 떠올랐어요."

"이모님이 독일에 사세요?"

"네. 파견 간호사였죠. 지금은 소식을 모르고요."

"그렇군요. 저곳에 사는 분들도 모두 간호사 출신 분들이에요. 그래서 독일마을이고요. 한 번 들러보시지 그래요. 그분들은 모임도 있으니 어쩌면 소식도 알 수 있지 않을까요? 바로 저 언덕 너머에요."

"혹시 이 마을 이름은 뭔가요?"

"아직도 모르고 있었어요? 은점마을이에요."

"은점 마을……."

여자는 은하수가 점점이 박혀 있듯이 이 마을 이름이 너무 예뻐서 '밤배'의 돛을 내려 정착했다고 한다. 농담처럼 웃으며 얘기했지만 진심이 묻어나는 말이었다. 방파제 위에서 바라보는 바다는 보름달빛을 받아서인지 여태 본 바다빛 하고는 다른 모습이다. 늘 제 생각에 빠져 있거나 술에 취해 있었기에 바다의 얼굴을 제대로 본 적이 없었다.

고요히 달빛이 흐르는 바다 너머에서 불을 환하게 밝힌 배 한 척이 지나간다. 어디서 왔는지 모르지만 크기로 봐서는 멸치배 같다. 봄 한철 좋은 멸치를 잡는다고 이곳 남해안의 항구나 포구는 멸치배로 분주하다. 배 안에서 건조까지 하는 배이니 다른 배보다 불빛이 더 환하다. 그물 안에 걸린 만선의 멸치 떼를 떠올리자 마음이 느닷없이 풍성해졌다. 물결소리 속으로 여자의 낮은 목소리가 흘러갔다가 다시 들려온다. 물결처럼 고즈넉한 노래 소리였다.

여자의 목소리는 의외로 낮고도 맑았다. 어떻게 들으면 태생부터 쓸쓸함이 깃들어 있는 듯했다. 여자가 부르는 〈밤배〉는 남자가 즐겨 부르는 노래이기도 했다. 경북 오지의 산골마을에서 자란 남자는 바다는 늘 그리움의 대상이었다. 수학여행을 하면서 본 동해바다가 처음 본 바다였다. 고등학교를 졸업한 그해 친구 둘과 기차에 올라 무작정 찾아간 곳이 해운대 앞 바다였다. 이월이었으니 바닷물이 차가웠을 텐데도 그는 맨발로 바다로 저벅저벅 걸어들어갔다. 바닷물에 몸을 한 번 젖게 하고 싶은 충동이 너무 강렬해서인지 무릎까지 적시고 나서야 추위가 조금 느껴졌다. 바다에 대한 갈증은 남자로 하여금 대학도 바다가 있는 지역으로 가게 했다. 사회인이 되고 나서도 바다가 있는 고장에 살기를 원했지만 사는 일에 쫓겨 다니느라 맘대로 되지 않았다. 그래서인지 삶의 고비마다 늘 바다 곁으로 가고 싶은 열망에 시달리곤 했었다.

텐트 속에서 훈이가 깨어났는지 칭얼거리는 소리가 들린다. 여자는 언제 들었는지 남자보다 먼저 자리에서 일어나 아이가 있는 텐트 속으로 사라진다. 남자가 아닌 여자가 영락없는 아이 부모 같았다. 남자는 주춤하게 일어나려다 무안해져 그냥 그대로 털썩 주저앉아버렸다. 그러는 것이 서로에게 좋을 것 같았다. 금방 들어갔다 싶었는데 여자는 두툼하게 옷을 입은 아이를 등에 업고 있었다.

"바람이 다시 불 것 같아서요. 훈이는 제가 데리고 자야겠어요."

묻지도 않은 말을 아무렇지도 않게 말하는 여자의 말은 단호했다. 남자가 무어라고 거절을 할 틈도 주지 않았다. 사실 남자는 열이 나는 아이를 위해 읍네 찜질방이나 여관 방이라도 옮길까 어쩔까 망설이고 있었는데 그 마음을 여자가 알아차린 걸까? 남자는 막막해져 바다를 바라보다 고개를 돌려 여자의 얼굴을 주시한다. 뭐라고 말을 해야 할 것 같은데 입안에서만 말들이 모래알처럼 까끌거리며 돌 뿐이다.

"훈이, 신발 좀 챙겨주세요."

남자는 텐트 밖에 아무렇게나 놓여 있는 아이의 신발을 바라본다. 한 번도 씻어준 적 없는 낡은 운동화였다. 그게 부끄러웠다. 민망함에 고개를 숙이자 느닷없이 뜨거운 차로 눌러두었던 기침이 터져나온다.

"혹시…… 훈이가 밤에 깨서 아빠를 찾을지도 모르는데 오늘은 저희 집에서 주무세요."

느닷없이 터져나온 기침만큼이나 당황스러웠다. 여자의 느닷없는 제의를 어떻게 받아들여야 될지 망설여졌다. 여자는 남자의 의향을 묻지도 않고 그냥 주무세요, 라고 했다. 그 말투가 싫지는 않았지만 그렇다고 쉽게 응할 수도 없었다. 혼란을 겪는 남자의 마음과는 달리 여자의 태도는 차분하다.

"저희 집 방 많아요. 그리고 많이 따뜻하거든요."

녀석이 무거운지 엉덩이를 추스르는 여자의 어깨가 힘겹게 느껴진다. 아이를 내려놓으라고 말할 수도 없고 그렇다고 여자의 눈을 마주볼 용기도 없다. 그냥 시선을 돌려 물끄러미 달빛에 빛나는 바다만 바라볼 뿐이다. 여자는 아이가 무거울 텐데도 발길을 돌리지 않는다. 굳게 다문 입매만큼이나 고집스러운 데가 있었다.

"방값은 무료예요."

여자는 웃으며 말했다. 남자는 방이 따뜻하다는 말에 마음이 잠시 일렁거렸다. 여자의 농담에 입가에 슬머시 미소는 지었지만 사실 여자의 제의가 한 없이 두렵다. 물미해안에 온 이후로 단 하루도 술기운을 빌려 잠들지 않는 날이 없었다. 어쩌면 잠든다는 그 자체까지도 잊기 위해 안간힘을 쓰며 술을 마신 것인지도 모른다. 여자의 따뜻한 방에 등을 대고 눕는다면 그 동안 잠들지 못한 잠들이 해일처럼 밀려와 오래도록 일어나지 못할 것 같았다. 그것이 무엇보다 두려웠다.

힘에 부치는 아이를 업고 서 있는 여자에게 이 무거운 마음을 어떻게 설명할 수도, 보여줄 수도 없는 일이었다. 그렇다고 사양할 수는 더더욱 없었다. 아픈 아이를 위해서라도, 다른 이유는 없이 오로지 아이를 위해 오늘만은 신세를 져야 될 것 같았다. 텐트의 지퍼를 올리고 아무렇게 놓여 있는 아이의 때 묻은 운동화를 집는다. 남자의 행동을 물끄러미 바라보던 여자는 업은 아이의 엉덩이를 다시 추스른 뒤 돌아선다.

'밤배'를 향해 멀어져 가는 여자의 뒷모습을 물끄러미 바라보다 문득 자신이 항구를 찾아 떠도는 밤배 같다는 생각이 들었다. 노래 속의 '밤배'처럼 끝없이 떠돌다가 이제는 잠들 곳을 찾아 헤매는 녹슬고 낡은 폐선의 꼴이었다.

차르르 차르르…….

천 년 동안 몸을 씻는 몽돌의 소리가 귓속을 파고든다. 소리가 몰고 온 미약한 바람 속에 해무가 맛을 들인 풋마늘내도 섞여 있다. '밤배'를 향해, 저 둥근 모퉁이를 돈다면 낯선 생이 펼쳐질 것 같은 두려움이 풋마늘 냄새보다 더 짙게 든다.

마늘밭 담길 옆에 서자 편의점 감나무에 걸린 연꽃등이 이쪽이라고 말하듯이 기웃하게 비추고 있었다. 보름달빛에 흥건히 젖은 채 언덕길을 올라가는 등 굽은 여자의 실루엣이 방향을 지시하는 화살처럼 휘어진다.

혹시라도 내일 아침 일찍 일어날 수 있다면 며칠 전부터 편의점 간판불 아래쪽이 껌벅껌벅거리는 게 전구가 나간 것 같은데, 어떻게 손을 좀 봐주고 싶다. 미안함이 미안함에만 머물지 않도록 말이다.

쉽사리 움직여지지는 않는 발길을 해풍이, 방풍림을 건너온 해풍 한 줌이 힘차게 등짝을 밀어올린다. 터져나오는 기침을 겨우 누르고 마늘 향 속으로 조심스레 첫 발걸음을 내딛는다.

낡은 가족시네마의 예정된 루트

— 학대 받은 아이가 타인의 발견에 이르는 과정

이정현/ 문학평론가

가족시네마의 헐거운 얼개

화목함을 가장한 빛바랜 가족사진은 많은 것을 은폐하고 있다. 아름답게 구성된 풍경은 의심스럽다. 아름답게 다듬어진 풍경의 이면에는 지울 수 없는 폭력과 상처가 숨어 있게 마련이다. 박영희의 첫 소설집 『고래의 맛』은 안온한 가족시네마의 이면을 응시하는 소설들로 구성되었다. 박영희의 소설에서 아버지는 부재하거나 폭력을 행사하는 존재로 나타난다. 다른 가족들의 존재는 초라하고 핍진하기만 하다. 박영희가 그리는 인물들은 대개 이런 식이다. 아버지의 저녁식사에 술 끊는 약을 타는 아이(「고요한 밤 거룩한 밤」), 자궁을 적출하고 허기에 시달리는 중년 여인(「고래의 맛」), 직장을 그만두고 스페인 알함브라로 떠나고 나서야 지난 시간을 복기하는 여인(「붉은 성」), 자신이 돌보던 고양이를 차로 죽이게 된 여자(「저 푸른 뿔을 보라」). 이런 자들의 사연은 더없이 쓸쓸하기만 하다.

소설의 인물들이 쓸쓸한 풍경에서 벗어나기란 쉽지 않다. '가족'이라는 굴레에 포획된 상황인 까닭이다. 이들에게 가족이란 집단은 따스하고 다정한 표상이 아니라 폭력과 구속이 반복되는 공간일 뿐이다. 「고요한 밤 거룩한 밤」에서 유년기의 '나'는 저항할 수 없는 상태로 어른 세계의 폭력을 견딘다. 폭력으로 인한 파국을 감지해도 그것에 맞설 힘이 부재하기에 '나'는 환상으로 도피한다. 그러나 환상은 위태롭기 그지없다. 아이들끼리 무리를 지어 화장터 근처와 만화방을 전전하지만 소각로에 얽힌 으스스한 소문이나 만화 속의 허무맹랑한 세계는 온전한 도피처가 되지 못한다. 아버지의 폭력과 주사가 심해질수록 소문과 만화는 더욱 기괴하게 변한다. 그럼에도 '나'는 알고 있다. "모험은 두려움과 슬픔을 이기는 특효약"(30쪽)이라는 사실을.

비 오는 날의 화장터 방문은 나의 지나친 상상력 덕분에 풍성한 한 편의 이야기가 되었다. 관이 여러 개 놓여 있었고 시체 태우는 사람은 모두들 검은 옷을 입고 있었고 얼굴도 검었다고 했다. 내 상상속의 성곽은 더욱 견고해졌고 검은 굴뚝은 내 마음 속으로 들어와 시시때때로 혀의 간지러움이 되어 마음의 검은 연기가 거짓말처럼 흘러 나왔다. 내 어깨를 짓누르고 있던 무게는 어디로 사라졌는지 나는 룰루랄라 노래를 부르며 집으로 향했다. (…) 늘 주눅 들어 있는 자신이 살아있다는 것을 확인할 수 있는 유일한 짓거리이기도 했다. 우리는 참고 또 참아낼 것이다. 아버지의 술주정과 엄마의 거친 욕설도 우리를 한없이 낮게 만드는 가난까지도.

　가족의 생계를 책임진 엄마는 늘 늦게 돌아오고 아버지는 취해 있거나 어머니를 폭행하기 일쑤다. '나'는 엄마의 핑계를 대고 약국에서 푸른 가루약을 타오는 것이다. 캐럴이 울려 퍼지는 성탄절 저녁 '나'는 아버지의 저녁식사에 약을 탄다. 밥을 먹은 아버지는 깊은 잠에 빠진다. '나'와 마찬가지로 아버지의 주폭에 시달리던 성아도 같은 약을 아버지의 밥에 넣는다. 아버지들이 "고요한 밥을 먹은 고요한 밤"이 왔지만 아이들은 자신들의 행위가 지닌 의미를 알지 못한다. 「고요한 밤 거룩한 밤」에 그려진 '나'는 박영희 소설들에 등장하는 인물들의 공통된 유년기로 읽힌다. 시간은 어김없이 흐르고, 삶은 전진한다. 폭력과 욕설에 찌든 유년기를 보낸 '나'는 성장하여 부모가 된다. 그러나 '나'는 끝내 '화목한 가족시네마'를 연출하지 못한다. 아버지의 저녁식사에 약을 타던 '나'는 성장하여 「저 푸른 뿔을 보라」의 부동산 중개업자가 된다. 부동산 중개업자 '윤'은 신도시 아파트 단지에 늘어선 부동산 중 하나인 '행복부동산'을 운영하고 있다. 집을 구하는 사람들에게 보금자리를 알선하지만 '윤'은 행복하지 않다. 집을 구하는 사람이나 파는 사람이나 부동산 매매는 늘 '부자'가 되려는 발악의 산물이다. 국토개발부의 사이트에 들어가 변덕이 심한 아파트의 가격 시세를 시시각각 확인하고 다른 부동산의 실적을 곁눈질하는 것이 '윤'의 일과다. 아파트 단지에 버려진 고양이 가족에게 보금자리를 마련해주고 먹이를 주는 것이 '윤'의 유일한 낙이다. 그러나 변덕이 심한 부동산 시세처럼 '윤'의 일상을 흔드는 사건이 발생한다. 인근 상가의 화장실에서 누군가가 아이를 낳은 다음 도주했고 '윤'이 그 아이를 발견한다. 비닐봉지에 담긴 아이는 '윤'의 손가락을 필사적으로 움켜쥔다. 버려진 아이를 구급대원에게 넘기고 아연실색하던 '윤'은 다시 세입자와 주인, 팔려는 자와 사려는 자의 눈치가 엇갈리는 욕망의 현장으로 간다. 그러던 어느 날 '윤'의 차에 어미 고양이가 치여 죽는다.

> 어미 고양이였다. 그것도 사무실 뒤편에 머무는 늘 바라보는 고양이였다. 몸과 머리가 분리되어 몸 부분이 거의 알아 볼 수 없을 만큼 짓이겨져 있고 머리 부분은 약간 틀어지듯 윤을 향해 있었다. 부릅뜬 눈에서는 아직까지도 푸른 광채가 빛나고 있는 게 살아있는 그 모습 그대로였다. 환하게 윤을 쏘아보고 있는 그 빛이 몸속으로 들어와 낱낱이 치부를 들추어낼 것 같았다. 소름이 돋고 다리가 후들거렸다.
>
> ─「저 푸른 뿔을 보라」, 202쪽

어미 고양이의 사체를 보고 부동산 사무실로 돌아온 윤은 '행복부동산에서 집을 사면 행복해지느냐'고 떠드는 취객의 전화를 받는다. 남겨진 새끼 고양이들과 화장실에 버려진 아이의 배치는 붕괴된 가족의 알레고리를 더욱 두드러지게 만든다. 아파트에 거주하는, '멀쩡한 가족'에 포함된 사람들 역시 임시로 거주할 뿐 부동산 시세표의 변동에 따라서 이리저리 옮겨 다닐 운명을 피할 수 없으리라. '윤'은 그들의 매매를 도와주면서 밥벌이를 한다. 여기서 '집'은 삶을 영위하는 공간이 아닌 재산을 증식하는 자산(부동산)에 불과하다. 거주 공간만이 가격이 책정되는 것은 아니다. 인간도 숫자로 환산되는 운명을 피할 수 없다. 아버지의 식사에 가루약을 타던 '나'는 표제작 「고래의 맛」에 이르러 자궁을 적출한 중년의 여자로 변주된다. 「고래의 맛」의 '나'는 마흔을 갓 넘긴 나이에 항암 수술로 자궁을 적출한다. 오랜 기간 남편과 맞벌이를 하다가 집을 평수를 넓혔지만 "내 몸은 나에게 시비를 걸어"(56쪽)온다. 자궁을 적출해도 섹스가 가능하지만 남편과 잠자리를 한 것은 이미 오래되었다. '나'는 갑작스레 늘어난 허기를 달래면서 TV를 보는 것으로 일상을 보낸다. 어느 날 '나'는 밍크 고래가 잡힌 항구가 나오는 TV 화면에 눈길이 머문다. 화면 속의 리포터는 긴장이 섞인 목소리로 떠든다.

> "(…) 고래는 이제 바다의 로또로 대접받는 귀하고 귀하신 몸이 되었습니다. 한 달 내도록 거친 바다 속에서 추위를 달래며 생선을 잡아봤자 기름값 떼고 나면 손에 남는 것은 고작 기백만 원인데 그물에 고래가 걸리면 크기에 따라 이건 바로 천에서 억 단위까지 몇 달치의 수입을 챙길 수 있기에 이제 고깃배를 타는 사람들은 바다의 로또, 고래가 잡히기를 기도하는 것이 만선의 꿈으로 바뀌었습니다. 고래는 신선함이 생명이기에 죽고 나서 한 시간이 지체되면 백만 원씩 가치가 떨어진다고 합니다. 신속정확하게 고래를 해체하는 것이 돈을 버는 지름길입니다."
>
> ―「고래의 맛」, 60쪽)

"신선함이 생명"인 고래를 보면서 "돈으로 환산되어지는 살덩이"일

뿐이라고 생각하지만 생명을 잉태할 가능성을 잃은 '나'의 처지도 고래와 다를 바 없다. 점차 소멸되면서 천천히 생기를 잃어가는 인간과 고래의 운명은 나란히 겹쳐진다. 수면제를 먹고 잠든 '나'는 꿈속에서 아버지와 칼날을 휘두르는 사내를 본다.

사라진 아버지, 돌아오지 않는 아버지가 옛 집 수돗가 가죽나무 아래에서 숫돌에 스윽쓱 칼을 갈고 있다. 아주 오랫동안 서두름 없이 공들여 칼날을 간 듯 칼날을 세워 손끝에 대어보기도 한다. 도마 위에는 암탉이 목을 꼰 채 누워 있다. 닭은 강렬한 뭔가에 전율하듯 눈을 뜬다. 순간, 누운 이는 닭이 아닌 나였다. 아버지는 사라지고 얼굴이 보이지 않는 어깨근육이 전부인 건장한 사내가 나의 살을 가른다. 오로지 사내가 지나가는 칼끝의 촉감만이 느껴진다. 감각의 실핏줄이 온몸을 연결하는 물관인 듯 몸은 민감하게 일어선다. 칼끝이 와닿는 순간 아픔이라기보다는 배설 같은 시원함이 먼저 앞선다. 어느새 내 몸은 살이 발라진 뼈만 남은 방어였다.

— 「고래의 맛」, 65~66쪽

이 장면은 특히 문제적으로 다가오는데 '나'의 꿈속에서 닭의 목을 치려는 아버지의 모습은 「고요한 밤 거룩한 밤」에서 어머니에게 폭력을 행사하던 아버지의 모습과 병렬적으로 배치되기 때문이다. 또한 예민해진 신경 탓에 수면제를 빌려 잠이 드는 '나'의 모습은 「고요한 밤 거룩한 밤」에서 암시된 '살부(殺父)' 모티프와 연결된다. 「고래의 맛」과 「고요한 밤 거룩한 밤」의 무의식을 연결하면 이런 식의 내러티브가 생성된

다. 폭력에 시달리던 아이는 뚜렷한 의식 없이 아버지에게 약을 먹인
다. 어쩌면 아버지가 죽은 것은 아이의 잘못일지도 모른다. 그러나 살
인의 여부는 드러나지 않는다. 성장한 아이는 자기도 모르게 자책과 자
해를 되풀이한다. 성인의 표상인 '초경'을 치른 날에 아버지가 사라진
것의 의미도 쉽게 파악할 수 있다. 아이의 죄책감은 항암 후유증과 악
몽이라는 증상으로 발현된다. 그것은 (아마도) 죄를 저질렀을 자신을
단죄하는 한 방식일지도 모른다. '나'가 벗어나려고 움직이지 않는다면
이런 식의 연결은 낡은 가족시네마의 시나리오에 불과할지도 모른다.
악몽에 갇히지 않고 '나'는 움직인다. 어린 시절 비릿하고 질긴 고래 고
기를 먹던 아버지를 떠올리면서 장승포항에서 열리는 '고래축제'에 참
가하러 간다.

살아 있다고 반응하는, 아우성치는 몸이었다.

거울 앞에 서서 오늘처럼 말간 내 몸을 들여다보았던 날은 첫 초경을 치
른 날이었고 아버지가 집에서 사라진 그 시기이기도 했다. 짙은 커피색 혈
을 보고서도 당황스럽지는 않았다. 안방 엄마의 화장대 앞에서 옷을 모두
벗고 바라본 내 몸속에서 걸어나오는 고래 같은 아버지의 형상을 그때 보
았었다.

아버지의 부재는 늘 칼날 같은 뾰족함으로 뭔가를 후벼 파내는 꼭지 같
은 것이었다. 끊임없이 파내어 나가면 끝자락엔 뭔가가 남아 있을 것 같았
지만 결국은 해체장의 고래같이 던져진 상처의 몸뚱어리였다. 아버지의 부
재는 늘 나를 허기지게 했다. 나에게 말을 거는 아버지는 부재가 아니었다.

이렇게 내 몸에서 살아서 걸어나오지 않는가. 감정의 미세한 결을 스쳤는지 알 수 없는 슬픔이 쓰린 통증처럼 무차별적으로 쑤셔댄다.

—「고래의 맛」, 75~76쪽

충동적으로 고래축제를 찾아나서기 전에 '나'는 초경의 기억과 아버지가 사라진 날을 떠올리며 '아버지의 부재'를 되새긴다. '아버지의 부재'는 '적출된 자궁'과 등가적이다. 아버지와 자궁의 부재는 공허와 허기를 남겼지만 아버지가 남긴 "비릿하고 질긴" 고래의 맛은 여전할지도 모른다. 그 고래의 맛은 항암치료를 하면서 상실했던 생의 의지와 맞물린다. 아이는 자기 몸에서 생명이 자라는 장기를 잃은 뒤에야 비로소 집요한 악몽에서 벗어난다. 「고요한 밤 거룩한 밤」, 「저 푸른 뿔을 보라」, 「고래의 맛」은 유기적으로 연결되면서 하나의 연작처럼 읽힌다. 이 소설들은 온전히 사랑받지 못했던 '나'라는 아이가 성장하여 자신을 사로잡았던 '아버지의 이름'에서 놓여나기까지의 괴로운 투쟁일 것이다. 질서정연하고 정교한 서사를 포기한 세 소설의 퍼즐 같은 알레고리는 그렇게 맞춰진다.

자기 연민과 환대의 가능성

이 '가족시네마'에서 「붉은 성」과 「내 얼굴에 깃든 잠자」는 앞서 거론한 소설들의 중간에 배치된 에피소드처럼 읽힌다. 여기서 에피소드의 의미는 양가적이다. 지나쳐도 무방하지만 에피소드가 삭제된 서사는 앙상한 가지만 남는 것과 비슷한 이치다. 「내 얼굴에 깃든 잠자」의 '나'는 '구안와사'라는 안면신경마비에 시달리는 직장인이고, 「붉은 성」의 '나'는 오랜 직장 생활을 관두고 '대상포진'에 시달린다. 두 소설 속의 '나'는 「저 푸른 뿔을 보라」와 「고래의 맛」의 '나'와 비슷하다. 생활을 유지하기 위하여 직장을 다닐수록 생의 더욱 힘들어지는 악순환을 거듭하다가 병에 걸린다는 인물은 박영희의 소설에서 반복적으로 등장한다.

「붉은 성」의 '나'는 "한 번도 저녁이 있는 여유로움"을 만끽하지 못하고 "늘 헉헉대면서 허기지게" 지내다가 직장생활을 그만둔다. 안정적인 직장을 접은 뒤 '나'는 스페인의 알함브라로 떠난다. 그곳에서 '나'는 한국을 떠나 유학을 왔다가 현지에 정착한 한국인 가이드 '김'을 만난다. 스페인 남자와 사랑에 빠져 정착한 뒤에 가이드 일을 하지만 지속적으로 한국 관광객을 만나면서 향수에 젖는 그녀와 '나'는 쉽게 친해진다. 그들은 알함브라의 '꾸에바'(집시들의 집)의 소극장에서 집시들의 공연을 함께 관람한다.

뭉클 슬펐다가, 한없이 애달팠다가, 가끔은 억울한 것 같기도 하고, 또 짧은 순간 벅찬 회열에 온몸이 부르르 떨려왔다. 그들의 춤과 노래의 파장은 고스란히 내 몸속으로 밀려들어왔다.

김 가이드의 말대로 내 마음이 가는 곳으로 내버려둘 수밖에 없었다. 내 숨결 갈피마다 숨겨두었던 모든 상처와 아픔들이 떠들고 일어났다. 그건 어찌해볼 수 없는 불가한 일이었다. 그들의 춤은 이미 이쪽에서 어찌 해볼 수 없는 곳으로 나를 데려다놓았다. 사는 일에만 골몰했던 내가 이토록 움

직이는 감정의 변화를 느낀 게 언제였는지 기억조차 나지 않았다. 그들의
내뱉는 가사를 알아들을 수도, 심연의 표정을 정확히 읽을 수도 없었지만
내 마음이 고스란히 받아들이는 것은 느낄 수 있었다.

—「붉은 성」, 161~162쪽

　　생계를 위한 업을 중단하고 여행을 떠나서 위안을 얻는다는 설정은
일종의 '클리세'(clisser)에 불과하다. 두 소설은 일인칭 화자가 등장하
여 끊임없이 고통을 토로하지만 큰 울림을 주지 못한다. 익숙한 인물들
의 익숙한 여정이 반복되는 까닭이다. 그러나 각 소설들에 등장하는 일
인칭 '나'를 중첩시키면 하나의 서사로 연결된다. 그러니까 「고래의 맛」
의 '나'가 장승포항으로 향하기 위한 전사(前史)로 읽어야만 두 소설의
클리세는 비로소 반감될 수 있다. 「붉은 성」과 「내 얼굴에 깃든 잠자」보
다 타자를 향한 응시는 「물미해안에서 잠들다」에서 돋보인다. 「물미해
안에서 잠들다」는 이 소설집에서 유일하게 '관찰자의 시선'을 담은 작품
이다. 화자인 여자는 해안가에서 편의점을 운영하면서 살아간다. 그녀
의 고요한 일상은 7살짜리 아이 '훈이'의 등장으로 깨진다. 아이의 아
버지가 사업 실패와 이혼 뒤에 바닷가에서 술과 낚시에 빠져 사는 바람
에 아이는 늘 방치된다. 여자는 아이에게 밥을 해주고 재워주는가 하면
또래 친구들을 만나게 해주는 등 아이를 자식처럼 보살핀다. 아이의 아
버지 '나'는 여자에게 고마움을 표시하고 싶지만 삶의 의지를 버린 '나'
는 누군가에게 사소한 고마움을 표시하는 것조차 어렵기만 하다. 전혀
연줄이 없는 아이에게 베푸는 여자의 호의는 어디서 비롯된 것인가. 여

자는 자식을 챙기지 않는 아이의 아버지에게 희미한 연민을 품는다. 여자는 아이처럼 온기가 없는, 방치된 유년기를 보낸 적이 있다.

주물공장에서 일하던 아버지는 단골 술집에서 마신 술기운에 도랑가 둑에서 실족사하여 돌아가셨다. 그녀가 초등학교 입학 후 얼마 지나지 않아서였다. 가장이 된 젊은 엄마는 산 사람은 살아야 되지 안 되겠냐며 하루 24시간 운영하는 어시장 끝자락 해장국집 주방에서 복어국 끓이는 일을 시작했다. 친구의 엄마들처럼 수출자유지역 내 가발공장이나 신발공장이 아닌 해장국집을 택한 것은 순전히 엄마의 유별난 후각 때문이었다.

고무냄새와 본드냄새는 굶어죽는 한이 있어도 못 맡겠다며 하루 만에 그만둔 직장들이었다. 직장 경험도 없이 순전히 시골처녀로 자라 아버지에게 시집오면서부터 도시살림을 시작한 엄마로서는 기함을 할 경험이었다. (…) 복어국 냄새에 돈 냄새도 같이 맡으셨는지 명절 연휴에도 국솥 앞에 서 있느라 엄마는 언니와 그녀를 내버려두다시피 했다.

빈 집을 향해 혼자 걸어가본 사람은 안다. 인기척이 얼마나 그리운지를. 그녀는 느닷없이 아이의 이름을 크게 불렀다.

내일도 이곳으로 놀러 와, 꼭!

— 「물미해안에서 잠들다」, 215쪽

여자가 낯선 타인에게 베푸는 아무런 조건 없는 환대는 아이뿐만 아니라 '나'도 조금씩 변화시킨다. 박영희 소설의 서사를 지배하는 주로

'나'의 고달픈 성장사와 일상이다. 박영희의 인물들은 자신이 '왜' 이토록 아픈가를 토로(「내 얼굴에 깃든 잠자」)하거나 일상을 벗어나서 어딘가로 떠난다(「고래의 맛」, 「붉은 성」). 문제는 그들의 움직임은 탈주가 아니라는 사실이다. 그들은 지독하게 '가족'에 얽매여 있다. 이 소설집에 수록된 소설들을 '가족시네마'로 지칭한 이유이기도 하다. 「물미해안에서 잠들다」에 기록된 여자의 유년기는 박영희 소설에서 계속 중첩된다. 박영희의 소설에는 폭력적인 아버지, 가난에 시달리는 어머니, 자신이 처한 상황을 이해하지 못하는 '나'가 늘 존재한다. 폭력과 가난은 성인이 된 이후에도 '나'의 인식에 강렬한 흔적으로 남아 있다. 성인이 된 '나'는 열심히 살아가지만 그들은 어딘가 「물미해안에서 잠들다」의 '나'(훈이 아버지)의 모습으로 수렴된다. 부모와 닮지 않겠다고 다짐하던 자식은 부모의 고단한 삶을 이어받고, 가난을 피하려고 집요하게 노력하지만 삶은 조금씩 붕괴된다. 그리고 자궁을 적출(「고래의 맛」)하거나 낯선 여행지에서 눈물을 흘린다(「붉은 성」). 유년기에 경험한 폭력과 가난은 한 시절의 기억에 머무는 것이 아니라 '나'의 미래를 비추는 거울로 작동한다. 어디에도 출구는 보이지 않는다. 비슷한 인물들이 반복적으로 등장하고 설정도 단순하다. 박영희 소설의 인물들이 토로하는 신세한탄은 한국의 중년 여성들이 겪었던 삶의 고통과 맞물린다. 그들은 모두 어딘가 닮았다. 이것은 양가적인 의미를 지닌다.

대개 작가들은 첫 소설집에서 자신의 가장 절실한 기억과 경험이 집약한 인물들을 그린다. 아마도 「고래의 맛」과 「고요한 밤 거룩한 밤」은 작가의 현재와 과거에 대한 흐릿한 몽타주일 것이다. 그러나 소설이 '나'

의 세계에만 머무른다면 시선은 제약되고 같은 이야기를 변주할 수밖에 없다. 마치 한 인물인 것만 같은 이 소설집의 '나'들은 그 사실을 방증한다. 상처를 인식한 인간은 두 개의 길을 가게 된다. 무엇보다 다급한 것은 먼저 '나'의 이야기를 하는 것이리라. 자신이 선택하지 않은 상황에 던져진 자들에게 가장 절실한 것은 자신의 이야기를 내뱉는 것이다. 자신의 이야기를 경청하는 이가 없을 때 인간은 자신의 상처를 면죄부 삼아서 타인의 삶을 쉽게 재단하게 된다. 그 양가적인 진실을 넘어설 때 비로소 '다른 나'의 이야기가 들린다. 많은 작가의 글쓰기는 이 양가성 위에서 흔들린다. 박영희 소설의 인물들은 느리지만 자신을 옭아맸던 과거에서 벗어나는 양상을 보여준다. 「물미해안에서 잠들다」에서 여자가 아이에게 베푸는 따뜻한 환대는 과거의 자신에게 보내는 화해의 몸짓이고 타인이 아직 건네지 못한 말을 이해하려는 마음의 변형인 것이다. 소설의 수록된 순서대로 읽는다면 우리는 학대받던 아이가 고단한 삶과 맞서면서 자신과 비슷한 타인을 쉽게 발견하고 환대하기에 이르는 과정을 볼 수 있다. 어떤 냉소와 체념이 온다 하더라도 이 환대는 지속될 것이다. 아버지의 밥에 약을 타던 아이는 성장하여 비로소 '자기와 같은 타인'을 발견하기에 이르렀으니까. 악몽과 상처는 그렇게 치유된다. 이 작가의 다음 소설을 기다리고 싶다.

박영희 소설집

고래의 맛

지은이_ 박영희
펴낸이_ 조현석
펴낸곳_ 북인
디자인_ 푸른영토

1판 1쇄_ 2016년 12월 15일
출판등록번호_ 313 - 2004 - 000111
주소_ 121 - 842 서울 마포구 서교동 467 - 4, 301호
전화_ 02 - 323 - 7767
팩스_ 02 - 323 - 7845

ISBN 979-11-87413-09-7 03810

이 책은 한국문화예술위원회와 경상남도, 경남문화예술진흥원으로부터
제작비의 일부를 지원받았습니다.